飲水思源

世界と日本を原理原則から考える

伊藤安兼

ITO Yasukane

文芸社

はしがき

世の中には、不思議なこと、分からないことがたくさんあります。宇宙の果て、地球誕生、神の存在、人間及び動植物の生き様、戦争の連続、地球温暖化の原因をはじめ宇宙・通信機器などから発せられ目前の空間に飛び交うラジオ・ＴＶ・スマホなどの膨大な電波は想像の域を超えます。

子どもの頃「あれは何？　これはどうして？」と周りの大人を摑まえては質問攻めにした「悪ガキ」も、さすがに年貢の納め時が近づいても未だに分からないことが多すぎます。あらゆる分野について専門家の諸先生方の説明を一生懸命学んでも自分の理解を超えることばかりですが、三つ子の魂ですね。好奇心の湧く問題は放っておけません。

思い悩んだ挙げ句、ある程度の理解ができたものの、そんなことは既に分かり切ったことでもはやどうでもよい、言わば「イグ・ノーベル賞」的な「難題」もなくはありませんでした。それでも今までの自分には見当もつかなかった難問に関して「分からないことが分かった」のであれば、それで良しとすべきではないでしょうか。

所詮、自分の知識も先人たちの真理探究の成果をどれほど真似ることができたのか、結局それに尽きることと思います。仮に今まで誰しも知ることのできなかった真実を探求できたとすれば、それがどれほど生活に関係ないとしても素晴らしいことでしょう。

先日、某テレビで高校１年生が親御さんのお許しを得たのでしょう、家の一間で狂暴な黄色スズメバチを飼っており、この黄色スズメバチの巣を茶色スズメバチが奪い取るという、世界初の映像を流していました。

とどのつまり年齢を重ねると、自分から苦労をして何かを見極めようとする気力が衰えますが、若者の未知への挑戦を見ますと、人間の真理探究心は、どこの大学を出たか、どれほどお金持ちなのかなど世俗の評価に全く関係なくただそれだけで素晴らしいものと実感しています。

本のタイトルにさせていただいた『飲水思源』とは、昔は日本・韓国などと同じ漢字圏であったベトナムを旅した時、商家の入り口の額に書かれていた言葉です。自分なりにこの四文字を解釈すれば「法則探究の指導原理」です。水道の水を飲めるようにした「プノンペンの奇跡」は、子ども達を水運びの苦痛から解放して教育が受けられるようにしましたが、毎日繰り返している水を飲むなどの些細な出来事も、その根源を辿るまで考え思い続けることが必要だと教えられたようです。

そこで長年思い悩みながら、断片的知識にとどまっていた国家・資本主義とは何か、我が国の憲法制定過程などをもう一度、日本史・世界史を道しるべとして原理原則から考えてみようと思いました。

その道の専門家から見れば実に他愛のない「常識」かもしれませんが、自分なりに先人の業績を切り貼りして、テーマごとの関連性などは特には意識せずに、徒然なるままに書き綴りました。些細なことも「これでよし、分かった」とご納得いただけるならば、望外の喜びです。

目次

第１章　国家と共に生きる

第１節　自由と平等、民主主義

・「自由」の持つパワー

悠久と流れる大河の畔（ほとり）で、大空にもろ手を挙げて「俺は、自由を謳歌できて幸せだなぁ」と絶頂にある若者に簡単に声をかけられるものでもありませんが、民主主義を考える前提に「自由とは何か」と改めてこの意味内容を考えました。「自由」を辞書で引きますと、「心のままであること。思う通り。自在。」（『広辞苑』）ということですが、これですと、人の日常生活のあらゆる動作・行動、思考・感情だけでなく「自由落下」などの自然現象にまで「自由」が、それこそ自由に用いられています。

本来、自由は、日常生活の中で空気のように欠かせない言葉でありながら「自由と民主主義」を議論する場合の「自由」の意味内容は、自ずと人間社会、それも一人ひとりを出発点として議論を進める言葉であり、扱い方も難しいところです。

例えば、高価な骨董品の価値が分からないまま、あるいは、詐欺師に騙されているにもかかわらず「俺は、自分の自由意思で契約しているのだ」と、「自由」の意味も契約の結果も理解せずに「自由」を強調すれば、「自由」は他人からの貴重なアドバイスを押し返すこともできる強い力を持ち、その結果、大きな損害を招くこともあります。「自由」が核心的自己主張であり、奥行きの広い、しかも信念に基づく表現ですから、本人の揺るぎない発言であればあるほど個人の意思を尊重する観点から、それ以上他人がとやかく言えない状況になっています。誰でも簡単に考え言葉に出せるやさしい日本語でありながら、十分注意が必要と思います。

・古代国家から封建時代の「自由」

私たちがこの世に生を受けた時、既に1万年以上前から社会を統治する組織（専制国家）があり、分かっているだけでも前18世紀頃から法典を発布して法に基づく強力な政治を行っていました。国王の制定した法で人民は支配され、人間としての自由・権利など考えにも及ばなかったと思われます。例えばハンムラビ法典196条に「他人の目をつぶした者は、その目をつぶされる。」（『詳説世界史B』山川出版社 19頁）と復讐法の原則がありますが、この条文は、個人の身体の自由を守ることより、社会の治安維持を目的に制定されたように思われます。

中国では、前11世紀頃、《周王は一族・功臣や各地の土着の首長に封土（領地）を与えて諸侯とし、代々その地を領有させた。》《封土の分与によるこのような統治のしかたは「封建」と呼ばれた。》（前掲68頁）とありますが、人と土地の結びつきを根本にして国家が存在していたことを示しています。ヨーロッパでは8世紀から10世紀にかけて戦乱が続いた民族大移動後の長い混乱期から、《外部勢力の侵入から生命財産をまもるため、弱者は身近な強者に保護を求めた。》（前掲129頁）こうして封建的主従関係が生まれたようです。

・国王と人民の関係

思えば、人は人類の一員としてこの世に生を受けた瞬間から、両親と周りの大人（群れ）などの影響（教育）を受けて一人前となり、社会の中で生涯を送る一方、古代国家はと言えば、国王とその側近が物理力を伴う政治権力を握り、人民というか農奴を支配し、農業生産と戦争に駆り出したことが想像できるでしょう。

このように数千年前から続くローマ帝国のような専制君主国家が存在し、王家とその側近の権力グループのもとに生まれない以上、並外れた能力の持ち主であっても数十年程度の短い生涯では栄達のチャンスもなく、また仮に国家に反逆しなくとも、国家から邪魔者と思われればキリストのように磔にされたと考えられます。人間の自由を真っ向から否定する理不尽が罷り通る時代であったと思います。

ですから当時の人々は一人の人間として自由など考える余地もなく、ただ国王に命じられるまま命がけで戦い、敗れれば奴隷となるなど、人間としての扱いは考えられなかったはずです。また庶民は、文字も知らず先人からの伝承も知識もない無力な存在である一方、国王は神の代理人として当たり前に崇拝の対象であり、自分たちと同じ人間であるなどとは露も知らなかったのでしょう。

・封建制から民主化の芽生え

西ヨーロッパでは《民族大移動後の長い混乱期は、封建的主従(ほうけんてきしゅじゅう)関係と荘園(しょうえん)という独自のしくみをもつ**封建社会**をうみだした。》《封建社会は11～13世紀に最盛期を迎えたが、農業生産が増大し人口が急増すると、西ヨーロッパは拡大を開始した。》(前掲120頁)

13～14世紀のヨーロッパ各国は、王は国家の運営を行うために貴族、聖職者及び都市の代表が出席する身分制議会を開き、話し合いを通して課税を要請するなどして国内統一を図ったとされています。王権が最初から強かったイギリスでは、ジョン王が教皇と争って破門され、そのうえ財政困難に陥って（勝手に）重税を課したため、貴族は結束して反抗し、13世紀初頭となる1215年、大憲章（マグナカルタ）を王に認めさせました。

ここから新たな課税には高位聖職者と大貴族の会議の承認を必

要とすることが定められました。この辺の事情は、前掲『詳説世界史Ｂ』145頁をご参照ください。

・封建制の崩壊から近代社会へ

封建時代が安定し農業生産が増大した結果、余剰生産物の交換が始まり都市と商業は十字軍の失敗後に再び繁栄を迎えた。貨幣経済が浸透すると現金を持つ者（商人と農民も？）の地位は向上し、荘園に基づく経済体制は崩壊へと向かった。《1300年頃から、封建(ほうけん)社会のしくみはしだいに衰退に向かった。商業と都市が発展し**貨幣(かへい)経済**が浸透するにつれて、（注：土地に縛られる）荘園(しょうえん)に基づく経済体制はくずれはじめた。》（前掲142頁）とあります。

封建社会は、もともと農産物の生産と移動が領地内で行われるのが原則的でしたが、貨幣経済の発展により領域外に広がる物流が原因で崩れ始めるのは、徳川幕府も同じでした。明治初期《新政府の主要な財源は、旧幕府時代のまま受け継いだ年貢で》あり《財源の安定をめざして、土地制度・税制の改革をおこなう必要があった。》とあるように封建社会の経済的基盤を資本主義的に改革する必要に迫られ《その第一歩として：中略：地券を発行して土地の所有権をはっきり認めた。地券は原則として従来の年貢負担者（地主・自作農）に交付され、年貢を受け取る知行(ちぎょう)権(けん)を内容とする封建的(ほうけんてき)領有制は解体した。》（『詳説日本史Ｂ』山川出版社266頁）とあるように、明治政府はこの地券制度をもとに1873年地租改正に着手し1881年までにほぼ完了したところです。

即ち、貨幣経済が活発化した封建時代末期、徳川幕府と扶持米で生活していた武士は、それまで同様、米を商人に売却して現金化せざるを得なかったのです。一方歴史書で明らかではありませんが、明治になっても米の売買で膨大な利益を得る商人に対し、明治政府は企業収益に対する課税制度が不十分であり、しばらくは地租が国家税収の中心であり続けたでしょう（因みに、21世紀の現代でも日本国内で収益を得ている多国籍企業に対する課税が外交問題ともなっています）。それゆえ一揆を含む地租改正反対など明治政府に対する異議申し立ては農民が、国家との関係（政府を誰が動かすのか：民主制）を意識し始めるきっかけとなったことと思います。

また1873年の征韓論の否決から野に下った西郷隆盛・板垣退助らが翌年、士族の不満を背景に政府批判の運動を始めました。政変に始まる政府官僚の専断（有司専制）の弊害を批判し、そこから自由民権運動が始まったようです。（前掲275頁）しかし、これらの運動の核に抽象的「個人」が観念されていたかは明らかではありません。

・個人と集団の決定

現代では、全て個人は尊重され、経済的な自立（生存）と社会組織の一員として社会・国家の運営にも関わらざるを得ないことになります。これに関してアメリカの元副大統領アル・ゴアは《アダム・スミスの『国富論』とアメリカの独立宣言は同じ年に発行された。どちらも人間の一人ひとりを独自の判断を下す単位として捉（とら）え、自由に入手できる知識をもとにみずからの意思決定をすることができると考えた。そして前者の場合は富（そして労働）、後者の場合は政治権力を最も賢明に配分できるのは、集団による決定であるとした。》（『理性の奪還』アル・ゴア著　竹林卓訳　ランダムハウス講談社　123頁）と書いています。

要約すれば、国富論と独立宣言は、共に抽象的存在である個人を想定し、この個人が経済関係において独立した個人として契約をすることで「神の見えざる手」が社会の発展を促し、同時に政治権力は個人の意思決定をもとに集団による決定（現実的に代表民主制）が賢明であると論じています。

さらに《資本主義と民主主義は共通した論理を内包していた。財を売買するときや提案を審議するさい、個人が合理的な決定をすることで、自由市場と代表民主制は最もよく機能するとされた。》として資本主義と民主主義の共通の基盤に合理的決定ができる個人の存在を明らかにし、資本主義と民主主義が共に個人の自由から論理的議論を進めることができる、と明快な視点を示します。

これを見ると、同じ年に発行された『国富論』と『独立宣言』及び**資本主義（富と労働）**と**民主主義（集団による決定）**、これら相互の関係が自由な意思決定をする個人を中心に社会が展開され、歴史が進むと考えるのも面白そうです。

社会を発展させる２本のレール、資本主義と民主主義があり、この線路から脱線すれば社会進歩も望めません。そこで、レールの上で社会を正しく運行させられる運転手として個人が存在する、と考えると人間社会の未来への道筋も見えてくるようです。

・天賦人権思想の出現

アメリカがイギリス本国と独立戦争を戦い勝利して1783年にパリ条約でアメリカ合衆国の独立が承認されましたが、それ以前の1776年、ジェファソンらが起草したアメリカの『独立宣言』は、ジョン・ロックの自然法思想に立脚して自由・平等・幸福追求権を天賦の人権として書かれています。

アメリカでは1860年にリンカーンを大統領に選出、南部13州の独立をめぐり南北戦争が1861年に始まり1865年南部が降伏し、合衆国が統一されるまで法的に奴隷制が存続していました。

《**アメリカの独立革命**は近代民主政治の基本原理を表明して、イギリスからの独立を達成した。**フランス革命**は多様な社会層の複雑なからみあいのなかで、旧制度を破棄し、有産市民層に政治的発言力をもたらした。》（前掲『詳説世界史Ｂ』241頁）そしてアメリカの独立宣言の影響から1789年フランスの国民議会で人権宣言が次のように採択されました。
「第１条　人間は**自由かつ権利において平等**なものとしてうまれ、また、存在する。社会的差別は、共同の利益に基づいてのみ、設けることができる。」「第２条　あらゆる政治的結合**（国家）の目的は、人間の自然で時効により消滅することのない権利の保全**である。それらの権利とは、自由・所有権・安全および圧政への抵抗である。」「第３条　あらゆる**主権の原理（起源・根源）は、本質的に国民のうちに存在する**。いかなる団体、いかなる個人も、国民から明白に由来するのでない権威を、行使することはできない。（太字筆者）」（前掲250頁）この宣言は、すべての人間の自由・平等、主権在民、私有財産の不可侵など、近代市民社会の原理を主張するものでした。このようにアメリカ独立宣言とフランス革命は、近代国家と近代市民社会の重要な原理を提起したものとなっています。

上の第１条の、特に第２文は**共同の利益**があるなら**社会的差別**は認められるという内容ですが、フランス人の発想が良く判りませんので、人権宣言が採択されたフランスの経済学者トマ・ピケティの『21世紀の資本』（みすず書房）を見ると《最初の文（第１条１文：筆者：注）で絶対的な平等の原理を主張しているのに》「社会的差別」以下の第２文について《この二番目の文はきわめて**本物の格差の存在**に言及している。（太字筆者）》（499頁）として、この第２文について《私たちの**民主主義社会は能力主義的な世界観、**少なくとも能力主義的希望に基づいている。それは、格差が血縁関係やレントではなく**能力や努力に基づいた社会**を信じているという意味だ（中略）**社会的差別は**偶然の条件から生まれるのではなく、**合理的かつ普遍的な原理**によって生じるという認識が不可欠だ。格差は少なくとも理屈上ではすべての人にとって公正かつ有益である必要があり（太字筆者）》（438頁）と説明しています。本物の格差が能力に基づいているならすべての人に取りチャンスがあり有益である、ということでしょうか。

また《最も過激な実力主義信奉はたいてい、相続に起因する格差に比べれば理にかなっていると言われる、きわめて大きな賃金差別を正当化するために持ち出される。ナポレオン時代から第１次世界大戦にかけて、フランスには大臣をはじめとする、高給取り（当時の平均所得の50 - 100倍）の高級官僚がわずかながら存在した。これは**最も有能で優れた人は給料**だけで、（能力は無くとも：筆者注）**最も裕福な相続人と同等の尊厳と気品のある生活**が送れなければならないという考えに基づいて（中略）常に正当化されてきた。》（同書433頁）と、恐らく日本では考えられない賃金格差がフランスで存在し、能力のある人は能力が無くとも相続で裕福な生活を送れる人と同等の生活をしても許されると言うのですから、第１条第２文は、ナポレオン時代からの**極端な能力主義**に一定の理解を示しているようです。このことからフランスから来たカルロス・ゴーン元日産CEOの法外な報酬が思い出されます。

いずれにしても今から230年以上前、ペリーが1853年浦賀沖に現れるよりさらに50年以上前にアメリカで**自由・平等、国民主権**が宣言され、人間に由来する（天賦の）権利である人権が21世紀の現代でも課題となっていることは、人間の理想と現実の乖離を埋めることの難しさがあり、その全ての原因が政治権力者だけの責任ではないように思えます。

・人権宣言前、人間の「自由」

アメリカの独立宣言、フランスの人権宣言で天賦人権思想が表明されましたが、そこに至るまでも、人類誕生以来、人は生存に必要な食糧、生活物資など「希少資源」の生産・獲得のため、自然環境（海・河川、土地、地下資源等。以下「領土」）に働きかけてきました。そして人類は、希少資源の奪い合いだけでなく、食糧生産に絶対的に必要な領土の奪い合いを続け、さらに人間さえも所有権の対象とした長い歴史があります。

人間が馬・ロバのごとく他人の法的な所有権の対象とされていた時代には、「奴隷は人間ではない」との考えが広く行き渡っていなければ、社会の法は根本から崩れ去ることとなり、凡そ全ての人が人権として享有できる「自由」などはこの時代にはあり得ないことです。

その後も個人に天賦人権があると観念されながら、人種差別撤廃の闘いは今に至るも大きな政治問題になっています。頭の中で人権を考えることと現実が無関係ではないとしても天賦人権思想が社会の隅々まで貫徹されることは、まだまだ困難な課題が残り、人間が真の自由を獲得することは、ひょっとすると不可能かもしれません。

第２節　資本主義

・産業革命からゆるぎない資本主義が始まる

人権宣言が採択されて以後、欧米先進諸国では市民革命と産業革命（18世紀後半の「二重革命」）が始まり《産業革命によって大規模な**機械制工業**が出現し、大量生産で安価な商品が供給され始めると、従来の家内工業や手工業は急速に没落した。一方、大工場を経営する**資本家**（産業資本家）は経済の大勢を左右するよ

うになり、社会的地位を高めた。こうして**資本主義体制**が確立した。》（前掲244頁）

若干補足すれば、資本主義の出発点には、産業革命で没落した農民、職人らが労働の場を失い収入がなくなった「自由労働者」となり、資本家がこの労働者に賃金を支払い、購入した労働力で商品を生産・販売して利益を得られる資本主義経済体制が整いました。

資本主義経済を支える法制度は、**契約自由の原則**のもと資本家と労働者が**雇用契約**を締結し、資本家の指揮監督下で生産された**商品**は、市民革命で成立した国家により**資本家の所有物**として保護され社会の中で自由に売買できる経済社会、即ち国家が「**個人意思の自由、契約の自由、所有権の絶対**」として保障する法体系が資本主義体制に不可欠な前提となっています。

・資本主義の結果（個人と経済）

資本主義は、独立した意思を持ち合理的に行動できる個人を想定し、この個人間の契約で社会全体が豊かになると構想されています。この資本主義が想定する個人は天賦人権思想に基づく抽象的個人であり、全て対等・平等です。それゆえこの個人間で成立した雇用契約から発生した結果も全て抽象的には全て「平等」と観念され、そこには何らの不正もないこととなります。

即ち、繰り返しとなりますが、合理的に判断できる**個人の自由意思**に基づいて行われた契約当事者は、当然契約の内容に拘束されるものですから、仮に**結果として貧富の差**が生じても、それは自由意思を持つ個人間の契約関係から発生した論理的結論であるので結果は法的に保護されるべきものとなります。

このように個人の自由意思に基づく契約関係から資本主義の論理的な結果が導かれ、ひいては社会全体が豊かになると想定したのがアダムスミスの『国富論』であり、「神の見えざる手」の行き着くところです。しかしながら、労働が組織化され生産力が増大し社会全体が豊かになるものの富の偏在が放置されているのが現代の資本主義です、あるいはこれを「新しい資本主義」などとも言われていますが、現実はアダムスミスの『国富論』に後戻りとなっています。

フランス革命当時の理想的考え方として自由・平等が全ての個人に保障される天賦人権であるとされ、21世紀の今日でも個人の自由と契約の自由が保障され、その結果資本主義社会で限りない格差（社会主義国家を含む）をもたらし、一国の財政力に匹敵する財力を持つ富裕層がいる一方、今日食べる物もない数千万、数億人の貧困層がいる現実を見れば、人間社会が実質的平等でないことは明らかとなっています。

・自由と平等の発想の違い

そこで自由意思を持つ国民、主権者が主人公となって国政を運営するのが民主主義の核心であり、国政に参加する主権者の克服すべき最大の課題は、天賦人権である自由と平等の実質的矛盾、簡単に言えば資本主義社会の格差解消がこれからの福祉国家の進むべき道筋となるはずです。民主主義がその道筋をつけますが、自由と平等の調整は極めて困難です。

ところで、言われてみれば当然ですが、人間が生まれ成長する過程で、ものの見方や考え方に最大の影響を受けるのは家族に他なりません。そこで国民国家の主権者となる者の家族構成に着目して、人の自由と平等の観念がどのように形成されるのか考察を加えた学者がいます。『最後の転落』（1976年）で乳幼児の死亡率から「ソ連の崩壊」を、『帝国以後』（2002年）で「米国発の金融危機」を、『文明の接近』（2007年）で「アラブの春」を、さらにはトランプ勝利など次々と「予言」したフランスの歴史人口学者エマニュエル・トッドのコメントをご紹介します。
《直系家族社会の日本では、絶対的核家族社会のアメリカやイギリスほど、「富の不平等」は広がっていないからです。》また《アメリカとイギリスでの「不平等」の広がりは、「絶対核家族」（結婚した子は親と同居せず、遺言で相続者を指名し、兄弟間の平等に無関心）という家族構造に由来しています。この家族システムには、「平等」という価値観が組み込まれていないのです。親子関係は、自由主義（個人主義）的で、ドイツや日本の直系家族のように権威主義的関係ではなく、「自由」という価値観が組み込まれています。しかし「平等」の原則はなく、だからこそ、これらの社会では、「不平等」に歯止めがかからないのです。》（『第三次世界大戦はもう始まっている』エマニュエル・トッド　大野舞訳　文春新書168、170頁）とあります。このように自由と平等の関係を家族制度の違いから解き明かしています。
国の政治のあり方に関わるのでしょうが、主権者である国民の総意で「自由」と「平等」の関係が決まるものなら、アメリカ社会での天文学的な格差がある一方、日本が中国よりも社会主義的であることなどに、一定程度納得ができます。
現在、我が国で核家族が増えつつあることは、日本の家族制度が大きな曲がり角に来ていることが原因の一つだとは思いますが、未だ昔からの「家」が社会内で一定の存在感を示していることを考慮すれば、良し悪しはともかく日本社会には未だ平等思考が「残っている」ように思えます。
エマニュエル・トッドの本を読み、20年ほど前のことを思い出しました。私が地元の敬老会でご挨拶を頼まれたときのことです。「皆さん、お体に気をつけてくださいというのは、体は天からの借りもので、自分のものではありませんから大切にお使いください。しかし頭は自分のものですから、ドンドンお使いください。それと最近気が付いたのですが、祖父母と一緒に生活しているご家庭のお子さんは心が優しいですね。なぜそうなのか考えたのですが、子どもは、自分が大きく元気になるのに、お祖父ちゃんお祖母ちゃんは段々弱っていく、何かお手伝いをして感謝されプレゼントをもらう嬉しさを知り、最後は、悲しい『さよなら』となります。そのような体験をする中で、子どもは弱者に分け与える優しさを獲得すると思います。また自分の一生についての朧気なデザインができるのでしょう。ですから皆さんは、長年の人生の中で蓄えた豊かな知識・経験をお孫さんにしっかりと伝えてください。」とご挨拶しました

若くて元気な両親のいる核家族での子どもの成長過程は自由な親子関係の下で、ひたすら自分が強く大きくなることが目標となるのでしょうか。人間が持つ自由と平等の観念が、どういう家族構成の中で人に組み込まれるのか、素晴らしい示唆を与えられました。

・資本主義の矛盾

それでは、資本主義は、どこに格差を生み出す問題点があるのでしょうか。産業革命前の小規模な商品生産においては、商品の所有者は、それを作り出した者が当たり前のように自由に収益、処分できました。農民・職人らの労働の成果である生産物は、それを作り出した者の所有物であることに何らの疑問はなかったのです。

しかし、資本主義的な生産は、資本家が労働者に労働時間に応じた賃金を支払い、生産現場で労働者に労働させることで生産された商品は全て資本家の所有権の対象となるということです。資本家は機械・原料などを仕入れ、そこに労働者から買い入れた労

働力を導入することでその成果は全て資本家の自由に処分できる商品となります。

これが資本主義社会の出発点となります。人間の働ける能力を資本家が時間決めで買い取り、その間の労働者の労働・アイデアなどは全て資本家に帰属するということです。労働時間内の労働者の素晴らしい発明・発見も基本的に全て資本家の所有物となるのですが、特許権をめぐる会社と労働者の訴訟をみるとこれで良いのかとの疑問も生じます。

資本家と労働者の締結する雇用契約が対等平等なことはありませんから、そこに国家がどの程度介入すべきか、労働基準法をはじめ労働者保護法がありますが、最近では労働力の売買を超えて「人身売買」に近づきつつある「労働者派遣法」は、雇用関係を調整するとはいえ、労働者の間でも新たな格差を生み出し、資本主義の矛盾が見え難くなる別の課題となります。

第３節　民主主義の意義

・国家運営と選挙制度

国家のあり方は、外交・経済・安全保障など多岐にわたりますが、国家は国民生活の安定を第一に考えなければならないはずです。

そして、私たちが安定した生活を実現するために、有権者は各候補者・政党の政治理念に関する情報を自由に入手選択して自らの政治信念と協調できる代表者を国会に送り出すべく、選挙に参加しなければなりません。

先に言及しましたが、資本主義社会の商品経済を支える根本に労働契約があります。最近、政府が最低賃金の引き上げをし、「春闘」で相場介入をするなど労働契約の根本にまで政治的影響力を発揮しています。国家は如何なる法制度を作ることで、この労資間の「結果」の不平等（日本では格差が少ないようですが）を克服するか、ここで民主主義と資本主義が深く関わってきます。

国の政治をどう進めるべきか、天賦人権思想で宣言されている人権をどうすれば充実させることができるのか、色々な意見があることは当然としても、表現の自由が保障される中で選挙民が様々な情報に自由にアクセスすることができ、合理的判断をして自分たちの代表者を国会に送れるのかと選挙制度を下から上に考えると多くの問題があります。

・国民の意思を国政に届ける

民主主義国家である我が国の政治は如何にあるべきか、国民生活の安定、外交、国際平和の問題などに国民の意思を反映すべく行われるのが選挙ですが、現実問題としてどうあるべきか、非常に難しい問題で簡単に指針など示せる問題ではありません。

憲法上、国権の最高機関である国会を構成する国会議員に国民の如何なる階層の意思を代表させるのか、選挙制度の問題があります。国民の意思に比例した代表制度か、小選挙区による比較多数の代表か、この比例と比較の中間点をどの程度勘案するか、何れが正しいのかという評価は極めて難しい問題です。

一票の平等が当然としても国民の多数の意思を切り捨てる小選挙区制、政治の不安定をもたらす比例代表制、その双方の「弱点」を補正すると言われる小選挙区比例代表の並立制が現在の選挙制度ですが、候補者に自律的自由があるかと考えた時、最大の問題点は既成政党の一部幹部が選挙を「牛耳る」ことで候補者の個性が無視され、また政党の裏金問題が発覚したように国会→政党→有権者という上から下への選挙制度が国民の無関心を拡大させることになります。

逆に47都道府県から選出された地域密着型の国会議員が政治信条を同じくする者と政党を組織して国会における多数派が内閣総理大臣の指名をするのが代表民主制にふさわしい制度でしょう。このような大中選挙区制は金がかかる選挙などと言われていますが、今の政党交付金などはパーティ券販売と共に政党幹部の「つかみ金」として「政治腐敗・利権」の温床となるしかないのであれば選挙はもっと国民参加型のお祭りスタイルが望ましいと考えます。

現在の選挙制度でも最終的には各政党に対する国民の支持率で国の政治の方向性が決まるのでしょうが、敗戦後80年を迎える我が国の政治がそもそも国会・内閣の意思だけで決め得るものでもなく、内政・外交を勘案して世界の政治情勢の力関係を見ながら我が国の現在と未来を築き上げるとしか言い様がないのが現状です。

・国家の最高権力者のあり方

先代の国家元首の親族が国家の最高権力者であるならば、それは君主制であり国政に国民の意思は関係がないこととなります。地域の経済社会及びその他社会に存在する諸々の団体から「評議員」を選出して共産党員として任命し、その中から共産党大会に参加する選りすぐりの「共産党代議員」が党大会で最高権力者を選出するとすれば、それが中国の主席となるでしょうが、ここでも大会という「平場」で決着されるものではなく、水面下で行われる権力闘争があり、最終的に大会の決議で主席が選出されることとなります（あくまでも推測です）。

また、国民の有権者全てに参加の機会が与えられ、国の最高権力者を選挙で選出した大統領が国のトップとして各種補佐官を任命し行政権を指導監督する、あるいは大統領が内閣を組織してこの内閣が行政権の各分野を指揮する体制（現在のフランスなど）もあるでしょう。韓国の大統領の直接選挙は概ねこのような制度と思われますが、大統領は日本と異なり国会を「経由」して選出されませんから、権力分立はある程度認められるでしょう。

アメリカの《建国者たちが直接民主制を採用しなかったのは、恐怖が思考を圧倒してしまうことを心配したからである。》（『理性の奪還』ランダムハウス講談社、44頁）それゆえ「知識も教養もない」と想定（失礼）されている一般国民が政治的理解のある選挙民を選出し、この選挙民が大統領を選出する間接選挙制が米国の大統領選挙制といえるでしょうが、分かり難い予備選挙があるため一国の指導者を選出する制度の良し悪しは不明ですが、実質的な直接選挙になっているようです。

民主主義の本家であるアメリカにおいても大統領選挙には膨大な資金が必要となり、財閥の支援なくして大統領選挙は戦えません。それよりも驚いたことにアメリカの政治家は、富の影響力と共に大量破壊兵器があるなどとして国民の恐怖心を煽り、「テロとの戦い」のスローガンで国民の正常な判断能力を奪い、選挙に勝利する実態があるようです。ここでも政党とマスコミなどがテロの危険を正しい情報に基づいて報道をしているか、問題となると思います。

第４節　日本（ニッポン）再出発

・敗戦で米国の世界戦略下で「平和」に

第６節でも触れますが、日本は、ポツダム宣言を受諾し連合国の無条件降伏を受け入れ、1945年９月２日降伏文書に署名して第二次世界大戦が終結しました。日本は敗戦国として独立を失い、米国軍を中心とする連合国に占領されました。連合国の占領目的は、軍国主義日本を解体すること、そして日本を二度と諸外国を侵略するような国家にしてはならないと考えたのでした。もっともこの時、既に水面下では、その後の国際紛争の火種となる世界戦略をめぐる争いが、米国を中心とする資本主義国とソ連などの社会主義国の間で煮えたぎっていました。

マッカーサーは、ソ連などが日本の占領政策に介入してくる前に、日本を資本主義国の一員として、日本の軍国主義の原因となった絶対主義的天皇制を廃止させ、戦争放棄と基本的人権を保障し、非軍備の国民主権国家として平和憲法の制定を急がせようとしていました。

しかし、当時の日本政府及び憲法学者は新しい憲法制定には消極的であったことから、米国軍は当時の理想主義的な立場を取る憲法学者などが制定した憲法草案を内閣に示し、この草案を帝国議会が若干修正して現在の日本国憲法が制定されました。

その結果、地政学的に中国大陸を押さえ込む戦略拠点として、沖縄を含む日本列島各地に米軍基地ができました。サンフランシスコ平和条約が1952年4月28日（沖縄反戦デー）発効し、日本は国際的に独立国となった直後、米国と日米安保条約を締結して米軍基地が存続し、米国の世界戦略に組み込まれた日本列島の空は、未だ米軍の占領下にあります（『本土の人間は知らないが、沖縄の人はみんな知っていること』矢部宏治　ちくま文庫参照）。

この間、日米安保条約という軍事同盟がある中で、朝鮮戦争、ベトナム戦争、湾岸戦争、イラク戦争もありましたから、私たち日本人が何らの代償もなく80年間「平和」に生活できた「幸運」を満喫しているわけではないはずです。「平和ボケ」と言われないためには何が必要なのかを念頭に置いて、どこに「ツケ」が回ってきているのか、この辺の事情を踏まえながら古代国家の成立から「国家はどうあるべきか」を考えなければなりません。私たちの次なる挑戦の始まりです。

第５節　国民と国家の関わり（国家論）

・日本人で良かった

誰しも、平穏な生活ができている時は、「僕は日本人だ」などと考える閑もなく毎日が過ぎています。

しかし、米国で発生した銃乱射事件、中東での自爆テロなどが新聞・ラジオ・テレビで報道された時などは、思わず「日本で生活していて良かった」「日本人で良かった」と考えるでしょう。

外国のサッカーチーム、あるいは大リーグで活躍している日本人の映像が映し出されれば、「日本人が頑張っている、良かったな」と応援のエールを送るでしょう。最近、ラグビーの日本代表メンバーに若干の外国人も見られますように、日本の「血統主義」にも若干変化が出てきました。スポーツの「日本代表」の視点から世界の中の日本のあり方を見ることができます。

比較的小柄な日本人が、外国の選手と対等に戦い勝利した時、同じ「日本人」として共感を覚え、さらに日本代表選手がオリンピックでメダル、特に金メダルをとり、国旗掲揚と共に国家である「君が代」が流れる時、多くの日本人は、日の丸と君が代に「ニッポン」を感じますが、それでもまだ「日本国家」を意識するまでにはなかなかならないと思います。

・国民の生命を守る国家

日本国を実感する時は、どんな時でしょうか。日本でニュースを見ているだけでは自分と国家の関係など考えもしません。皆さんが「日本国」発行のパスポートを手に空港を出発し、外国の空港に到着し、その国の入管と税関を通過した時、「やっと外国に着いたな」と実感されるでしょう。

なかなか気が付きませんが、パスポートの裏表紙には「日本国民である本旅券の所持人を通路故障なく旅行させ、かつ、同人に必要な保護扶助を与えられるよう、関係の諸官に要請する。」と書かれ日本国外務大臣の印鑑が押されています。これは、日本の国家と外国の間でお互いに、相手国パスポートを所持している人が入国した場合に身の安全を保障し合う約束があるからなのです。この時、外国政府が旅行中に日本政府に代わってあなたの生命・財産を守ってくれているということなのです。

このように国家と国家の約束で自分の身の安全が保障されている事実があっても、まだ「楽しい外国旅行」中には改めて「ニッポンの国家」にまで思いは及びません。

そう言う自分も、「国家って何だろ」と考え、改めてパスポートの記載を見て、日本の国家が国民を保護しているということを知ることができました。パスポートの裏表紙から具体的に国家と国家、国家と国民の関係を今さらながら「発見」したのです。パスポートを手にして外国旅行をすれば自分と国家との関わりを感じるチャンスがあるのですが、国内で普通に生活する中では国家とか国家権力を意識することは、税金とか交通違反で罰金を払わされる場合などを除き殆どないと思います。

しかし、空気と同じくらい普段は実感することがない国家は、24時間私たちの生活に深い関わりがあります。ビニール袋を頭からかぶり呼吸困難となり初めて、空気がなくては絶対生きてゆけないことを実感するのと同じことです

・日常生活に関わる国家

例えば、毎日の生活の一コマです。朝起きて水道の蛇口を捻り、水を出して顔を洗う、どこに国家が関係するでしょうか。水道の

蛇口は、水道業者が設置しますが、全ての企業が事業を始めるにあたっては国の許可が必要であるだけでなく、蛇口の製造・販売・流通の全てに国家が関係しています。蛇口から出てくる水も地方自治体の水道事業、水質基準、どれを取っても直接・間接に国家の関与があります。石鹸もタオルなども国の品質基準に基づいて製造されています。商品の品質・安全基準・食品の賞味期限、全て国家の関与があります。

仕事に向かうため車に乗り道路に出ると、まず必要なのは運転免許が必要です。税金を払って車を購入し、商社が外国から原油を輸入し、巨大タンカーで日本に運び、製油所で精製されたガソリンに、国家が原価を超える税金を上乗せした価額を払い給油して車が動きます。などなど、あらゆることの全てに国家が法律で規制を加えています。勿論、道路の計画から維持管理まで、全てに国家の徴収した税金が投入され、国民の自由・勝手はできません。普通あまり馴染みがありませんが、道路を走行しないブルドーザー用の軽油を使いトラックが道路を走行することはできません。この軽油は道路税を払っていないからです

・国家の成立と暴走

作家の司馬遼太郎は『昭和という国家』(ＮＨＫ出版)の中で、中学生の頃、我々のようにパスポートではなく、ノモンハン事件を知り《こういうばかなことをやる国は何なのだろうということが、日本とは何か、日本人とは何か、ということの最初の疑問となりました。》(同書10頁)と疑問を持ち始めたとあります。バカな戦争を官僚がしたのですが、司馬遼太郎は、愛国心を持つ官僚がいたのか、と自問し《国というものを博打(ばくち)場の賭けの対象にするひとびとがいました。そういう滑稽な意味での勇ましい人間ほど、愛国者を気取っていた。》と第二次世界大戦を戦った軍人を

含めた官僚を批判し、日本という国は《大正末年、昭和元年ぐらいから敗戦まで》魔法にかけられた《あんなばかな戦争をやった人間が、不思議でならないのです。》（同12、13頁）と書いています。

昭和の日本国家は、魔法にかけられたと考えなければ理解できないほど馬鹿なことをした、正気の沙汰ではなかったと言うしか、昭和の官僚が動かしてきた日本国を「擁護」できないのです。ここに司馬遼太郎の愛国心が現れていると思います。「魔法にかけられた人」は非難できませんからね。

・司馬遼太郎の疑問

また、司馬遼太郎は『この国のかたち』（文藝春秋社）の冒頭で、《人間や国家のなりたちにかかわる思想と日本的な原型について考えている。》《日本の古代というのはじつに分かりにくい。どうして大和政権が、古代日本の代表的な勢力になったかについても、わからないのである。四、五世紀でさえ大和政権は比較の上での大きさであって、絶対的な存在ではなかった。六世紀ごろでもなお独立性を失わない諸氏族や族長もいたとみるほうが、自然である。》《七世紀になって様相が一変したというほうにおどろきを持ってゆかねばならない。あっというまに、大和政権による統一性の高い国家が出来てしまうのである。この間、戦国乱世ふうの大規模な攻伐があったようにはおもえず、キツネにつままれたような印象をうける。》（９～10頁）と述べ、７世紀、あっという間に、日本国中で戦いが繰り広げられた様子もないのに《大和政権による統一性の高い国家が出来てしまうのである。》と書いています。

司馬遼太郎にすれば、本来国家権力を掌握するには、何時の時代、地球上のどこであっても激しい戦争・殺し合いがなければ統一国家が成立するはずがないと考え論を進めますが、《七世紀の面妖さについての説明は“外圧”という補助線を引いてみると、わかりやすい。一衣帯水の中国大陸にあっては、それまで四分五裂していて、おかげで周辺諸国は安穏だった。それが五世紀以来、隋という統一国家が勃興することによって、衝撃波がひろがった。》と説明が続くように、日本の明治国家も黒船という「外圧」を受け版籍奉還により一夜にして統一国家ができました。

司馬遼太郎は、歴史上日本が元寇を防御し追い返した過去があるとしても国家を博打の対象にして大負けして、国を滅ぼした昭和という国家の不思議、また狐につままれたように、この日本列島の出来事として「突然」統一国家ができたことは、理解困難なことであると述懐しています。これが明治維新の時に「外圧」により出来上がっているという、日本の不思議さは、日本人を丸ごと理解する前提として存在するのでしょうか。前述した「外圧」もあり、7世紀ないし19世紀の終わり頃、日本に統一国家が出現したと司馬遼太郎は考えているようですが、実は《集団と集団がぶつかり合い、殺しあう戦争は、日本では弥生時代に始まったといってよい。》（『詳説日本史研究』山川出版社　26頁）と解説されています。本書151頁参照。それでは一体国家は、何時頃出来上がり、どんな特徴を持つ人間の集団なのでしょうか。また、どのような条件が整った時「国家が成立した」と言えるのでしょうか。詳しい年代など分かるはずもありませんが、どのようなきっかけで国家が出来上がったのか、考えておく必要はあるでしょう。

・古代国家の特徴

世界史を紐解けば、既に、4000～5000年前から存在した国家が他の国家を征服し、敗戦国の民族を奴隷とすることで自国の繁栄を謳歌してきた事実は明らかです。

遠くギリシャで民主主義が生まれ発展したと言われていますが、

ギリシャでは２割の「市民」が８割の奴隷労働によって生活していたそうです。有名な哲学者であるソクラテスもプラトンも奴隷を所有する自由を認めていました。市民が国家システムの中で８割の奴隷を収奪し生活をしていました。

日本人もこの列島の上で2000年以上の昔から存続する国家の中で生活しています。繰り返しになりますが、そもそも国家とは、一体何なのでしょうか。

司馬遼太郎は、前著で出来上がった国家の思想のあり方等を説明していました。無政府主義者ならともかく、国民は24時間国家と関わりを持ち生活せざるを得ないのですから、古代から国家はそもそも存在するものであると考えることもでき、無批判にこの国家の中で生活してゆけばよしと考えることもできます。

しかし、21世紀の現代、私たちは自覚的に自由と民主主義を考えながら国家の中で生きる以上、人間の歴史の中で出発点である古代国家が如何なる原理で出来上がったのか、検討することは不可欠と思います。

・国家の起源一つの考え

世界史の中で、遊牧民族が定着して農耕を始め国家ができた、即ち国家の前に農耕があったと考える人もいるようです。《それは、ゴードン・チャイルドが唱えた、農耕と牧畜にもとづく、新石器革命（農業革命）という概念に代表される。それは、農業・牧畜が始まり、人々が定住し、生産力の拡大とともに、都市が発展し、階級的な分解が生じ、国家が生まれたという見方である。》（『世界史の構造』柄谷行人著　岩波書店87頁）

このように人々が定住→生産力拡大→都市→階級分解→国家ができるという論理です。

しかし柄谷行人は、生産力が拡大する「革命」をキーワードにして、《定住化は農業以前に起こっており（中略）、栽培や飼育が発生しても、それは国家にいたるような「農業革命」にはならない。（中略）それが国家となるには、別の要因が必要なのである。要するに、降水農業や小規模な灌漑農業が普及しても、人々は狩猟採集以来の生活スタイルや互酬原理を根本的に放棄することはなかった。ゆえに、農業から国家が始まる、ということはできない。むしろ、その逆に、国家から農業は始まるのである。》《もし産業資本主義や現代国家が産業革命によって生まれたというならば、誰でも、それが逆立ちした見方だということに気がつくだろう。》《産業革命は国家や資本を説明するものではない。逆に産業革命を説明するために、われわれは先ず国家と資本について考えなければならない。》（同書88頁）とあるように、農業生産力の拡大から国家が生まれたのではなく、逆に国家があって、農業生産力が拡大し「農業革命」が始まった、とこれまでの定説を逆転させています。

・労働の組織化と権力維持

そして、生産力を拡大した産業の発展は、機械の発明や使用から考察するのでなく「分業と協業」という労働の組織化、人間的労働を分割し結合すること、人間的労働を「機械」化することが、機械自体よりも重要だ、と考え、「新石器革命」についても同じことが言え、「労働を節約する技術」（労働の組織化）が発明されたことで、生産力が拡大した「農業革命」が始まった。この労働の組織化、人間を支配する技術が画期的であった、と柄谷行人は説得力ある議論を展開しています（同88、89頁要約）。

古代国家でも現代でも国家権力者の人脈（権力サークルの維持）こそ権力の源泉であり、そのためには並び立つライバルを滅ぼす必要があります。例えば、ＮＨＫ大河ドラマ『鎌倉殿の13人』（若年の新将軍頼家の専制をおさえるための制度）でも権力者源頼朝以来の武将、梶原景時（かじわらかげとき）、比企能員（ひきよしかず）、和田義盛（よしもり）、三浦義澄（みうらよしずみ）などが滅ぼされることで北条の権力が維持されました。会社でも政府でも同じで、ナンバーツーが単なる形式（政治家なら原稿を読むだけの岸田内閣官房長官）か、あるいは真の味方でなければ、影響力を削ぐか滅ぼすことで自らの権力維持が安泰になります。

・国家を動かす官僚制

権力者が人民を支配する手段として最も重要なのは官僚制です。軍隊もまた、例えば明治憲法下の日本軍のように、陸軍大学及び士官学校出身者で占められる官僚制による命令体系によって組織化され強力となりますが、傲慢になり外部の批判も受け入れなくなれば、国を滅ぼすことにもなります。権力者の謙虚さは絶対必要です。

古代国家でも官僚制を整え、大規模な灌漑農業も可能になりました。人間労働の組織化とこれを支配する官僚制が国家を出現させたようです。そして、国家によって人間を支配する技術ができて、大規模灌漑農業もそれによって可能となった。人を動かすノウハウが不可欠なのですね。

・宗教が不可欠

さらに人間を支配する技術は単なる強制ではなく、自発的に規則に従い労働させる訓練、そのために宗教が重要となります。《人々は単に強制されただけでなく、王＝祭司のために積極的に働いたのである。彼らが勤勉に働くのは、強制ではなく、信仰によってである。しかも、それは空文句ではなかった。王＝祭司は実際に、そのような農民を軍事的に保護し、且つ再分配によって報いたからだ。》（以上同前91頁）とあるように、自発的に働く、即ち苦役に従事する人民の多くは、文字も分からず、社会・国家の仕組みに無知であったことから、生きるために食糧を確保することに汲々とするしかなく、自然・神に対する畏敬の念しかなかったのです。
そこから人々は、王は神の代理人であるから、自分たちの境遇は神によって定められたものであるから、与えられた今の仕事を一生懸命に行うことが来世、あるいは天国への近道、と信じていたのでしょう。それゆえ現実の労苦も権力者の栄耀栄華も同様に神が定めたものであればこそ権力者は誰からも脅かされることがありませんでした。

・古代国家の出発点まとめ

誤解を恐れず、国家の起源をまとめると、集団で灌漑事業を始めるなら、労働を組織化（効率的役割分担を考え、人を配置する）し、指揮命令系統を作ってはじめて事業拡大は容易になる。この考え方の延長線上に、王により組織された官僚が効率的に人民を働かせ、その一方で、信仰により、自発的に労働する人々がいれば社会全体の生産力が拡大し、王＝祭司は農民を軍事的に保護し再分配によって報いてきた。これが古代国家の出発点と考えられます。

・国家は国民の生命を左右できる

数千年前に出来上がった国家と国民の関係はどんなものであったのでしょうか。簡単にでも理解できれば、この国の政治に参加し、自分たちの生活を豊かにするために私たちが何をすべきか、また自らが生きるための行動基準を見つけ出すことも、案外難しいことではなくなると確信しています。
「国家」の定義を広辞苑で探しますと「一定の領土とその住民を治める排他的な統治権を持つ政治社会」とあります。また排他的、統治権という難しい言葉が出てきますが、「排他的」とは、他のものを排斥すること、とあります。国で言えば、領土内で他の国家の権力行使を許さない、例えば台湾政府はぎりぎり中国共産党を排斥できています。しかし、日本の領土内で米軍は日米安保条約に則って自由に活動できるのです。

次の「統治権」とは、主権者が国土及び人民を支配する、とあります。支配とは、ある者が、自分の意思命令で他の人の思考・行動を規定・束縛を加えることです。香港市民は、中国本土の共産党の権力支配下にあります。この支配に抵抗すれば刑務所に入れられます。

大日本帝国憲法下で日本国の主権者は天皇でした。それゆえ、天皇は国民の行動を規制し、束縛を加えることができました。戦前のことを考えれば、天皇の名によって20歳以上の日本国籍を持つ男子は徴兵検査を受け、「合格」すれば軍隊に徴用され、戦地で戦い、場合により戦死もします（米国籍を持つ日系移民の子も来日していわば日本人として徴兵される悲劇がありました）。

人民を支配するとは、命まで召されるのですから、《土地と人民からなる国家は、君主の権利の客体》（『憲法』伊藤正己　弘文堂　２頁）となり、人民の生命・財産は、主権者の意思で自由にできるのです。主権者の「自由」にできるとは言うものの、お国のために戦い散っていった戦死者を親族の供養に委ね、国家がお祀りを疎かにするならば、主権者は権威と国民の信頼を失います。そこで、靖国神社に英霊をお祭りし、然るべき関係者が参拝を続けてきました。

戦後、昭和天皇も靖国神社に参拝をしてきましたが、神社側が戦争犯罪人である東条英機らを英霊に合祀したことで、昭和天皇は靖国神社に参拝しなくなりました。「東京裁判」が正しいのか、戦争をはじめた日本の動機が「外圧の排除」にあったのか、議論のあるところです。何れにしても「お国のために」若い命を散らした戦没者慰霊の必要はありますから、政府関係者は今後も参拝を続ける必要はあるでしょう。

第6節　日本国憲法制定過程

・ポツダム宣言

開戦前、日本にも国際情勢を分析し非戦論を唱えた人々もいましたが、明治憲法の下で軍国主義勢力が国家権力を独占し、1931年の満州事変から軍部の独裁から無謀な戦争に突入しました。挙げ句日本を破綻国家にさせたところが史実に基づき説明されています（『「昭和天皇実録」の謎を解く』半藤一利ほか　文藝春秋94頁以下）。この当時の新聞各紙が軍部を一方的に鼓舞した責任も大きかったですが、とりあえず敗戦で戦争が終結しました。

戦後の憲法改正にマッカーサーの「強力な関与」が見られますが、それには以下の背景があるようです。

ポツダム宣言は「軍国主義者」（日本国国民ヲ欺瞞シ之ヲシテ世界征服ノ挙ニ出ツルノ過誤ヲ犯サシメタル者）の権力除去と「日本軍隊の武装解除」がありましたから、日本政府がポツダム宣言には「天皇の国家統治の大権を変更する要求を含んでいないという了解のもとに」これを受諾するとしたことに対し、連合国は《天皇と日本政府の国家統治の権限が連合国最高司令官の制限のもとにおかれる（原文はSubject to＝従属するの意）と回答した。》（『詳説日本史研究』山川出版社479頁）とある通り、天皇は連合国最高司令官に「従属」していました。

さらに《ポツダム宣言の受諾は、宣言の内容からいって当然に憲法改正を不可避とするものであったが、日本政府は……何とか「国体」を護持し得て終戦に持ち込んだという認識から、国体の変更をもたらす可能性がある憲法の改正に手をつけたくないと考え、容易にその準備を開始しようとはしなかった。他方、米国政府も、予想以上に早期に実現した勝利（広島・長崎への原爆投下による：筆者注）によって、いかなる内容の改正を行うかについては明確な準備がなかった。ここから、マッカーサーが改正へのイニシアティヴを取る条件が生まれたのである。》（『二つの戦後・ドイツと日本』大嶽秀夫　ＮＨＫブックス87頁）。日本政府の憲法改正に対する消極的態度と米国政府に明確な準備がなかった間隙をマッカーサーが衝いたのでしょう。

・憲法制定に消極的な政府と学者

《マッカーサーは、一九四五年一〇月四日、東久邇内閣の国務大臣であった近衛文麿に憲法改正の必要性を述べ、近衛が改正の中心になることを示唆した。ところが、この直後、東久邇内閣は総辞職してしまった。そこで近衛は、内大臣府御用掛として憲法改正の研究を行い、準備を進めたが、戦争犯罪人としての近衛に対する批判が内外で高まり、この試みは結局何ら成果を生み出すことなく挫折してしまった。マッカーサーは、次いで新しく組閣を行った幣原（しではら）喜重郎に、改めて憲法改正の必要性を述べた。そこで幣原内閣は、憲法改正の調査に乗り出すことを決定し、松本烝治国務大臣を主任とする委員会を発足させた。一〇月二五日のことである。この委員会には、宮沢俊義東京大学教授、清宮四郎東北大学教授なども参加したが、松本らは改正にきわめて消極的であった。（中略）松本が『この委員会は必ずしも憲法改正を目的とするものではなく、改正の必要があるかどうかを検討する』にすぎないと述べたことからも窺われる。この発言は、憲法学者を含め当時の政治エリートが、明治憲法は民主主義と相容れないものではなく、軍国主義に至ったのはその運用を誤った（筆者註：陸軍大学校卒業生で占められた官僚組織である軍部を抑えられなかった）からにすぎないとする考え方を広く共有していたことの反映であった。》（『二つの戦後・ドイツと日本』88頁）と説明されているように、日本政府も当時最高峰の憲法学者も、天皇主権と民主主義が矛盾すると考えなかったようです。

・天皇制廃止の混乱予測

第二次世界大戦が「天皇」の名によって始められ、天皇は大日本帝国の大元帥として日本国民だけでなくアジア諸国に多大な戦禍を与えた戦争責任があったことは明白です。また米国内では《天皇を処刑すべきだとの意見が33パーセント》（同書47頁）であったという事実を知らなくとも、日本の戦国時代、あるいはフランス革命でギロチン処刑された国王などを考えれば、敗戦の将は首を刎ねられるのが常識と思われたはずです。

それにもかかわらず、日本政府と学者は考えが及んでいなかったがゆえに、天皇の戦争責任がどうなるか、マッカーサーから憲法改正を示唆されながらも、「明治憲法に問題がない」と思考停止していました。神としての日本人の精神的支柱が消滅した場合の混乱など思いも及ばなかったと思います。しかし米国は、天皇制を廃止した場合占領政策の混乱を研究済みでした。

戦後日本の占領政策を進める米国は、真珠湾攻撃の半年後から戦後如何に日本を効率的・平和的に間接統治すべきか考えたようです。天皇に戦争責任があるとしても、天皇は日本皇統の頂点に君臨し、武家社会の時代においても国家の「権威」「支配の正統性」を保ってきた事実があります。そこで、天皇の戦争責任を不問にした上で、極東委員会及び対日理事会が機能を始める前に、平和憲法を「自主的」に制定させ、西側自由主義の一員として日本を復興させるか苦慮した結果が日本国憲法制定であり、第一章に象徴天皇制が定められました。降伏によって、天皇主権は否定され、日本の政治体制の基本原理として国民主権が採用されたと解されたのです。

・戦争放棄

次に憲法の柱となる平和主義の第二章「戦争放棄」（と非武装・交戦権の否認）については、《ポツダム宣言による「非軍事化」は、（少なくとも論理的には）必ずしも日本を恒久的な非武装国家にしようとする趣旨ではなく、「軍国主義」的な軍事組織を廃絶することを狙いとしたものであった。裏を返せば、連合国と同様の軍国主義的でない（民主的な）軍であれば、復活することは許可するものであった。日本に関して言えばそれは、「天皇の軍隊」を廃絶することを意味していた。したがって、天皇制を廃止すれば、独立国として軍隊をもつことは将来許されると解されるべきであったであろう。逆に言えば、天皇制を維持したいとすれば、軍隊の保有は断念せざるをえないということになろう。天皇制と第九条が取引されたとされるのは、そのためである。》（『二つの戦後・ドイツと日本』95頁）ということを意味していました。そして、《天皇制の存続に共通の利益をもった二人の指導者（幣原とマッカーサー：筆者注）が、戦争放棄・非武装方針の公表によって、天皇制の廃止を事前に回避しようとした》（同書94頁）ものであり、「マッカーサー・ノート」に示された象徴天皇制と戦争放棄（その他に封建的特権の廃止）は《天皇を戦争犯罪人としての告訴から守り、天皇制を残すためのおそらく唯一の解決策であった。》（同書91頁）と紹介されています。

・戦争放棄と憲法改正の動き

このような流れの中で憲法に戦争放棄条項が制定されたのです

が、制定直後から東西対立が明白となり、米国は世界戦略の拠点となる日本国憲法第９条が足枷になっていることを危惧し始めたのでしょう。憲法改正を意図し、Ａ級戦犯が処刑された1948年12月23日（上皇の誕生日）の翌日、岸信介が釈放され、ロッキード社を通じて提供されたＣＩＡの秘密資金で自民党を創設し、憲法改正に「尽力」して来ました。また岸の孫である安倍元首相の殺害事件から、岸が自宅の隣に旧統一教会事務所を設置させ、日本の政治を歪めてきたことが明らかになり、最近問題となりました。

・憲法第９条を盾に頑張る

朝鮮戦争当時、吉田首相は、米国の求めにもかかわらず平和憲法を盾に軍隊を派遣せずに済んだところです。『日米同盟の正体』（孫崎享　講談社現代新書）の中で、孫崎氏は《吉田元総理も下田元外務次官も、日本が米国戦争に巻き込まれたり、自衛隊が米国戦略の下で海外に行く状況に極力反対した。これは今日、日本が米国の要求を出来る限り受け入れようとする動きと逆である。》（119頁）また、《シャラーは前掲『「日米関係」とは何だったのか』で、アメリカ外交官たちは……1954年の吉田首相退任に一役買っていたのだが、それは吉田が日本の急速な再軍備に反対したからであった」と記述した。》（121頁）とあります。米国の意に沿わず朝鮮戦争に加担しなかった吉田が内閣総理大臣から引きずり降ろされ、日中国交回復で米国の不信を買った田中角栄はロッキード社からの賄賂で失脚したのですが、岸に対するＣＩＡの資金もロッキード社を通じていたことが日米関係の面白いところです。鳩山内閣も沖縄問題で失脚しています。

・憲法第９条の力

マッカーサーは占領直後、平和憲法の制定を急ぎましたが、その後朝鮮戦争が勃発したことから、日本に警察予備隊の創設を指示し海外で使うことを考えていたようです。しかし、これは憲法第９条と矛盾することは明白だったはずです。当時の警察予備隊警務局訓練課長であった後藤田正晴は同教養課長内海に《『内海君、一遍米国の倉庫を見せてもらわにゃいかんな』ということで倉庫を調べた。たとえば７万5000人の隊員に対し７万5000の一人用テントがある。防毒用のサックが何万ダースと用意されている。米国の海外に派遣する軍隊が用意するものが、予備隊の装備品として用意されている。》（『日米同盟の正体』120、121頁）と、米軍が当時の警察予備隊を海外に派遣する準備を備えていたことが明らかにされています。

結果的に吉田首相が憲法第９条を根拠にして朝鮮への派兵を拒否することができました。その後の日米関係で、日本は米国に対し様々な譲歩をしてきましたが、前述の通り吉田は米国の外交官に足を引っ張られたのでしょう。その後米国は、外務省との秘密協定で日本全土を太平洋艦隊の指揮下に置いています。この点、米国は日本との秘密協定文書を原則30年で公開していますが、日本の外務省は外交文書を偽造、隠蔽するなどして、歴代の担当者が引き継ぎもしないことで、日米の外交交渉では常に日本が負けています。情報を分析してフットボールの試合に臨むようにスクラムを組んで交渉に向かう米国に対し、日本は秘密協定文書を満足に引き継ぎもなく分析も戦略もありませんからまるで「騎馬戦」のようであると揶揄されています。（『知ってはいけない２　日本の主権はこうして失われた』矢部宏冶　講談社現代新書 48,59頁）

しかし、我が国の最高法規である憲法第９条が戦争放棄を明文化している以上、米国は日本国憲法が日米安保条約下にあるとは言えず、これぱかりは米国も何ともできないのです。

第７節　憲法に定める国家運営の基本原則

・国家の存立目的

数万年前から存在する国家の出発点では強者が実力で支配する組織だったのでしょう。しかしながら、中国天安門事件が象徴的ですが、何時の時代も権力者の最も恐れたことは、多数を占める国民の暴動なのです。この暴動を防ぐために権力者は宗教を支配し、議会を創設し、人（君主）の支配ではなく、神の定める法として国民の権利義務を法で定め、裁判制度を利用して紛争を解決するなどして、国家の平穏（治安）を維持し、常に支配するものと支配される者の力関係で妥協を続けながら法の運用、国民生活の安寧を図り、組織としての国家の永続性を図ってきました。この専制君主的な国家運営から、国民の意思を反映し、個人の尊厳を擁護することを国家運営の基本とする民主主義国家に発展してきました。

しかし、21世紀の現代でも同じ人間でありながら生まれにより、生活程度は大きく異なり人としての生き方も違ったものとなっています。この現実生活における格差解消を民主主義国家でいかに実現できるか、それが現代の国家運営の基本に流れる考え方となっています。

そこで、まず理想的国家の在り方（基本的人権尊重と民主主義）を最高法規である憲法に宣言し、この最高法規のもとで「法の支配」に基づく国家運営が行われることで国民の自由と平等を実現させることが国家の（究極的）目的となっています。最高法規である憲法の下で国政が運営されることが「立憲民主制」であり、全ての国家権力の源泉が憲法にあることになっています。

戦前の大日本帝国憲法下の国家運営も「法治主義」を採用し「立

憲君主制」と言われてきました。天皇の権力行使も形式上憲法に根拠を持たなければならないことになっており、国政運営は全て憲法の定めるところに従って運営されていることになっていました。

当然日本国憲法でも、全ての国政が憲法の枠内にあるという「立憲民主制」が建前です。

・憲法枠外の権力（立憲君主制、法治国家の例外）

しかし、明治憲法下も日本国憲法下でも全ての国家運営が憲法の枠内に収まっていたわけでもありません。そこには、「超憲法的」な政治力学が働いています。1977年ダッカで発生したハイジャック犯の要求で超法規的措置として連合赤軍に関係した受刑者が釈放されたことがありましたが、このような「突発的」な事件でなく、最高法規としての憲法が存在する中で、形式的規定のない制度として、憲法の枠外に「超法規的」政治運営が存在しています。

例えば、第二次世界大戦での「宣戦布告」とか「無条件降伏」という国家の独立に関わる重要事項が、帝国憲法に規定のない「御前会議」の「ご聖断」で決められています。「御前会議は憲法外の国家機関だった」（『憲法現代史［上］』長谷川正安　日本評論社　39頁）のです。憲法は天皇が制定した欽定憲法ですから、手続き的にはともかく、実質的に天皇自ら憲法の枠外の行為をすることもできたのでしょう。

・米軍の占領下にある現実

また非常に残念なのですが、日本国憲法下でも同様の事例はあります。日米安保条約という国際条約があり、日米地位協定に定めがあるということでしょうが、米国軍人には日韓の国境は関係なしにビザもなく日本に入国し、そのまま韓国にも自由に往来できるのです。

これでは日本政府が、日本列島に居住する外国人の数を正確に把握できません。独立国として問題があります。しかし、これは日本が戦争に負け、日本を占領した米国の主導で日本国憲法が制定された経緯があります。同様に現在に至るも法律の制定についても米国の強い関与があります。

例えば、米国の西太平洋戦略の一環として沖縄などに駐留する在日米軍の駐留費用は、本来米国が負担すべきでしょうが、日本政府は、日米安保条約に従い、米国は、日本防衛の任務を果たしていると説明し、日本は毎年「思いやり予算」を「自発的に」組んでいます。

また米国の軍用機は、沖縄及び日本列島では人間の生活する住宅の上を「自由」に飛べますが、米国本土で住宅地及び希少動物の生息地の上は飛行しません。米国内法で住宅の上空を飛行することが禁止されているからです。しかし、米軍機は日本で住宅の上を毎日飛行し、墜落すれば日本の警察・自衛隊も入れない規制線を張って、事故原因を究明します。米軍機が住宅の上を飛ぶことについて日米間のこの大きな違いは安保条約と日米地位協定が根拠となっています。この辺の事情は『本当は憲法より大切な「日米地位協定入門」』（前泊博盛　創元社）をご覧下さい。

何れにしても、日米安保条約は「憲法の埒外」にあり、この世界に類を見ない軍事同盟は、砂川判決で明らかなように日本の司法権の枠外であり「法の支配」が及びません。しかしながら興味深いのは米軍と雖も日本の憲法第９条２項に「国の交戦権はこれを認めない。」と明らかに宣言されている以上、これを表立って無視することはできません。

またわが国では（消極的支持を含め）国民の多数が自衛隊を容

認したうえで、「海外派兵禁止」を国是としていますから、米軍もこれも無視することはできません。

仮に米軍が日米安保条約を楯にして自衛隊の海外派兵を要求すれば、日米間にある多数の密約が白日の下に晒され大混乱は必至です。覚えているでしょうか、複数の米軍人による沖縄の12歳の少女に対する暴行事件で沖縄住民の怒りの声が最高潮に達した時、米本国では沖縄からの撤退も視野に入れたと聞いています。このように米軍と雖も日頃差別的扱いをしている沖縄住民の一致団結した怒りは怖いのです。

ましてや、日本国中で米軍の横暴な振る舞いが全国民の知るところとなれば、第6章でふれますが、植民地香港も99年のイギリスの支配を脱し、中国に返還されたように、既に日本列島に米軍事基地ができてから80年になる米軍駐留もやがては終了することとなるでしょうが、「はて？」今から20年を経過すれば99年間の植民地香港より長期間となります。

この様な米軍占領下の日本の立場を憂いたうえで政権与党の自民党などが党是の「憲法改正」を考えているのでしょうか。それとも、米軍支配の永続性を考えて憲法の具体的改正条項を国民に隠したまま「憲法改正」を目論んでいるのでしょうか。

・権力（三権）分立

国家権力が君主に独占される「専制君主制」は、被支配者にとり危険極まりない国家です。また民主主義は国家の権力行使を正当化しますが、実際に権力を行使する者が間違いを犯す人間である以上、国家の権力は分散行使しなければなりません。この考えから「三権分立」が憲法の大原則であると言われていますが、国民主権の観点から多くの問題があります。

内閣総理大臣は、国民の選出した衆参両院で構成する国会が内閣総理大臣を指名（国民→議会→内閣）し、権力分立は間接的だけでなく、逆に内閣総理大臣が衆議院を解散できます。また総理大臣が国会の制定した法律に従い行政権を行使するのですが、国会の立法権に基づく法律が行政権をコントロールできるほど実効性はありません。
　次に言及しますが、国会の立法権の実権がいわば内閣にあるからです。

・立法権を行使できない国会

「立法権」の意味するところは、法案を提出・審議し、成立した法律を内閣に示して、行政の運営方針とすることですが、国会に議案として提案される法律案は、その殆どが内閣提出のものですから、それだけで国会の立法権は骨抜き状態です。
　即ち、立法権を行使するためには、国内外の情報を収集・分析する必要があり、その為両院に「法制局」が設置されていますが、国会は対立する複数政党がある以上、法制局は各政党の求めに応じて常に「公正」な官僚組織として機能することが困難です。このことから政党が国会開会のたびに行政権をコントロールするのに必要な法案に関する情報を十分集めて法案を作成し衆参国会に提出することが困難となっています。
　それに加えて内閣提出の法案の中には、各省庁の次官と日本に駐留する米国太平洋艦隊の軍人で構成され、毎月開催されている「日米合同委員会」で決められる法案があります。
「思いやり予算」もそうですが、我が国から進んで「米軍基地の費用を負担します」等ということは考えられないはずですから実質は、米国からの押し付けで内閣提出法案が決まることとなります。
　卑近な例として、以前は高速道路での２輪車の２人乗りは、一般道路に比べ危険であると考え（立法理由から）道路交通法で、高速道路でのバイクの２人乗りは禁止されていました。この条文は、米国の大型バイクを日本に売るにあたって大きな制限でしたので米国の要請で削除されました。

国民が法律・条例の不都合を主張しても政府・自治体がこれを簡単に受け入れ条文が変更されるのは大変なことです。しかし、日本政府は米国の申し入れには素早い対応をします。米国による日本国内法整備の注文が、合理的か否かはともかく日本の内政に対する干渉です。「カジノ法案」に関係し、中国の進出を図った国会議員は米国のカジノ王の意に沿わなかったのでしょうかね、海外から飛んできたと思われるスキャンダルで失脚しました。

・司法権の独立

司法権は最高裁判所が行使することで「三権分立」と言われているのですが、最高裁判所の裁判官は内閣が選出します（憲法第６条２項第79条１項）。国民が関与できるのは最高裁判所裁判官の国民審査ですが、総選挙の際、直近で任命された最高裁判所の裁判官についての人柄・学歴・これまでの実績など分からないまま、ただ「白紙」を提出すれば「承認」となる制度ですから「国民主権」の観点から見ると全く実効性などありません。いわば絵に描いたような民主主義です。最高裁判所と下級裁判所が憲法を基準にして立法権・行政権のチェックができる抽象的違憲審査権があるなら司法権が独立し分権的とも言えるのでしょうが、砂川事件で最高裁は「権力分立」を放棄し、下級裁判所の司法権独立に至っては最高裁判所事務総局が司法行政権を握って裁判官の独立に介入している状況では司法権が独立していないだけでなく「裁判官の独立」も危うい状況です。詳細は本書第６章第５節をご参照下さい。

第８節　人権保障と国民の義務

・明治憲法との質的違い

《この「基本的人権」という言葉こそ明治憲法がよって立つ基本原理との決定的違いを示すもので、日本国憲法の基本的原理の一つに「基本的人権の原理」が上げられるのは当然である》（『注釈日本国憲法上巻』樋口陽一他　青林書院社　187ページ）とある通り、国家と国民の関係を規定した民主主義国家の重要な規定です。そして、国家権力（特に行政権）が国民の基本的人権を侵害してはならないと大原則が明らかなところで、国家行政権が国民に具体的に如何なる権利・義務を負わせているか、ここではそこを検討することとします。

・国政に参加する権利

基本的人権には、民主主義に不可欠な表現の自由（表裏の関係にある情報収集権）、と幸福追求権を支える経済的自由権があります。これらは何れも最大限保障されなければならないものであり、格差のない社会で日々幸福な生活を送れるために国民の代表を国会に送ることのできる権利が国民主権の内実です。従って、これらの人権に対する国家権力からの制限も極めて限定的でなければなりません。

・国民の義務

国家の一員である国民の義務と言えばまず、第30条「納税の義務」です。人類に国家ができて以来数千数万年前から、国家は人民に納税の義務を課しています。古くは、国王が領土と人民を所有し、人民から労働生産物を搾取していましたが、搾取されるだけでは人民が疲弊し働くことも人口を維持することもできなくなり、場合によっては暴動となりますから、「生かさぬように殺さぬように」して人民の命を守りつつ人口維持（再生産）を図り、王は官僚を組織して人民から年貢をとり、兵役を課して国を維持し、対外的に独立を保つことができました。

この国家の本質は、21世紀になっても基本的に変わりませんが、今の時代は「国民主権」の時代ですから日本でも国家の運営は、国民の代表者で運営されているのが建前です。税金から報酬を受け取り生活する公務員は、昔のように天皇により勅宣されるものでなく、国民の代表者である政府の任命するところとなっています（我々が宮内庁に就職できるか否かも分からず全くの憶測ですが、長い歴史を持つ公家・官僚は「宮内庁」から政府に指令を出しているように思います）。国家は具体的に、国家の税務官吏が税金を徴収し、これを国家の権力者が官僚の俸給など国家運営のために執行します。この予算に関して国民が関与できることは民主主義国家では重要なこととなります。

このように国民の財政負担がなければ国家は、運営できません。日本国憲法第３章「国民の権利及び義務」第30条「納税の義務」は国民の国家に対する欠かすことのできない義務規定です。

・国家権力の出力

明治憲法下でも税金の使途を決める予算案は、議会で審議されました。しかし、国を運営する際の行政権行使のための原資であり、財政的基盤となる予算執行権限は議会にはなく、天皇の専権とも言うべきことでした。それゆえ、仮に、帝国議会が政府に異議を述べ予算案が衆議院と貴族院を通過しない場合は、前年度の予算を執行できました（帝国憲法第71条）から、国家が集めた税金の使い道は、天皇が最高の権限を持っていたと言えます。

戦前の日本は、今の北朝鮮のように軍事費が突出して民生費を圧迫していました。1922年ワシントン海軍軍縮条約が結ばれ、《1921（大正10）年には国家歳出（一般会計）の５割に近かった軍事費が1926（昭和元）年には３割を切るまでになった。》（『詳説日本史Ｂ』山川出版社　329頁）ことは我が国の予算編成で初めてのことでした。

現代でも一部の国では、国家予算は、権力者がまず自分とその家族の生活費に「必要」なだけ充て、残りから官僚の生活費を補うことになっています。しかし、令和５年度の政府発表の予算内訳を見ると日本の福祉関係予算の総額は、35兆円を超え、防衛関係費の３倍を超えています。国民生活の安定を求める政治が行われていると考えても良いと思います。

また最近政府は防衛費をＧＤＰの２パーセントに増加させようとしています。これは敵のミサイル発射基地を叩ける装備が必要と考えてのことでしょうが、「戦力不保持」の原則に反しないのか、国際的緊張を大きくするだけとも考えられます。

このように国家運営に欠かせないものが税金と予算執行です。

次に国家が国家であるために欠かせない権限が、国家と社会を犯罪から守る、国家の治安維持です。

・治安の維持

戦前の治安維持法、中国の新聞紙条例などは、権力の濫用と思いますが、専制国家では権力にとって邪魔な組織・人間の存在は絶対許しません。「皇統を批判し国家の安寧秩序を乱す者は死刑とする。」などと、あらかじめ処罰される行為を法律に定めてあっても形式的に「罪刑法定主義」に従っているだけです。処罰を受ける犯罪行為が抽象的で、例えば「悪いことをした者は処罰する」というのであるなら、国民は何時如何なる理由で処罰されるか分かりませんから国民に真の自由はありません。

国民が主権者となり、言論により自由に国政を批判できる民主主義が確立してこそ、現代国家なのですが、21世紀となった現在でも地球上には、民主主義が確立していない専制国家、軍事独裁政権などがあります。これらの国家は室町時代頃の群雄が割拠した時代などと同様に、武力を背景にした「軍事政権」と言えるでしょう。

しかし、民主主義が成立している国民国家でも、社会の治安を守り、国民の生命財産を犯罪者から守るための実力（暴力）を伴う権力機構である警察、裁判所、監獄は国家運営にとって欠かせない柱となっています。

日本国憲法第３章「国民の権利及び義務」で、重要な規定が納税の義務と刑事手続きにおける適正手続き保障です。前述した第30条「納税の義務」の次に第31条「法定手続きの保障」が定められています。第31条を第30条と同様に国民の義務から考えれば、「国民が犯罪をした場合は処罰するゆえに犯罪を犯すな」となるところを、国家の国民に対する刑罰権を裏側から規定し、国家の義務として定めたものです。

この二つの条文が、第３章の後半に定められていますが、実は、国家と国民の関係を規律する日本国家の根本規定となっています。

憲法第31条『法定手続の保障』「何人も、法律の定める手続によらなければ、その生命若しくは自由を奪はれ、又はその他の刑罰を科せられない。」と規定され、法律の定める手続き、即ち刑事訴訟法で定められた、証拠能力ある証拠で有罪と認められるまでは、刑罰を科せられない、ということは「疑わしくは、罰せず」という「無罪推定の原則」が憲法の大原則となり、この規定以下、刑事手続が憲法で定められています。納税の義務に比べ、具体的規定が多いことは、より慎重に国民を国家の刑罰権から守ろうとする趣旨でしょう。

・裁判の公正に向け（権限を分ける）

刑事事件を担当する裁判官は、国民を刑務所に送ることができる強大な権限を持っています。この権限が、仮に一人の人間に委ねられた場合、過ちを犯すのが人間ですから常に「公正な裁判」が行われる保障がありません。そのため犯罪事実の有無を判断することと、有罪の場合、刑罰を科す権限をできる限り分割して冤罪をなくすことが不可欠です。

ＴＶドラマも時代考証して当時の姿を捉えているのでしょう。８代将軍吉宗の活躍した時代である南町奉行大岡越前守は、犯罪から江戸の治安を守る江戸の政府代表でしたが、行政官（検察官）と司法官（裁判官）を兼ねる強大な権力を持っていました。

権力が独占されると常に濫用の恐れがあるのは歴史の真実ですから、時代の進展と共に、権限の分化が進みました。明治に入り、最初に行政と司法が分化されました。検察官が起訴した犯罪事実を裁判官が審査したのですが、刑事法廷では、裁判官の隣に検察官も座り、高いところから国民を見下ろして裁判をしていました。何時の時代でも高いところから相手を見る気分は最高です。裁判官と検察官が「お上」で「お白砂」に敷いた蓆に座る人民を裁く映像が目に浮かびますね。

さらに時代が進み、検察官と被告人及び弁護人は、裁判で事実関係を争う「対等な当事者」となり、検察官と弁護人らは裁判官より一段低い場所で議論を戦わせるようになりました。

刑事裁判官の職務は、検察官と弁護人ら双方の主張を証拠に基づいて有罪・無罪を判断して処分（量刑）を決めることですから、裁判官が、遠山の金さんのように、自分の見ていた事実を「この桜吹雪が見えぇねーか」など証人の立場で証言し、これを有罪の証拠と評価して被告人を裁くなどということは許されなくなりました。

しかし、今でも裁判官は、「自分が裁判を主宰する」などと誤解している者もいないではありません。このような裁判官の訴訟指揮は「職権主義的」と批判されているものの「裁判官の独立」を誤解しているのでしょうか、今でも散見されます。

日本の刑事裁判での有罪率は99パーセント以上ですが、検察官は国家権力の発動を促して被告人を起訴しているのですから、同じく国家権力を行使する裁判官は簡単には無罪判決が出せません。裁判官も御身大切ですから、自分とは無関係の被告人を無罪にしてまで自らの出世を諦めることなどは考えられないのでしょう。また酷いのは「国策捜査」で起訴された場合などは、信じ難いことですが検察官の捜査にはじまり、第一審裁判所から最高裁まで一糸乱れずに法律を無視して有罪とすることもあります。このように検察官、裁判官の権限が強すぎますと、不当な裁判が多くなり、社会秩序が壊れます。特に刑罰権に関する重大な刑事裁判で裁判官の権限をできる限り分ける必要があります。

米国などでは、裁判になる前、起訴するか否かについて、陪審員の判断を求める大陪審もあります。日本で「裁判員裁判」が導入された当初「法律の素人に判断できるか」と疑問視されましたが、量刑問題と事実認定は、全く局面が異なるものであり、裁判員裁判では重大な事件の事実認定に国民の常識的判断を取り入れることで公正な裁判を目指すことになりました。具体的には裁判官が法律問題を裁判員に説明した上で裁判員と裁判官の合議体で犯罪事実の有無を判断し認められた犯罪事実に法律をあてはめ量刑判断をします。

・裁判は公正か

これは刑事事件ですが、司法権の入り口である警察が、普通なら逮捕しない案件で逮捕することもあります。報道によれば元ロッテの名投手であった村田兆治さんは、羽田空港の手荷物検査場で女性係官の肩を押した軽微な暴行事件で逮捕されました。その後の村田さんは猛省して仕事など全て辞めて一人家で悩んでいたようです。その後、夜間電気の点かない自宅で火災が起き、村田さんは一酸化炭素中毒で亡くなりました。本当に村田さんに証拠湮滅と逃亡の虞れがあって逮捕が必要な事案であったか、疑問が残ります。

次は民事での裁判例です。民事裁判は、国家としては、ある意味どうでもよいのですが、当事者の一方が不当に有利となり、他方がバカを見ると、司法に対する国民の信頼をなくすことがありますから、「公正さを保つ」必要はあります。司法の不信から暴動が発生する国もあります。特に裁判官が「お上」として行う職権主義的裁判は、司法権不信の原点であり、数えきれないほどあります。

ある公開法廷では、スリランカ人同士の給料の不払い訴訟でした。女性の裁判官は、日本語の不自由なスリランカ人社長に対し、「あなたの書面ではこうなっている」と日本語で書かれた扶養控除申告書の記載の間違いを糾弾し、証拠もない残業手当の不払いを認めましたが、高等裁判所で残業代不払いは否定されました。メデタシ。

・国家権力の紛争『解決』

民間人の紛争は、国の司法（裁判所）が平和裏に判決を下すことで必ずしも「正義」が実現するものでもありません。古代国家のように債務者を奴隷として債権者に引き渡しできるなら債権者のための「正義」実現となるでしょうが、近代国家では「奴隷的拘束」は憲法上許されません。

また、勝訴した当事者（債権者）は、相手方が判決通り債務を履行しない場合、実力で権利の内容を実現する「自力救済」は禁止されていますから、自分では判決に従った結果を実現することはできません。

そこで債権者は、実力を独占している国（執行機関）に強制執行を申請します。相手が素直に支払ってくれるなら何も問題がありません。しかし、税金の滞納であれば国庫の欠損金となりますから税務当局は執行に力を注ぎますが、債権者の債権回収は国家が全力で行うことはありません。

国家権力が民事裁判で債権者の自力救済を禁止している以上、原則とすれば債権者のために債務者の財産を探し出し、これを取り上げ債権者に引き渡すべきです。そうでなければ、債権者は泣き寝入りとなり裁判を受けた意味がありません。

しかし、民事裁判で勝訴した債権者の権利実現に裁判所の力を借りることは大変です。特に債務者が財産隠匿をした場合などは全く無力です。そこで法律が制定され、債権者の申し立てで裁判所は、債務者を裁判所に呼び出して債務者の資産を調べる手続きもあります。呼び出された債務者に対し、恨まれたくない裁判官は優しく対応しますから、債務者は全くの無資力であれば破産申し立てをするのですが、隠し財産を持っている場合などには、債務者は嘘のつき放題です。これでは司法の信頼を損ね、裁判制度が存続する価値がないでしょう。詐欺を働き20億円儲けても10年服役で済むなら年２億円の「収入」です。詐欺で儲けた金の流れた先まで追求しないとしたら経済犯罪はやり得となります。

これが国家権力による正義実現の現実ですから、米国などと異なり、善良な日本国民は裁判など大嫌いです。しかしこのような司法制度の結果には誰も満足しているわけでもありませんから日本の裁判制度に国民は、納得していません。そこで「自力救済」をドラマチックに描くテレビドラマの人気は衰えません。水戸黄門とか大岡越前守などの権力による問題解決ドラマは、特に人気が高いですね。これを観て「納得」している人がいれば、現実的な「ガス抜き」として効果は大です。「必殺仕置人」などという怖いドラマもあります。愛する人が悪人に虐殺され、これをお役人に訴えても悪人とグルのため何もしてくれません。そこで「必殺仕置き人」になけなしのお金を渡して「復讐」をお願いし、仕置き人のグループが悪党と役人を皆殺しにするドラマです。法治国家では絶対許されませんが、これが人気番組になっているのは多くの国民がどこかで法を執行すべきお役人を信用できずに「自力救済」に憧れがあるのでしょう。

・国家と国家の紛争解決

　この国家と国民の権力関係を国際社会で見るとどうなるでしょうか。国家と国家の紛争が話し合いで解決できない場合、国際司法裁判所などありますが、この国家を「超える」裁判所は独立国家に対し、強制力を行使することができませんから、精々国連総会での非難決議にかける程度です。結局、国家間の約束を破る国が出た場合、粘り強く外交関係での交渉となりますが、それでも約束を守らない国に対しては貿易制裁、最終的には戦争が始まることになります。また一例ですが、韓国人が日本国を被告とした裁判で韓国の裁判所は、日本国家に支払いを命ずる判決をしましたが、日韓関係の悪化を招くだけで何か意味があるのでしょうか。国際法に反するだけで何もならないはずです。

第２章　人類は絶滅危惧種か（人口増加と地球温暖化）

第１節　異常気象の原因を探る

・異常気象の頻発

21世紀の今、地球上では100年に一度と言われるような異常気象が毎年のように続いています。春先から猛暑日が続き、12月に連日気温20度を超え、昔から温帯地方であった日本列島は既に「熱帯地方」に様変わりしています。ヨーロッパでも異常な高温、大雨でフランス、ドイツなど各地で住宅地を襲う洪水、アメリカでも巨大ハリケーンが上陸するなど海水温上昇から大量の水蒸気が発生して激しく気候が変動しています。これらの異常気象は地球温暖化の結果であり、温暖化を進める元凶が二酸化炭素の増加にあると報道されています。また大気の平均気温が２度近く高くなったことで、膨大な海水が膨張し、南太平洋の島しょ国であるツバルで暮らす１万人の人々が海水面の上昇で生活できなくなると訴えています

・疑わしい二酸化炭素犯人説

地球温暖化の最大の元凶が二酸化炭素であり、その他メタンなども温室効果ガスとしてあげられており、オーストラリアでは、飼われている牛の「ゲップ」も温室効果ガスに含まれるなどと、冗談でなく本当に言われています。それでは本当に二酸化炭素が地球温暖化の犯人なのでしょうか。多くの人が言うだけでなく世界中の科学者が言うのだから間違いないのでしょうか。原理原則から考えましょう。

大気温が上昇する第一の理由は太陽から送られてくる熱量が大きくなることですが、この熱も地球表面から宇宙に放射されてしまえば地球の大気温はさほど変わらないはずです。二酸化炭素犯人説は、この大気からの熱放射を温室効果ガスが妨害していると説明しているのです。では二酸化炭素が大気中にどれほど含まれているか、ご存じの人は何パーセントいるのでしょうか。

大気の成分は窒素が一番多くて78.08パーセント、二番目が酸素の20.95パーセント、その他成分が0.97パーセントあります。では、地球温暖化の『犯人』とされている二酸化炭素は何番目でしょうか。実は三番目に多い気体は不活性元素であるアルゴンの0.93パーセントで、二酸化炭素は0.03パーセントしかありません。これほど少ない二酸化炭素が宇宙に放出されるべき赤外線を吸収して地球を温暖化させ、海水面を上昇させて大変なことになると世界中の科学者が唱えていますが、信じられません。

何よりも二酸化炭素が多くなれば、光合成を行う植物と、海水中の植物性プランクトンが二酸化炭素を吸収して酸素を放出しますから、二酸化炭素の割合が極端に増えることはないはずです。

・大気に酸素が増える

原始地球の大気の殆どが二酸化炭素（96パーセント）だったと言われています。それでは、地球が二酸化炭素で覆われていたのがどのように変化して大気中に酸素が多くなったのでしょうか。地球誕生から10～15億年ほど前、シアノバクテリア（藻の類）という微生物が出現し、このバクテリアは太陽の光と水分及び二酸化炭素で光合成を行い、酸素を吐き出し炭素を取り込んだデンプン（炭素６水素10酸素５）を作り出しています。この地道な光合成が何億年続けられたのでしょうか。大量の二酸化炭素と太陽光から植物は無尽蔵に作り出され、これが長い年月をかけて石炭・

石油を含む化石となり、後に人間活動を根底から支えるエネルギーとなりました。

・酸素を取り込む細胞

二酸化炭素を消費する光合成により植物の放出する酸素は、増加の一途をたどり最大31パーセントまで増えたようですが、現在は約21パーセントです。酸素が増えるとそれまで独壇場であった嫌気性細菌（エネルギー代謝が低いボツリヌス菌とか破傷風菌など）は減少する一方で、酸素を使い膨大なエネルギーを作り出すミトコンドリアを細胞内部に取り込んだ真核細胞が出現し、動・植物性プランクトンから長い年月をかけて、生物が徐々に進化して多くの動植物が地球に出現してきました《生命が誕生してから20億年という気が遠くなるほどの長い間、地球には原核細胞のバクテリアしかいなかった。》《地球上に生命の種子が根付いたのを第一の奇跡とすれば、これは第二の奇跡である。何とある種の細胞が他の細胞と合体して、非常に優れた働きを持つまったく新しい細胞が誕生した》《人間は別々の生物の細胞が合体するという奇跡なしには、この世に存在しなかった。共生による進化を認めることは、種の壁を超えた遺伝子のやりとりや、２つの生物が共生によって従来と違う能力を獲得して新しい生物に進化することを認めることになる。》（『図解　雑学進化論』中原英臣　ナツメ社　134、136頁）

第２節　人類のルーツと人口爆発の関係

・地球上最大の生物の絶滅

大量の二酸化炭素の存在で植物が地球を覆う一方、植物の光合成から大気中に酸素が増えた結果、大量の植物を餌とする恐竜もまた繁栄することできました。恐竜の時代が何億年続いたか分かりませんが6500万年前、小惑星が地球に衝突し、大量の火山灰で太陽の光が遮られて地表の植物も豊富な植物を餌とした恐竜も絶滅しました。どれほどの種類の動植物が絶滅したか理解を超えます。極寒の地球時代に何を食べ物としたか生き抜いたか分かりませんがネズミのような小さい哺乳動物が生き残り、温暖化した地球の上で何億年もかけて人類も出現してきました。

・人類の出現

地球上に４万年前までヒトと同時代にネアンデルタール人（旧人）も地球上に生存していたらしいのですが、なぜかこの旧人は絶滅し、この旧人のＤＮＡが現代人であるホモ・サピエンス（ヒト）にも含まれているようです。ではなぜ旧人は絶滅したのでしょうか。ヒトにより皆殺しにされたなど諸説あるようですが、旧人のＤＮＡがヒトとの雑交があったとすれば、旧人はヒトの奴隷として生き残った可能性もあります。

・旧人の絶滅（文化の断絶）

ヒトと旧人は石器時代まで共に生存していたようですから、そこから推察すると、旧人は石器時代から先の発展がなかったということが言えるでしょう。生物は全て環境に依存するのですが、ヒトが人口爆発しているにもかかわらずなぜ旧人は石器文化から発展できなかったのでしょうか。

化石を調査すると、旧人の頭蓋骨（脳の容積）がヒトと比べ決して小さくはないということですから、旧人の知性がヒトと同程度なら石器を創意工夫したことも考えられますが、旧人の化石は石器時代までしか発見されていないことは、旧人は土器・金属器を使用するまで発展できなかったことは間違いないでしょう。

思いますに、文字のなかったヒトの社会で石器から土器、さらに金属器へと質的な発展をさせることは大変だったと思います。特に新しい知恵が親から子・孫・ひ孫と直線的に知識が伝わるだけでなく、甥・姪・従姉妹など横に繋がる大きな集団がなければ、文字のない時代に数百年間も技術を口述・伝承させ続けることは困難が伴ったことでしょう。

・大集団でこそ文化が伝わる

このように考えてきますと、人類社会の発展を考える際にも、人類の集団が数十世代前の新しい発見発明を後世に伝えられる程度の大きな集団でなければ口述伝承された知識が生き残ることはできなかったと思います。遠くの血縁により遥か昔発明発見された技術がどこかで残されなければ、次の発展に繋がることはできないでしょう。

青年に達したオスザルが群れを離れ、別の群れに合流することでその群れに新しい血が流れます。人類の群れもサルと同じように新しい血を入れたとも考えられ、旧人が生物学的に群れの存続を守れたとしても、土器・金属器に至る文化技術の伝承ができない程度の小さな群れではなかったのか、このように考えるとヒトと同程度の脳の容積を持っていた旧人が石器時代以後絶滅してしまった原因は、人類社会の大きさが大いに影響したと言えるようです（以前には、上あごの形がヒトと異なり言葉が発達しなかったとの見解もありました）。

即ち、旧人の生活が家族を中心とする小集団でしかなかったとしたら、数十年もしくは数百年前に発明・発見された技術が維持できなかったゆえに、ネアンデルタール人は石器時代より先の文明に辿り着けず生存競争に敗れ絶滅した、こう考える新説もあるようです。

現代では瞬時に地球の裏側まで真偽混ぜこぜのあらゆる情報が届きます。この情報はプロパガンダと言われるある種の意図を持ったニセ情報がたくさん含まれており、自分の頭で考えなければ誤った考え方で固まってしまい、以後この間違った基準で物事を考え、自分と異なる考え方は一切受け付けない偏狭な人間集団が出来上がるかもしれません。

石器時代の小さな家族ゆえに絶滅した旧人の逆バージョンのように、地球全体が間違った考えをして人類が滅びるかもしれません。大気中に0.03パーセントしかない二酸化炭素がどの程度増えれば地球温暖化に繋がるのか、海水中の植物性プランクトンも地上の植物も二酸化炭素が多くなれば光合成を盛んに行い繁殖することで大気中の二酸化炭素は長い間平衡状態を保てるはずなのです。あえて言うなら、地球温暖化の原因は人類が大量の化石燃料を使用して地球大気全体を、ビニールハウスの中の空気のように温めていると言うべきでしょう。このように考えてくればCO_2を排出しない原子力発電も大気中に膨大なエネルギーを放出しますから地球温暖化にとって同罪です。

・原点に戻ると

原始地球の大気は殆ど二酸化炭素であり、そこから大気中の酸素はシアノバクテリアから始まる植物の光合成により放出され、光合成と二酸化炭素が平衡状態を保っていることを忘れることはできません。しかも二酸化炭素が増えれば海洋に生息する植物性プランクトンをはじめ植物による光合成も活発になり、大気中の二酸化炭素が極端に増えることはないはずです。もっとも海洋が極度に汚染され、植物性プランクトンが死滅するなどした場合は地球（人類）滅亡の時かもしれません。

このように考える、地球温暖化の原因は、恐竜時代から地球に降り注がれた太陽エネルギーが何億年もかけ光合成により地表（深く）に蓄えられた石炭・石油を人類が200年足らずで使い果たそうとする結果であることは間違いないようです。数十億年の蓄えを短時間（100万分の１以下）で消費しているのです。地球規模でこれ程の浪費は明らかに自然のバランスを壊しています。

しかし、世界中の政治家（事業家）はストレートに「化石燃料の大量消費を止めよう」でなく、なぜか「温室効果ガスの二酸化炭素排出制限」などともって回った言い方をするのです。ニセ情報で世界中が動かされているようです。あるいは、先進工業国とその意を汲む国際的エネルギーシンジケートの陰謀ではないかと疑っています。

・人口は拡大の一途

地球人口の増加を見てきますと、

1950年　25億人
1987年　50億人
1998年　60億人
2010年　70億人
2022年　80億人
2050年　97億人（予想）
（国連人口基金駐日事務所）

と予想される。また毎年８億人以上が餓死する一方でフードロスが世界で25億トン（生産された食料の40パーセント）20億人分の食糧が捨てられています。この食糧が廃棄されることにより発生する二酸化炭素は欧米での自動車が排出する二酸化炭素の２倍になると報告されています（国連食糧農業機関）。

地球の人口推移をみると2050年には地球全体で97億人を超える人々が生活するようになりますが、その１割が飢餓状態である一方、生産された食糧の4割が捨てられている、さらに食糧の生産を増やそうと森林を伐採し焼き畑農業も進み環境破壊が激しく進んでいます。しかし、焼き畑農業は大量のエネルギーを消費しない低開発国で住む人々が生き残るための食糧生産ですからこれを簡単には非難できないところです。

結局、今の地球では、それぞれの国内での格差だけでなく地球規模での南北問題も富める国と貧しい国との格差が広がり、あらゆる矛盾が人類の危機を招いているようです。

・人類絶滅の予感

かつて地球上では、原始の時代から人間がどうすれば十分な食糧を確保できるか、知恵を絞りつつ外の動植物との生存競争に勝ち残り人口が増加してきました。産業革命が始まるとそれまでアジア・アフリカ諸国を植民地にして「発展」してきた先進諸国はいわゆる自由な生産活動をするため、地球各地で自分たちが生活するために農地を拡大して生産力を増やし、人口が増加してきました。

21世紀は、個人の考え・アイデアが瞬時に地球全体に繋がり、様々な情報が多くの人に共有されています。それゆえ、ネアンデルタール人（旧人）のように文化が伝承できずに人類が絶滅することはないでしょうが、先進国では出生率が減少して人口が減少しています。

地球上の農地もこれ以上増やすことはできないだけでなく、地球環境の悪化、海洋汚染、異常気象などの問題が生じ、現代人は生きることに困難さを感じています。

本来全ての生物の生存にとり生殖行為は最も大切なはずですが、先進国の人々は暗黙の合意として人類の増え過ぎを懸念し、生殖行為を控えることが、現在の出生率の減少に繋がっているのでしょうか。

　地球誕生以来、一種類の生物が地球を覆うほどの勢力を振るったことはありませんが、現在の人類はあらゆる文明が極限まで発展してしまったのでしょう。

　最悪ならこれ以上悪くなることはなく、上昇に転ずることになりますが、極限まで発展した人類の文明はいよいよ底が割れて下り坂に差し掛かり、絶滅に向かったと思える状況です。

第3章　頭の「取り扱い説明書」

第1節　脳内の情報処理

・意識できないネットワーク

万人の願いは『生きがいのある豊かな生活をしたい』ことです。それに向けて幼少から教育を受け続けます。成人して、肉体的成長が止まってもなお精神的面での知識・技術・教養の習得だけでなく、人格の鍛錬においては年齢制限などありません。この人間の「知・情・意」が発達するにつれて難しいことは、色々な知識を脳のネットワーク内に確実に定着させることかもしれません。

この難しい課題について、人間が取得した情報が脳内で如何に整理されて頑強な知識・記憶となるか、最近の脳科学の知見を拝借しつつ頭はどう使ったら良いのか乏しい体験を交え誤解を恐れずに説明を試みます。結論的に言うならば、「知識のアウトプット」が人の学習を効率的に進めるテクニックになっているのではないかと思うところです。

・技術習得のメカニズム

新婚時代の話ですから、早いもので半世紀も前、まさに「光陰矢の如し」です。運転免許を取得するため自動車学校に通っていた妻から「運転の教習を１日に２回受けようと思っているけど、どう？」と相談を受けました。うーんと考え「昼間に教習を受ければ、夜の就寝中に頭の中で運転のやり方を整理してくれるから、同じ日に講習を繰り返し受けても無駄になるな。１日おきに１回の乗車が効率的と思う」と答えました。当時は最近の脳科学の知識もありませんでしたが、その頃からがむしゃらに一度にたくさん練習しても無駄になることが分かっていたのでしょうか。

今の車はトラックなどを含め、殆どがオートマ運転となり、アクセルを踏みさえすれば車が動き始めます。

次に道路上の白線・黄色のセンターラインをはみ出すことなく正しく車を操作できるか法令に従った技術的課題となります。クランク、S字カーブ、坂道発進、踏切停止、車庫入れなど盛りだくさんの課題があります。ブレーキの踏み方も単純に踏めば良いのでなく、助手席の人がグラつかないように上手に停車しなければなりません。急ブレーキは減点対象です。

これまでの日常生活では経験のない危険な車を操作する技術は、短期間で習得することは不可能ですから、1日で全ての運転技術を教わっても到底ものになりません。そこで教習所では早くてひと月程度で運転免許証が取得できるようにプログラムを組んでいるのです

このような説明を聞かされていますと、運転技術の向上には人間が覚醒している日中にだけ練習すれば良いように思われるでしょうが、実は運転を離れ、何もしていない時間にも頭の中で運転に関する様々なことが処理され、整理整頓されて次の練習の下地が作られているのです。それゆえある程度の間隔を空けて行う練習が効率的な教習となります。

半世紀振りに車の運転技術について整理してみましたが、自分の「直感」はほぼ正解だと思います。その結果、妻の自動車教習も順調に見極め（段階ごとのテスト）が進み、所定の教習時間で卒業ができました。何れにしても脳の中で複雑多岐な運動の整理整頓が無意識にできることは知っていて損はないでしょうし、脳内での整理を意識していればさらに有効と考えます。

・記憶の整理と定着

司法試験を目指したのは30歳、「髪結いの亭主」のごとく受験勉強に入りました。四つん這いになりながら、高い山の頂上を目指すような法律の勉強は、とにかく諦めれば終わりです。その際、溜めこんだ知識を記憶に定着させ忘れなくするためには何よりも繰り返すことが重要ですが、それだけでは知識が整理整頓されていきません。

とにかく、その日の勉強成果を仕事が終わり帰宅した妻に話すこととなります。電車の線路であるレールが先に伸びるように繋がっていれば、法的論理もその上を先に進めるのですが、まだまだ枕木を散らかしたような断片的知識だけを単に並べて披歴しても全く説明になりません。当然、聞いている妻のほうも「チンプンカンプン」だったはずです。

実は手ぶらでダラダラ散歩している時とか、教科書を脇に置いて未整理の知識を妻に話している時こそ、脳がフル回転で知識を順序良く並べ直して記憶の定着をしていたのです。曖昧な記憶を辿り、屁理屈でも筋を通そう、と頑張っている時に自らの間違いや理解不十分なところに気が付くのです。「なんだぁ枕木が足りない。犬釘も抜けているし、レールの幅も違っている」とか「これでは電車だけでなく、トロッコも通ることができない」というように。

一生懸命に教科書を読み、メモを取り、さらに教科書を書き取るなど苦労を重ねて解ったつもりでも、喋っている本人が十分理解していませんから人に説明する内容は、いわば「出鱈目」なものでした。しかし自らの理解を深めると同時にその誤解に気づき、正確な知識を定着させる上で「アウトプット」をすることは有益だったと思っています。

適当でいい加減な妻に対する「法律論の講義」は、自らの間違いを認識し自己批判して訂正していける効果的な学習方法となりました。頭の中で基礎的知識を積み上げ、正しい論理を組み立てることに役立ったと実感しています。この頭の取り扱い説明を実践する「知識のアウトプット」という学習方法なくして司法試験突破は叶わなかったでしょう。

・【アウトプット】実践例

1）年寄株と同じ世襲

昔、今も同じでしょうが、大相撲で活躍した関取が引退した場合、5000万円とか１億で「年寄株」を取得したとの報道に接することがあります。「年寄株」と言っても株式会社の株式でもないのに、なぜ5000万円以上で売買ができるのか不思議ですが、谷町の援助で年寄株を取得した力士は、日本相撲協会を運営する理事会の一員となれる「資格者」となり、目出度く○○親方を襲名できれば数千万円（？）の年俸が「約束」され、引退後の生活が保障されることとなります。それゆえに年寄株に投資する価値があります。

ところで知り合いに医師国家試験の落第生がいました。毎年１万人弱の新米医師が誕生しており医者になれる門戸も広く、合格率９割以上ですが、受験浪人になると合格率は下がり、２浪で半分以下の「狭き門」になっているようです。しかし、医師の親御さんは小さな開業医でも数億円単位の設備投資をして治療院を経営しています。これを子どもに継がせたいのは人情として当然です。司法試験を何度も受験した「経験者」から見れば、一度や二度落第してもよいじゃないかとは思うのですが、自ら「１発」合格で難関試験を突破した親御さんの経験からすると、落第生の息子を許すのは大変のようでした。

小さな診療所とはいえ、親御さんが長年地域医療の充実に尽力され、その評判も上々なら、院長の子どもが国家試験を突破すれば、何らの問題もなく親の経営してきた診療所を任されることになり、年間数千万円以上の収入は簡単に保障されます。

また、銀行も代替わりした新院長が最新の医療機器を導入する場合にも簡単に融資を認めてくれるでしょう。世襲制とはなりますが、この辺の事情から医師は自分の子どもを医者にしたいと考える最大の理由でしょう。ある意味「部外者」（法曹に無縁の者が司法試験に挑んだ）ですから分かるのですが、弁護士などの法曹界も体質は似ています。要するに医師も弁護士も「親ガチャ」ですから、ご幼少の頃から素晴らしい教育環境に恵まれた上に、親御さんから試験問題に仕組まれた「トリック」及び受験テクニック（回答方法）の伝授もあるでしょうから、学業・人間性などが飛びぬけて優秀でなくとも医師だけでなく、裁判官、弁護士になることは一般の人に比べ容易だと思います。

2）医師国家試験受験生の費用対効果

医学部受験生一人にこれまでにかかったご家族の「投資」は数千万円に上ったのでしょうが、一度落第となった彼は、医学部卒業までに自分の学費・生活費などの費用を計算し、医師となった場合の収入などの「損益計算」をすれば、兎にも角にも国家試験に合格しなければなりません。しかし、彼は新卒で合格できなかったことから、親からの援助をストップされ、以後独力で医師国家試験に臨まなくてはならなくなりました。やむなく最初の不合格直後から、コンビニで時給1000円程度のアルバイトをしながら生活費、模擬テストの費用などを稼いでいたようです。

しかし、最悪の選択がコンビニでのアルバイトです。このような安易なアルバイトで生活費と模擬試験の費用を捻出することは殆ど不可能です。案の定、本業の受験勉強に費やす時間不足で模擬試験も満足に受けられず、２度目の国家試験も予想通り落第でした。

３）「トリセツ」実践で合格

彼の２回の試験も不合格だったという結果を聞いた直後、見ず知らずの他人でもないことから、自分の受験時代のノウハウなどを駆使して、何とか合格させてやろうと決めました。

アルバイトをしていた事実を確認し、「受験生には時間こそ貴重なもので、時給換算したら数万円でも足りない」と忠告して、目の届くところに引っ越しさせて毎日のスケジュール管理をすることにしました。

試験日は年明け早々の厳しい寒さの中で行われます。年末年始から追い込みに入りますが昔のように寝る間を惜しんでの受験勉強は体調管理が難しく、また試験は夜間に行われるものではありません。そこで、毎日規則正しく、起床時刻、休憩時間、運動時間を管理することが出発点です。特に何も持たずに思考を中断してボーッと散歩することで、頭がリラックスすることを意識させました。脳が勝手に行う知識の整理を「意識」することを重視させたのです。

医師の国家試験はたくさんの専門科目があり、門外漢には何のことやら分かりませんが、自分の受験時代の経験に倣い、彼に週の初めに前一週間に学習したことをSNSで報告させました。これは本人が一週間の学習を振り返り、医師国家試験の予想問題などの知識をアウトプットすることで、確実な記憶定着ができるようにさせるためでした。

その際、脳学者でもありませんが、無意識のうちに脳が知識を整理するにあたり、今意識的にアウトプットしていることを自覚すれば、より効率的だったのでしょう。最後は医師の国家試験の合格ラインを10点程度上回って彼は合格できました。

4）試験合格はゴールではない

自分のことで恐縮ですが、大先輩小高弁護士に「色々ご指導ください」と真新しい弁護士名刺を渡した時です。先生が「なかなか言えないことだよ」と言われたのでその意味を尋ねたところ、「弁護士バッジをつけるとすぐ一人前と考える奴が多く、ご指導下さいとはとても言えないものだよ」とのことでした。

証拠もなく訴えられた被告が相談に訪れました。気の毒に思い、後日の反訴を視野に入れ、新人を復代理人に選任して法廷に行かせたところ数回の弁論が終わってくるや「原告が取り下げしてきたので同意しました」。これを聞いて絶句すると新米のセンセイ、復代理人の立場をわきまえずに「私も弁護士です」と胸を張っていました。これで、デタラメな訴状を書いたアホ弁護士を許してしまったのです。大先輩の一言が思い出されました。

最近、研修医が診察した高校生の十二指腸閉塞を見逃し、高校生が亡くなった「事件」がありました。医師も弁護士なども教科書で学んだことはあくまで単なる基本知識に過ぎませんから、千差万別の具体的事例に謙虚に対応できなければ、取り返しのつかない間違いを犯す危険があります。また受験時代の「知識の預金」を引き出すだけで数十年仕事をする弁護士もないではありません。名医になれるか否かは３度目にしてやっと合格したか否かでなく、合格後の鍛錬次第ですから謙虚に医学の研究を続けてほしいと考えます。

5）９歳男子の気象予報士

今から50年ほど前に思いついた、無意識に行われる脳の情報処理と受験時代の「アウトプット」の重要性を説明しましたが、最近テレビで９歳の男子が気象予報士試験に合格したとの報道がありました。男子は受験に出題される難しい単語が並んだテキストで勉強中、読み方も意味の分からない専門用語は、辞書で検索しながら先に進んでいったそうです。自分の司法試験受験時代と同じ方法です。

そして苦労して覚えた気象学用語の意味を理解した後、この男子は誰も受講生がいないところでホワイトボードを使いながら、一人で知識のアウトプットの実践となる気象学の「講義」をしていたそうです。この報道を見て、思わず自分の経験則が証明されたと膝を叩きました。教えることが自分の勉強になることを実践した小学生でした。

・問題提起（塾の知識VSゲーム）

高額な塾代を支払い子どもが学習塾で新しい情報をインプットした直後、ＴＶゲームに熱中すればどうなるでしょう。学校・塾などで学習した知識が未だ整理されない段階で、ＴＶゲームなどの情報がドカドカと脳に入ってきたらどうなるでしょうか。人間の脳に入る情報のうち視覚情報は８割あるそうです。素人の思いつきの「仮説」ですが、ＴＶゲームは目で見て、判断・操作して次の段階に進む、まさに膨大な情報量が興奮状態で取捨選択され続け、視覚から指先の動きなどに伝達される膨大な情報処理を行なっています。

仮に大事な情報を大豆に例えれば、バケツに蓄えられた知識の豆が脳内で整理整頓される前の攪拌（かくはん）洗浄中に、ＴＶゲームから受けた刺激的情報がドッと押し寄せてくれば、脳の容量にも限りがあるはずですから、脳に入っていた貴重な情報は興奮状態のまま一気に洗い流されてしまうでしょう。敵味方が銃を撃ちまくるような、どうでもよい雑多な情報が、貴重な知識の豆をバケツの外に追い出してしまうでしょう。その後でゆっくり休息・睡眠しても間に合いません。

穏やかになったバケツの中には、どうでもよい大量情報を持った大きなドテ・カボチャがデンと居座ってしまい、一日のお勉強は全て残飯のように押し流されてしまいます。

・まとめ

頭の中でどうして情報が整理されるのか、幾つかの例を挙げながら「推論」を述べてきましたが、自分の司法試験の受験勉強と気象予報士の試験に合格した小学生の勉強方法に共通点があったことは驚きでした。法科と全く異なる部門からの司法試験を30歳で目指した私ですが、あのハードな勉強方法はもう二度とできるものではありません。後に必要となるか否かも分からず、またいつ体系的な部分に組み込まれるか不明な条文に関するたくさんの知識をそのまま記憶にとどめたまま、次から次と新たな法的問題（論点）を脳の中に押し込んでゆく法律の勉強は、まさにパニック直前となる過酷なものでした。

皆様もご存じでしょうが、お祝いの挨拶でも学校の講義でも、結論がなかなか出てこない長い話を延々とされることがあります。どの部分が必要で重要なのか皆目解らない状態で話を続けられ、今聞かされた曖昧な情報を捨てる（忘れる）こともできない時の疲労は堪えられません。これは、重要性も意味もないことを脳の一部にストックしておく「保留状態」を繰り返しながら、先の見えない結論に向かい「議論」を進められているのをただ一方的に聞いているからなのです。

途中で「要するになんだ」と聞きたくなるような講義、勉強方法は頭が痛くなります。理解不十分な勉強はまさに理解できない重要な問題点を全て忘れないように、「保留」として記憶にとどめておかなければなりません。これは苦痛以外の何物でもありません。このように意味の関連性もないものをランダムに記憶に留めようとすることは、作成中の何種類もの文書をパソコンの画面で同時に操作しているとパソコンが動かなくなるのと同じなのでしょうね。

しかし、この苦労から過去に丸暗記した関連性の乏しい判例なども何かのきっかけで浮かんでくることもあるのです。人工知能ＡＩはこの雑多な宙ぶらりんな情報を、あっという間に意識下に引き出すのでしょうか。人間の場合は、脳の隅に押し込まれていた情報の引き出しが突然何かの刺激で開くこともあるようですね。これはどういうことでしょうか。

誰しも絶対忘れることのできないことが幾つかあります。情報が入る際に大きな衝撃があり、その後何度もそのシーンを繰り返すなどしたことから記憶が強固になるような場合です。脳細胞に入力される時、大きな電圧でシナプスに電流が何度も流れるのでしょう。集中力の強さがこの電圧に影響を与えていると考えています。

逆に、全て忘れてしまいたいような悲劇的な過去の心理的障害を、何かのきっかけで簡単に目前の事実として思い出されてしまうＰＴＳＤ（心的外傷後ストレス障害）は、脳の偏桃体に情報として残されて、なかなか消滅しないようです。

第２節　脳に記憶される「事実」

前節は、脳に正しい情報が整理されるテクニックを素人の思いつきとして書きましたが、次に記憶が固定化され「事実」として転化する様子を考えてみます。とくに裁判は、人の記憶とそれを判断する裁判官の知識・記憶に基づく評価などから結論が出てきます。とすれば、記憶の性質、特に裁判官の性格・知識・判断力などを左右する脳内構造の解明、とまではいきませんが、素人の無責任から面白いのでここで少々考察してみたいと思います。

・マチュピチュの記憶

例えば昼食会で、友人から「言っとくけど、マチュピチュは絶対行ったほうがいいわよ。もう圧倒されるから！　今まで最高の旅だったわ」と頼みもしないのに高額な旅の話をされたとします。マチュピチュがどこにあるかも分からないあなたは、その話に「圧倒」され、ナイフとフォークの動きが止まるのではないでしょうか。

誰でも自分の旅の話を聴いてくれる人が近くにいると嬉しいものです。楽しかった旅の記憶は何度でも繰り返され、そのたびに記憶は美しく新鮮なものに塗り替えられ、「強固」な幸せな記憶となります。快感は脳の神経細胞のネットワークに電気信号として何度でも上書きされます。

地球の裏側まで行かなければマチュピチュに辿り着けませんが、狭い飛行機の座席で「エコノミー症候群」と闘うため、長時間足のマッサージをしながら、やっとの思いで古代遺跡に辿り着きます。12時間以上、飛行機の中で耐えてきたのです。さらに海抜2,000メートルを越える高地に登ります。酸素不足のため頭がボーッとして何も考えられなくなって、インカ帝国の歴史も分からないままです。それでもマチュピチュに感激した旅の話を友人が聞いてくれることで、友人はこの上ない幸福感を味わえることでしょう。

・消えない記憶

２週間に及ぶ長旅でヘトヘトになって帰国。「時差ぼけになったでしょう」などと辛かった質問をされても、極楽とんぼの友人は「そう？」と、旅行後遺症の記憶などすっかりなくなり、昼食会の「聴衆」が呆れていることにも気が付きません。
　一度出来上がった記憶は脳の神経細胞にしっかりと定着してしまえば、その後は外部からの刺激に対し、そう簡単に壊れるものでもなく、自分の頭の中で繰り返し思い出すたびに徐々に強固な揺るぎない映像事実としての記憶となります。脳細胞に帯電した記憶のネットワークは外部からの働きかけにも「蛙の面」で、人様の助言も全く意に介しません。楽しかったマチュピチュの記憶は日ごとに鮮明になってゆくのです。

・人の社会的評価

　このように個人の記憶があまり信用のできるものではないと思い、マチュピチュ旅行の友人の話を例にグダグダと書いてきました。では、個人の記憶及び記録として残された事実を社会的に総合評価した結果を「人の社会的評価」と仮定すると、この評価の内容が真実か否かどうすれば判断できるのでしょうか。特に最近ＳＮＳなどでは、特定の寿司店に対する口コミがどれほどかによって、その店の味が旨い不味いか分からなくとも「いいね」の数で売上が変化するようです。この口コミも「正当な」社会的評価の一部でしょうが、悪質なものだと美容整形で「すばらしい」など適当な体験を投稿すれば報酬が貰えるような、殆ど詐欺行為とも言えるものも多くなっています。最終的には自己の体験に基づく評価以外の、様々な宣伝に対する評価の真否は不明だと言えるでしょう。
　しかし驚くことなかれ、実はこの真否不明の社会的評価は、ＳＮＳが高度に発展した現在に限ったことではなく、昔から「虚名」も法的保護の対象となっているのです。信じられないでしょうが、法律はある人に対する世間の人の記憶の総合評価とも言い得る内容が真実と異なっていても、その真実を暴こうとする行為を処罰の対象としているのです。同じようにいい加減なＳＮＳ情報も安直に「訂正」などできません。次は法律に基づいた例をあげながら説明します。

・虚名も保護される

「公然事実を摘示し、人の名誉を毀損した者は、その事実の有無にかかわらず、３年以下の拘禁刑または50万円以下の罰金に処す」（刑法第230条）と、刑法は人の名誉を守ってくれるのですが、この条文の中で「事実の有無にかかわらず」とありますから、「スピード違反で検挙された」事実があってもなくとも、「違反」が名誉を毀損する事実ですから「Ａ君はスピード違反した」などの「事実」の表示は処罰される可能性があります。

またノーベル賞を受賞した有名な小説家の著作にゴーストライターの存在があっても、世間一般で小説家の著書と信じられている時に（いわゆる虚名）、真実のライターの氏名を出すことは「著作者」の名誉を毀損することとなるでしょう。真実であろうがなかろうが関係なく「人の名誉（虚名）」は法律で守られ「保護法益」となっています。

ですから社会に存在する人間の評価も実にいい加減です。世界中から人格高潔などと信じられ尊敬されている高名なキリスト教の宗教家も女性虐待をしていたと報道され、この報道から聖職者が辞職を余儀なくされれば、表現の自由を実践する報道機関の面目躍如です。

しかし、個人的なタレントの名誉を毀損する行為は、芸能人の行動を面白おかしく報道して興味本位で雑誌を購入する社会一般人の読者に提供するだけですから、表現の自由を享有すべき報道機関の本来の存在からはかけ離れたものでしょう。「他人の不幸は蜜の味」を地で行くパパラッチの利益を守るだけで全くの営利行為に過ぎないものと考えられますから、そのような週刊誌には報道の公共性はないと思われます。
芸能人が５億円の損害賠償請求をした事件がありますが、芸能人の私生活が「公共の利害」とか「目的の公益性」に該当するか疑問ですね。ゴシップ週刊誌は不買運動で潰すしかありません。

・証言の真実性を弾劾できるか

人間の記憶から表現の自由など若干意識しながらの人の社会的評価の真実性などまで、回りくどい話となりましたが、裁判では事実の真実性により裁判の結果が左右されます。「公正な裁判」を実現するためには人間の記憶の真実性に関して困難な場面が待ち受けています。
例えば裁判で、質問を受けた証人が「見た」状況を証言する時、証人の脳内で、現場での時間の流れが逆行していても、被告人が最初に殴る映像を再現しつつ「あの時、最初に被害者を殴ったのは被告人に間違いありません」と説明されれば、証言の信用性はともかく、証人の説明する「事実」が真実と異なっていたとしても、証人の脳内に一度で出来上がった確信的映像が「事実」となり外部からの反対尋問で是正することは困難です。
仮に、被告人が被害者を殴る時、実は遅れて現場に来た別の目撃者Ａが、現場にいたか否かなど証言の信用性を疑わせる尋問（弾劾尋問）が可能であればともかく、証言された事実が訂正されることは難しいです。
裁判官が有能な弁護人からこの証言に対する様々な矛盾点（被告人が殴ったとされる時刻に別の目撃者Ａが現場に到着していないのに、証人が「Ａはいました」と証言）を色々な角度から指摘され、証言の信用性に疑問が生じてはじめて、裁判官の内心で形作られていた暴行の映像（心証）が揺らぎ始め、証人の説明に疑念が湧いてくれば「冤罪」はなくなるかもしれません。

・裁判官の予断と偏見（科学的無知）

しかし、最大の問題点は裁判官の神経細胞に以前から雑音（例：偏見＝この被告人の人相は乱暴者が多いなど）があるところに、裁判官のお気に入りの証人が自分の予想した証言などしますと、誤判の危険が一気に増大してきます。仮に裁判官に偏見がないとしても、周囲の雑音（証拠にならない写真を報道する週刊誌、新聞報道など）から裁判官が「予断」を持って間違った事実が記憶されたまま事件の審理に当たれば、日本の司法はおかしくなります。

物理的に考えれば雑音に対して逆向きの電気信号を送り、プラス・マイナス＝ゼロとなれば、反対尋問が功を奏したことになりますが、電圧の波がグラフを振り切るほど大きな場合は、偏見をゼロにしようがありません。

制限速度50キロの道路の交差点で、右折のため停車していた車の運転手（被告人）からは、250m前方の交差点を左折して接近する対向車のワンボックスカーしか見えませんでした。そこで被告人はワンボックスカーのスピードから右折可能と判断して右折を開始したところ、対向車の背後から時速100キロ以上（後続バイクの証言）で直進するバイクが突然現れ、右折車と衝突したことによる死亡事故が起こりました。これは、事故を起こした２人の運転手が共に相手の確認ができない事案だと思いますが、裁判官は「これは典型的な右直の事故ですよね」と言い切りました。

この事故は、250m前方にある交差点の赤信号で並んでいた一台のバイクが青信号で急発進し、横のバイクを引き離しながら、先行するワンボックスカーの後ろに急接近し、追いつく直前ハンドルを切りワンボックスカーの左に出た直後、右折を開始していた車を回避できず衝突しました。まさにバイクの追い抜きざまに発生した事故でした。

高性能のバイクが急加速しながら200〜300メートル進んだ時の速度は、簡単に時速100キロを超過するでしょうね。（バイクの加速力を体験したことない）女性裁判官は、多発している簡単な（右折車がバイクのスピードを見誤る）典型的な「右直の事故」の経験から、右折車と直進するバイクの事故は、右折車の前方不注視（前方から来るバイクを注視しそのスピードから判断して右折してはならない）の事案が多かったのでしょう。事件の具体的場面に対する想像力（映像場面が浮かばない）の欠如から安直に「自分の経験」を信じた結果でした。

被告人は死亡事故にもかかわらず執行猶予の判決が出たので、これ以上の裁判には嫌気がさし、事件は「無事」確定しました。

・事件を決め打ちする裁判官

もっと大きな問題は、未だ各当事者の言い分だけで、何ら証拠もないのに裁判官が「事件の筋は分かった」と直感・偏見で勝手に事件を決め打ちすることです。結論は決まっていますから、もう証拠など不要です。裁判官は証拠もないまま独断で和解を進めます。当事者が和解を拒絶などすれば、とんでもない判決を書かれることになるでしょう。このトンデモない結論は裁判官が自分の結論に有益な証拠だけを採用し、その外の証拠は一切無視されます。決め打ち裁判官も一応和解を勧めます。

・普通の貸金返還請求事件から

裁判官も全能ではありませんから、大掛かりな脱税事案では会計士の力を借りながら事案の解明に当たることもあります。しかし、地方の裁判所では十分な体制を組めませんから理解・分析の難しい証拠、例えば会計帳簿などは丁寧な対応が必要と思います。
原告は詐欺師グループの「経営」する一つの会社を任された名目社長で、会社も本人も債務超過となり破産予定でした。親玉は決算期を異にする５社の決算期の前後で「仮払金」勘定で資金移動を繰り返し、帳簿上の追跡を困難にして、都市銀行に億単位の借入をしていました。
会社の会計帳簿には「仮払金」の勘定科目が何年も処理されず（仕入れ、修繕費用、交際費などに仕分けもせず放置）にありました。そこで決算書を証拠として提出し、仮払金の処理先が解明されれば被告会社の債務の内容が判明するのですが、合議体で審議した裁判所は「証拠不十分」として原告の請求を退けました。
結果的に合議体の、訴訟の進行状況から見れば裁判官は誰一人、会計帳簿を理解していなかったと考えています。ですから判決の理由は「証拠不十分」でなく訴訟法にはあり得ない「理解不十分」が事の真実だったのではと思います。

・「資本金」と「負債」を会社から見ると？

会社の財務関係について初歩的なことを言いますと、株式会社は資本を集め事業を運営するのですが、商法上「大会社」の定義は、資本金５億円以上あるいは負債総額200億円以上の会社と決められています。ここまでは商法の範囲ですから、法曹の多くが知識として「知って」います。
ところで、普通に考えれば５億円の資本金というのは株主が拠出したものですから、感覚的には「資産」と考えられ、大会社の要件とされているのは理解できます。しかし、200億円以上の「負債」が、なぜ同じような大会社の定義となっているのでしょうか。直ちに正解できる法曹が何割いるか調べたことはありませんが、他人の金銭を管理する立場とすればこの程度の会計学の知識は不可欠と思いますが財務会計（会社外部に情報提供）と管理会計の違いも知らない弁護士もいますから、弁護士の見極めは難しいところです。

答えは、会社は「資本」がなければ活動できませんが、株主から拠出された「資本金」も「負債」も、独立した人（ヒト）である会社から見れば共に事業運営に必要な「元手」です。

株式になっている「自己資本」（利息はなく、配当）と「他人資本」「負債」には利子が発生するところが異なっています。このように会計的観点から見ると、極めて初歩的なことですが、普通に考えると間違ってしまいます。

・生涯最悪の裁判官

お待たせしました。最悪の裁判官の常識外れ裁判です。妻の交通事故の際、夫は刑務所に入っていたのですが、夫に前科があることを知った千葉地裁二部の裁判官は、損賠賠償請求訴訟の第一回口頭弁論で壇上から、まだ何らの調べもないまま「原告！　訴えを取り下げろ」と喚きました。まさに喚いたのです。

原告代理人の私は当然驚き、「裁判所が損害賠償について和解勧告などしてくれると考え、訴えを提起したのだ」と取り下げを拒否したところ、訴状の陳述もさせず、何も調べずにこの裁判官は「次回判決」と言い放ち、次の期日に「原告の請求を棄却する」との審理もしないトンデモ判決を書いて裁判を終了させたのです。（知り合いの判事経験者に聞くと、この裁判官は事件が終わるたびに裁判官室でバンザイをするそうですから、デタラメな判決を書き、一人バンサイと叫んだのでしょう。夫からは「保険会社は600万円と言ったが、先生に任せる」と言われ、着手金も印紙代も受け取らずに始めた事件でしたから、「やばい600万円と印紙代を自己負担か」と覚悟しました。さらに控訴審の印紙代を負担し控訴しました。
幸い高等裁判所で担当裁判官にこの裁判官のデタラメを訴えて損保会社と和解が成立しました。この事件では、脳細胞のシナプスががっちりとネットワークをつくり、記憶が変更されることはなく生涯忘れることはできないトンデモナイ事件です。裁判官の内心に何があるのか分かりませんが、当事者の身内にヤクザ者がいる場合は裁判を放り出すのでしょうね。面倒ですが、弾劾裁判にかけても良かった事案でしょうかね。

・ゆでても毒が残る司法

信じられないことですが、裁判官の頭の中に、一度強固な「誤解」が刷り込まれてしまっては取り返しがつかないのです。サルモネラ菌は摂氏75度以上で死滅し、食中毒にはなりませんが、スクランブル・エッグにされた卵のサルモレラ菌は既に死滅していても「卵を使ったサンドイッチはサルモレラ菌に汚染されている」とか「ウズラの卵の麦トロご飯を食べてから、中毒死するまで何も食べていないという証拠がない以上、ウズラの卵の麦トロが食中毒の感染源であるとは言えない」などと、サルモレラ菌の誤解だけでなく、訴訟法上も考えられない「ないことを証明しろ」(悪魔の証明)と言われ、地裁で4500万円の勝訴判決が高等裁判所のいい加減な事実認定で消えてしまいました。残念ですが亡くなった人が浮かばれません。
「やっていないという証拠提出は不可能である」という公理を数10年間の経験を積んでいる裁判官が理解もしていないことは呆れてしまいます。この事件を振り返れば、食中毒事故が発生した直後、元ヤクザの親戚が示談交渉に入った事実があったようですから、ひょっとすると高裁ではサルモネラ菌でなく、裁判前の示談交渉に問題があると考え、「綺麗好き」な裁判官が「ヤクザ菌」

を排除すべく事実誤認を承知の上で判決したと考えてもよいのでしょうか。これでは腐ったのは卵ではなく司法になってしまいます。

また、有名な発明・特許の報酬裁判では、高等裁判所の和解勧告に対し「我が国の司法は腐っている」と怒って、アメリカに移住してしまったノーベル賞受賞者の科学者もいます。人間は間違いをするから控訴審があるのですが、事実認定は高等裁判所の判断が最終判断となっている弊害は顕著です。しかし泣く子と国家権力には逆らえません。理不尽は人の世の常です。

・無知の不知

このように「絶対間違っている」と思える具体的な裁判例を挙げましたが、結局裁判官の頭の中に自分でもわからない事実の誤認が存在し、この人間の知識・記憶が客観的事実と異なり、一見して明らかな不当判決も外から容易にこれを糺すことはできません。ソクラテスの「無知の知」のように、自分が知らないことを知っているなら他人からのご批判を素直に受け入れ間違いを糺すことができるのですが、偏差値だけが高く無知であることを知らずに「俺は帝国大学卒の優秀な官僚だ、裁判官だ」などと、チコちゃんに叱られるような誤解をしている人は、何と多いことでしょうか、是非ソクラテスから学んでほしいですね。悪口を言えば、つける薬がありません。

立派なご自分のご意見をお持ちの高学歴の人々も、自分の考えや意見が実は、脳の中に記憶として残っている様々な事実から作られていることを十分知っているとは限りません。またスマホの検索結果は石が多い「玉石混交」であると同様、脳に記憶されている事実も実は根拠が曖昧なものが多いのです。読んで、見て、聞いた経験から記憶が作られますが、この全ての段階をチェックする必要があります。また証言、証拠とは関係なく裁判官の偏見や独善的見当違い、思い込みもあります。このように様々な理由で誤判が生み出される可能性があります。悪口を言えば、つける薬がありません。

・刷り込み現象（思い込み）

幼少時から、母親を通じて何度も何度も繰り返し刷り込まれた「事実」は、何らの根拠がなくとも子どもの頭の中には「真実」として存在しています。事件を忘れてしまった被疑者に対し、取調官が都合よく作ったストーリーを毎日毎日繰り返し尋問します。また被疑者が捜査官から「思い出し方を教えてやる」と身に覚えのない事実を何度も言われ、いつの間にか被疑者が「そうだったかも」と思い始めたら「一丁上がり」で終わりです。捜査官の言う通りの虚偽の調書が作成されることもあります。裁判官はこの調書を「精査」して「多数の証人の供述に不都合、矛盾点もなく信用できる」などと言いますが、捜査官の作文であれば、矛盾するところなどありません。この内容で共犯者全員の一致した自白調書ができれば、共犯者の自白がそれぞれ相被告人（あいひこくにん）（被告人が複数いる場合、被告人から見た他の被告人）の補強証拠となり、検察官と同じ国家権力の一翼を担う裁判官はいとも簡単にそれを真実として認定します。

立派な冤罪の数丁上がりです。連続テレビ小説『虎に翼』の1934年に起きた帝人事件をモデルにした「共亜事件」では、捜査機関が被疑者に供述を強要し全員が自白したものの、最後に全員無罪となりましたが、現実として共犯者の供述が一致した自白などがあると無罪を勝ち取ることは非常に大変です。TVドラマでは、被告人の妻の日記から、調書に書かれた「事実」が次々と崩されていったようです。

・人は羨ましくない

人間が生きていく中で自分に対する外からの評価が大きな部分を占めていることは明らかです。それらの評価も実は真実からは遠く離れたものであることもまたごく普通です。「法に基づく正しい裁判」、「正義を体現する裁判」と言われるものの中には事実無根の「不正義」がまかり通っていることもあり、社会は常に人間の理不尽な行動に左右されています。

従って、自分も含め、何が真実で何が虚偽か自分の進むべき道筋が常に正しいとは限りません。幾ら頑張っても生きる光明が見えない人もいます。それゆえ現実生活は、毎日の苦しい生活から、人は一瞬でも逃げ出したいと考え、友達と交流し、幸福感を共有できる道を探しながら生きていることでしょう。その中で個人は他人とは関係なく、たくさんの趣味娯楽を持ち、人生を豊かにしています。ギャンブルでさえそうかもしれません。

しかし、人の評価・名誉を考える際《他者との比較による評価、また他者から下される評価に敏感なのは、人間心理の基本要素だ。》(『人はなぜ物を欲しがるのか』ブルース・フッド　小浜杳訳　白揚社　185頁）とされ、人間の資質に関する評価基準の大半が自己を誰かと比較することによって左右される、自己の客観的評価というものは存在しないようです。このように人の記憶とか社会的評価は「適当」なものですが、このような評価で人の社会的地位も信用も出来上がっているのもまた事実なのです。同じ人間でありながら大した努力もしないでお金持ちであり、社会的評価も高い人を見ると多くの人は妬みます。当たり前の市民感情です。

週刊誌などで有名人のスキャンダルが報道され、場合によっては有名人が失脚し、自殺に追い込まれてしまうこともないではありません。《スキャンダルで新聞が売れるのは、醜聞自体がゾクゾクするほど刺激的だからというだけでなく、大衆が社会のはしごの最上段にいる人物の転落を目にし、自分の人生も捨てたものではないと思わせてくれるからでもある。「当然の報いだ」という購読者の感情を煽れば、新聞が売れる。だから新聞はスキャンダルを記事にし続けるのだ。》（前掲書192頁）

スキャンダルの原因は羨望、それもアリストテレスが「他者の成功を妬む悪性の羨望」と「他者を称賛し、自分も同じような成功にあやかりたいと願う良性の羨望」に区別した前者の悪性の羨望が妬みとなるようです。

悪性の羨望から「他人の不幸は蜜の味」を繰り返し味わうことで幸福感を持てるとは思えず、蜜の味が好きな人は不幸な人でしょうが、それでも甘い蜂蜜は大好きなのです。

他者を妬むのでなく成功者を称賛して「自分を引き上げること」によって対等な立場に立とうとすることが人生を豊かにできるでしょうから、自分もそうありたいものです。

・金メダルを競わない意味

パリオリンピックで日本は20個の金メダルを獲得しました。また金メダリストは連日テレビで誉め称えられていました。金メダリストにバンザイと声をかけることはバンザイをする人も幸せです。

このような観点から人と競争し張り合うことで生きがいを求め、金メダリストとなることは頂点を達成したことになりますが、頂点に立てるのは一人だけであることを忘れないでください。金メダルを取れない他の大勢の人は絶望しなければならないのでしょうか。「上には上がいる」との言葉通り、金メダルを取ろうとすれば、終わりのない戦いに進み、場合によっては人生に絶望するでしょう。

銀メダリストは自分を金メダリストと比べてしまい満足できま

せんが、銅メダリストの多くはメダルを獲得できなかった競技者全員と自分を比べ満足できるそうです。オリンピック代表に選出されるだけで名誉なのです。最近のオリンピックでは銅メダルを含めて「メダル総数」を報道する姿勢は、努力したアスリートを褒め称える姿勢であり時代の進化を感じます。

しかし、1964年の東京オリンピックでは、連日各国の金メダルの獲得数を報道し国民を煽っていました。マラソンでは日本選手も金メダル候補でしたが、エチオピアのアベベが独走して、銅メダルを取った自衛隊出身の円谷選手は、当時の報道姿勢から銅メダルを不名誉と考えたのでしょうね。マスコミを含め金メダルだけを数えた日本社会が悲劇を生みました。合掌。

第4章　自然界の愛と戦い

第1節　人間悲喜交々怒り心頭

・目線の先にロマンがある

初めて市議会議員になった時でした。市議会議員は一人会派もありますが、殆どが数人で会派を作ります。新人議員としてどこかの政党に入るのも抵抗があったので、保守系無所属の先輩議員二人と三人会派「緑水会」を結成しました。その後議会で視察に出かけた時でした。心穏やかで生真面目そうな会派の先輩宮原議員を見て、「先生の目線の先を見ると、いつも女性がいますね」と話したところ、一同大爆笑、宮原議員も照れくさそうにニヤニヤし「弁護士先生がそういうことを言うかね」と切り返してきました。

先日のことです。高級ゴルフクラブでの一コマです。練習場の朝、何球か打ち終え一休みしてクラブハウスのほうを見ていると、一緒にラウンドする仲良しのジョーカーさんが練習場のほうに向かって歩いてきました、練習場に近づいたところ前方にマドンナがいることに気が付いたようですが、目線を落としたようです。何かあるなと思い、声をかけずにその様子をジッと見ていると、ジョーカーさんは目線を足元に落としたままでマドンナに近づき、オモムロに顔を上げ、「あっ、おはようございます」と、あたかも今マドンナの存在に気が付いたかのごとく声をかけました。「うーん、ジョーカーさん、やるもんだね」。マドンナもニコニコしてジョーカーさんを見ながら女子大生のような優しい小声でご丁寧に「おはよう、ございます」と、朝のご挨拶を一言交わしました。スタート直前、この観察の一部始終を皆さんにご披露して一同和やかなスタートとなりました。
朝から晩まで釣れるか釣れないか解らないのにズーッと糸を垂らしている釣り人を、橋の上から一日中見ている閑人のようですが、他人の観察は面白いですね。我如是閑（我、かくのごとく暇なり）

・怒りが馬鹿を作り出す！
常々『腹を立て、慌てると人間の能力が三分の一になる』と肝に銘じていたのですが、今回は腹を立ててしまい、時間もお金も無駄にしてしまった反省です。
東京駅から千葉駅まで荷物があったので、快速グリーンに乗ることに決めました。あいにくＩＣカードの持ち合わせがなく、車内で割高のグリーン券を購入することとなりました。電車がホームに入ると車内はかなりの混雑です。グリーン車の一番前の椅子まで全て乗客が座っており、最前列の左右の席には共に若い女性が一人で座っていて、隣の座席に荷物を置いており、僕が行っても席を空けるような気配は全く感じませんでした。右の女性に「その荷物そっちに寄せて」と言うと、以心伝心とても「嫌ーな顔」を見せ、渋々荷物を膝に置いたので、自分の荷物を通路に置いて女性に背中を向けたまま座席にドンと座りました。しばらくすると車掌が回ってきて「千葉まで」と言うと、車掌さんは「千葉までですね」と念を押し「840円です」と請求してきました。ＩＣカードで購入すると750円ですので90円高くなっていました。1000円札を出してお釣りをもらいました。
ここまでは当たり前のことで、周りから見るとどこかの爺さんが図々しく座っただけで面白く何ともありませんが、面白くないのは左右の席にいる若い女性たちです。左の女性は私のキャスター付きのバッグが通路でフラフラ動き通行の邪魔になるからと、意地悪く右側の座席の前に足で押し出しました。右の女性も「嫌ーな顔」をしたので、左右双方、無言の嫌がらせです。電車は東京駅から何箇所か停車して、確か稲毛駅の次に「千葉」と聞こえたような気がしました。左の女性が荷物を持って立ち上がり、僕を邪魔そうにして降りようとするので、平常心なら自分が先に立ち降りる準備をしたのですが、「スミマセン」の一言もないので腹を立てて「一言挨拶したらどうかね」などと座ったままで言いました。そうこうしているうちに「千葉」がどこかに吹っ飛んでしまい、自分も降りる必要があるのに、座ったまま彼女が私の前を通り過ぎていくのを見ていたのです。昔、青島幸男出演の『意地悪ばあさん』というドラマがありましたが、きっと同じような気分で「ざまあーみろ」とスカットしていたのでしょうね。しばらくそのまま座っていると、ドアの向こうの車掌さんが「千葉で降りないのですか」と言うのです。あっと平常心に戻り降りようと降車ドアまでに行ったところ、既に閉まっていました。

仕方なく次に停車駅の都賀駅で降りました。乗り越したアホな乗客を見て車掌さんは「折り返し列車の到着は９時何分です」と教えてくれましたが、小雨降る寒い駅で一人、夜10時近くまで待たされました。下車しようとすると駅員から「乗り越しは190円です」と当たり前の請求を受けました。先ほどのお釣り160円では足りませんから、財布から1000円出し、お釣りを受け取りジャラジャラと970円の小銭をポケットに入れ、駅を出ました。

都賀駅は外から見たことがあるものの構内に入ったことはありません。外に出ても方角が分からず、タクシーもいません。再度荷物を持って駅の階段を上がり反対側に行ってもタクシーはいません。ウロウロ歩いていると空車が来ましたが、タクシー運転手は乗り場でしか客を乗せられないようで、デコボコの舗装の上をガラガラと振れるキャスターの音を出しながら乗り場に向かい、漸くタクシーに乗り帰りました。タクシー料金が2200円、まさに「あーぁ」でした。運転手の「ありがとうございました」が唯一の慰めです。

ＩＣカードを持たず結局2480円余分に払い、帰宅時間は30分以上遅くなりました。人間腹を立て、意地悪をしてやろうなどと考えると天網恢恢疎にして漏らさず、自分に跳ね返ります。「ご注意を！」などと言う資格もなく、本件直後は恥ずかしくて誰にも言えず修行の足りない間抜けな話でした。修行済みの「意地悪ジイサン」なら天網恢恢疎にして漏らしてくれたかもしれません。

・見ず知らずの人と会話ができる？

多くの人に共通すると思いますが、自分も他人から誤解されているように思っているのです。初対面からだいぶ時間が経過し、少し親しくなって本音で話を聞けると考え、数人に質問したことがあります。「初対面の時自分にどんな印象を持ちましたか？　遠慮なしにお話しください」と聞くと、大方の人が「そうですねー」と遠慮がちに「色は黒いし、体格が良く迫力があるから、少しいかつい、強面の取っつきにくい人かなと思いました」と言われるのです。身長も少し大きいほうだし色黒である点はおっしゃる通りなのですが、「強面」と言われるのは明らかな間違いと思っているのです。いかがでしょうか？　皆さんが知らない人と言葉を交わす時、緊張しますかと質問すれば、当たり前じゃないですか、と多くの人が回答すると思います。しかし、何も言葉を交わさないのにどうして緊張してしまうのでしょうか？　今まで考えたことがありますか。

・動物は言葉なくして相手を知る

人間が冬眠前のクマに襲われる事故が頻発しています。また猪に襲われたりもします。野うさぎはいかがですか、攻撃などせずに向こうから逃げますよね。サルに遭遇しました、サルはどうしますか、サルは攻撃してくるでしょうか、逃げるでしょうか。大人が棒などを持っていれば逃げるでしょうが、子どもとか女性なら攻撃するかもしれません。軒先にスズメが巣を作り雛がいましたので、巣を取り払おうとした時、親スズメが梯子の上の自分に突進してきたことがあります。このように動物は逃げ、あるいは攻撃して来るのです。この違いはなぜでしょうか。

答えは動物の脳にある扁桃体の活動にあります。動物は敵と遭遇した時、相手との関係から自己保全の可否をこの扁桃体で本能的に判断します。まず敵か味方か、次に相手は自分より強いか弱いかを直感で判断します。相手が敵で自分より強いなら一目散の逃走を考え、弱いと思えば直ちに攻撃をします。攻撃か逃走か、どちらにしても一瞬で行動できるように準備をします。どういう準備かというと心拍数が一挙に上昇し、運動能力が飛躍的に増加するのです。

生後８ヶ月ほどのシェパードを連れて歩いている時、向こうから中年の男性が来ました。男性の目線を感じた一瞬、まだ子犬のシェパードが吠えたのです。びっくりして相手に「すみません」と謝りながら聞きました。「この犬を怖いと思いましたか」と聞くと、男性は「怖かった」ということでした。８ヶ月の子犬でも目の前の「敵」が内心で「怖い」と思った瞬間、「俺のほうが強い」と相手を威嚇したのです。相手が最初に「怖い」と思った瞬間、子犬は男性の表情の変化を扁桃体が読み取り、弱い敵と判断して威嚇したと思います。

・人間の扁桃体の働き

人間も動物ですから左右の耳の上あたりの脳に扁桃体があります。相手の情報が扁桃体に入り相手を味方と判断できなければ、本能的に鼓動が高まり逃げるか攻撃するかの態勢に入りますが、人間社会は通常平穏に保たれています。大人は相手が拳銃などを所持している異常事態でない限り、大脳は扁桃体の判断を変更して攻撃あるいは逃げる態勢には入らないでしょう。しかし、子どもは違います。怖い大人を見れば助けを求め激しく泣きます。

市中で見ず知らずの人と目が合ったりした場合、日本人が互いに会釈して通り過ぎることは少なく、多くは内心「チェ」と舌打ちしないまでも互いに気まずい思いのまま相手を無視して目をそらしますが、外国人の多くは「ハーイ」と手を上げて通り過ぎます。日本人のほうが敵対意識を持っていても喧嘩にならないからと思いますが、外国人の場合は手を上げて対決を未然に防いでいるように思います。自分と相手が同じ動作をすることで仲間意識が出ることになります。逆に自分が仲間でないと判断（表情が顔に出る）すれば、相手も「こいつは仲間でない」と判断するのでしょうね。

・好奇心

好奇心旺盛な自分は、道路を歩いている時、何か面白そうな仕事をしている人を見かけると、声をかけるのですが、嫌がられることはめったにないです。誰しもそうだと思いますが、人は自分のやっていることに興味を持ってくれる人に悪い印象は持たないと確信しています。スーツを着ている時に作業服の人に話しかける時、注意すべきは自分も作業服を着ていると考えて同じ目線でモノを言うことですね。その際「何をしているのですか」と聞くと大概「ウルサイ奴」と思われてしまい相手にしてくれません。

相手の仕事に一歩踏み込んでその先を具体的に聞く必要があります。怖そうな雰囲気の鳶職人に向かい、「このビケ足場、面白い角度ですね。何ていう部品？」と聞くと、鳶職人は「ビケ」という足場の種類を知っている者が聞いているので、「仲間」だなと思い教えてくれます。

何時でしたかね。近所の町会が宮大工さんに祠（ほこら）の建築を依頼して完成しました。完成祝いに招かれ、挨拶をしろと言われ、町会の皆さんを前に、「丁寧な仕事のことを几帳面と言いますが、これは柱の丁寧な面取りを言います」と、自分が唯一知っている宮大工のネタとなる「几帳面」について話をしました。宮大工さんは、これを聞いて「我が意を得たり」とばかり、自分たちの仕事内容を話してくれたのが気に入ったらしく、その後、建物の各部材を指差し「あれが蛙股です」などと幾つか教えてくれたのですが、覚え切れませんでした。業界用語を幾つでも良いから知っていると、話が弾みます。

・学齢前の子どもとの交流

交差点で赤信号待ちの４、５歳の男の子を連れた若いご夫婦がいました。全く見たこともない、このファミリーを見て最初に声をかけるとしたら誰に対してでしょうか。父親は無意識ですが、家族を守るという責任感があり、周りの状況に対して常に厳しい態度のはずでから父親に一声かけるのは難しいです。そこで最初のアタックは男の子です。まだ言葉も十分ではありませんから、食事に行くのか遊びに行くのかなどの言葉を発して何かを聞くこともできません。どうしたら良いのでしょうか。最初に子どもの目を見ながら、首を少し傾けて、ニコッとして（子どもの扁桃体に敵意はないと思わせる）から手を上げます。そして指を４本出します。「４歳ですか」という質問をするのです。これは世界共通語ですから外国の子どもに対しても有効です。すると子どもはこちらを向いて手のひらを広げました。しまった、１歳下に見てしまった。子どもは早く大きくなりたい、年をとりたいと思っていますから、年下に見てしまうと問題が残ります。５歳だったのですからすかさず「１歳間違えた、ごめんなさい」と声をかけると子どももニコッとして、こちらが謝っていることが分かります。信号が青に変わったところで「さようなら」と手を振れば、当然男の子も同じ動作（仲間ということ）で手も振り、上機嫌で別れの挨拶をしてくれます。

実に他愛のないやり取りですが、子どもの笑顔を見ることができたことは素晴らしいことと思います。知らない爺さんから、突然指を４本出された時、父親はチラッと見てきっと「なんだコレ」と思ったことでしょうが、最後にこちらの「さようなら」の挨拶に子どもがニコッと手を振っているのを見て、父親も母親も思わず安心したと思います。子どもにとって見ず知らずの人と初めてのコミュニケーションだったかもしれません。どうと言うこともない、知らない爺さんとのやり取りは、幼い脳に他人との楽しいコミュニケーションの記憶として残ったことでしょう。

子どもにとってこの先の長い人生と比べれば、80年間の25億分の数秒ですが、貴重な体験をしていると考えています。時間の経過と共に子どもの小さな体験記憶は消えてゆくでしょうが、まだ記憶がある時に次の体験へと繋がっていくと考えれば、数十億分の数秒の小さな出来事ですが、この先の子どもの人生に大きな影響を与えるであろうと考え、機会があるたびに実行していることです。

今まで失敗は殆どありませんが、注意すべきは最初にコミュニケーションをとるのは子どもからです。最初に0.5秒父親の顔を見てから子どもとの「会話」がスタートするのです。間違っても若い母親の顔をジッと見てはいけません。必ず失敗するだけでなく父親の怒りが飛んできます。イスラム教の父親なら殴られるかもしれません。イスラムの女性がスカーフを被るのは世間の男性の目線を避けるためですから、女性の肌をジロジロ見るだけでもいけません。

次は、千葉駅入り口のエスカレーターの近く、周りに人だかりの多い中、女子中学生やら高校生がお尻をついて座りながら何やら会話をしています。「愚かさという女がいる。騒々しい女だ。浅はかさともいう。何ひとつ知らない。自分の家の門口に座り込んだり町の高い所に席を構えたりして道行く人に呼びかける自分の道をまっすぐ急ぐ人々に」（箴言９章13～15節『聖書 新共同訳』©1987、1988 共同訳聖書実行委員会 日本聖書協会）にある状況です。あなたが声をかけられているわけでもありませんが、逆にあなたは声をかけられますか。声をかける場合、ジロジロ見ることは禁物です。ぱっと見て一言「お尻が冷えるよ」と声をかけると、すかさず女の子は「ありがとう！」と返事をしてくれました。たったこれだけですが、女の子は大人が自分たちのことを心配してくれている、と思い、それに対しての「ありがとう」です。注意は、積極的そうな子の目線を見ながら、語尾を若干上げての一言です。

第２節　人類の原点回帰

・上手く決まった一発ジョーク

親もお祖父ちゃんも困り果て、そうかと言ってお店の従業員も、通行人もどうすればよいのか何もいえない場面に遭遇したことがあります。４～５階建てで多くの店舗が軒を並べる雑居ビルでした。３階か４階でしたが、子どもの激しい泣き声が聞こえてきました。泣き声に近づくと、近くの玩具売り場に子どもが喜びそうな誰でも欲しがるであろうたくさんのおもちゃが陳列されている一角でした。４歳ぐらいの男の子が床に背中を付き仰向けで、両手足をバタバタさせて「買って、買って！」と喚いています。なだめようもなく半ば呆れて困り果てているご両親とお爺ちゃんのほか、店の従業員も何も言えません。ましてや全く関係のないお客さんは横目で見て見ぬ振りをして通り過ぎていきます。周囲の大勢の人が困り果てている状況です。さてと、何と声をかければよいのでしょう。

この雑居ビルに偶々（たまたま）家内と買い物に来て、このおもちゃ売り場の「騒動」に出っくわしました。瞬間的に家内に向かって大声で「あっ、子どもが落ちている、拾っていっちゃうおうか」と叫んだところ、これが聞こえたのか男の子は、知らない人に拾われて連れていかれては大変と思い、びっくり仰天したのでしょう。突然泣き止みこちらを睨みながら、母親のところに跳んで行きました。周囲の人々も一安心と安堵し顔もほころんでいました。思い返してもこれまでの人生で最高のジョークでした。

・世界観を変える最高のジョーク

《タンザニアのセレンゲティ国立公園内を走っていた長距離ランナー２人が足を止めて休憩し、靴を脱いだ。だがそのとたん、飢えたライオンが２人に気づき、猛然と突進してきた。片方のランナーがあわてて靴を履き始めたのを見て、もう１人があえぐように言った。『ライオンを振り切ろうとしたって、無駄だよ。ライオンの方が人間よりずっと足が速い』。すると最初のランナーが答えた。『ライオンを振り切る必要なんかない。きみより速く走れればいいんだ！』。この昔からあるジョークは、自然選択の本質をうまくとらえている。進化の過程である自然選択は、地球上の生命の多様性を、生存と繁殖をめぐる競争として説明した概念だ。生存のために闘う対象は、厳しい自然条件ばかりではない。そこには競争相手もいる。生物は単純に、ライバルとの競り合いに勝たねばならないのである。》(『人はなぜ物を欲しがるのか』65頁)

・自然選択の本質

ジョークに触れながら、人間の生きる意味を若干考えることもできる、長い文章を引用させていただきましたが、この昔からあるジョークが、自然選択の本質を「生存と繁殖をめぐる競争」と説明していることに「我が意を得たり」とググッときました。

これまで、人間の生きる意味をあれこれ思案し、結局人間も外の動物同様に自らの生存と子孫を残す生物と考えてきましたが、なかなか「これぞ」という説明に出会うことがありませんでしたが、世界的学者がジョークの中で「世界」を分かり易く説明できる原理を紹介していました。「生存と繁殖競争」が自然の摂理であり、「生きること、子孫繁栄」が生物の原理原則であり、種の保存こそ「正義」の核心と思います。

ここから人間世界だけでなく生物生存の全ての意味が、論理の飛躍なく説明できるはずです。

ダーウィンの「適者生存」(実は1864年『Principles of Biology』ハーバート・スペンサーの造語だそうです)が、環境に順応できる生物が生き延び進化するという考えである「進化論」と少し趣が変わり、自然選択は進化の過程でもあるが、厳しい自然条件ばかりではなく、生命の多様性を生存と繁殖をめぐる競争として説明しています。自然選択の原理原則から人類だけでなく、生物一般の進化の過程を説明できるように思います。

例えば人はなぜ殺し合えるのか、なぜ戦争をするのか、資本主義が発達し社会主義がなぜ敗北するのか、人種差別がなぜ不正義なのか等、思いを膨らませながら論理展開ができるように思います。

・「正義」の内実

この原理から考えれば最初の出発点は、人類の生存は種の保存のためですから、まず今生きているそれぞれの個体は食糧を確保しつつ、子孫を残す生殖行為が不可欠であり、種の保存が「正義」であるなら「食糧確保と生殖行為」が正義の内容となっています。

・まずは生存のための縄張り

食糧の確保は動物でも同じことです。縄張りを主張し、同種の生物でも異なる個体を排除します。場合によっては戦いとなりますが、とことん戦いお互いが傷つくとすれば、第三者が漁夫の利を得ますから、縄張り争いも「平和的」に行います。「窮鼠猫を嚙む」の通り、徹底的に争い相手を殺すまで戦って、かえって自分が傷ついては大変なのです。ですからアユは自分の餌となる藻を確保できる範囲で支配下にある餌場から相手を排除すれば足りるので、無用に戦い相手を殺す必要もありません。

・人間社会の解釈に有益

以上の論理を今の世界政治の場面で考えてみます。世界の覇権をより強固にしようと考えるアメリカは、自分が根本的に傷つくことなく、ナンバーツーのロシアをどうやって弱体化させるかと考えれば、ロシアと昔からのロシアの勢力圏にあり「白ロシア」と言われたウクライナと戦争をさせれば、ウクライナの国土が荒廃し、ロシアも戦争することで国内だけでなく、国際的な政治的影響力の低下や経済的にも影響が大きく削がれます。しかもアメリカ及びアメリカの支配下にある同盟国（ＮＴＯ）が漁夫の利を得て、戦争終結後のウクライナの復興需要で世界の経済が活気づきます。ですからイギリスとアメリカは、反プーチンが明白となったウクライナに軍事顧問団を派遣してロシアを刺激し、ロシアに堪忍袋の緒を切らせたのでした。

先ほどの食糧確保のためのアユの縄張り闘争の視点からウクライナ戦争を見ると、言葉には要注意ですが実に面白く理解ができます。

・見習え。殺し合わない動物を

このように相争うお互いが傷つくことを避けるためか、犬が自己の優位性を示すために前足をこちらの体に乗せてくることを飼い主は愛情のサインと誤解しているのです。犬の前足は「ポゼッション」というラテン語に由来するそうですが、これはオオカミの遺伝子が未だに群れの序列を示すしぐさのようです。（前掲書68頁）サルのマウンティングも同じでしょうし、人間が上位の人に対する謙譲の態度と同じです。

今の政治家は本当に同胞が意味なく殺されることを最小限に抑えようとしているのでしょうか、隣国30ヶ国から武器援助を受け、国民同胞が毎日殺されるなら、一日も早く戦争を終結させる道を選択することが政治家の責任ではないかと思います。権威とかメンツにこだわるばかりで国民の命を守れない政治家は単なる「無能」としか言えないでしょう。国民の命を守れないなら降伏する道もないではありません。結局、利益を得るのは軍需産業です。

ウクライナ戦と同時進行でイスラエルのゴザ進行が始まりました。この戦争の背後にはイスラエルを地上から抹殺することを国是とする政策を掲げるイランが背後にいてハマスをけしかけたように思います。パレスチナ難民はイスラエル経由で水と食糧の供給を受け子どもの教育をハマスが行っている一方、ゴザ市内でイランの支援を受けたハマスが大量のドローンを開発し、モスクにロケット砲の発射装置を付け、イスラエルを攻撃しました。イランが背後にいる以上、イスラエルは国家の存亡をかけた激しい反撃をせざるを得なくなります。

日本のマスコミも連日ゴザ市内でたくさんの子どもの命が奪われている映像を流していますが、アフガニスタンでの戦争もそうでした。ゲリラは敵の装甲車が通過する道路に赤ん坊を置き去りにし、敵が子どもを救おうと車を止めれば、隠れていたゲリラが一斉攻撃をかける戦術をとっていました。道路に置き去りにされた赤ん坊をひき殺しながら戦闘を続けるのです。残虐極まりない戦法です。このように幼児の命でさえ戦争の道具として使用してきたのです。常に無益な人殺しを続けるのが戦争なのです。これを無くすためには、過去には色々あったでしょうが、ネルソン・マンデラ（1918-2013）の言うように憎しみの連鎖を断ち切るための教育の重要性は忘れてはならないことです。その根本には平和裏に共存しようとする考えがなくてはなりません。

第５章　野球を楽しくやろうぜ!!

ご難しい話題が続きましたので、中休みとして、国民的スポーツである野球がなぜ楽しいのか、少し掘り下げて原点と思われるところから言及してみます。「プレイボール！」です。

第１節　侍ＪＡＰＡＮにみる野球の魅力

・野球はなぜ面白いのか。

2023年春、侍ＪＡＰＡＮ がＷＢＣで優勝し、日本中を感動の渦に巻き込みました。準決勝では、メキシコに１点リードされた９回裏、２塁打を打った大谷がベース上で右手を突き上げベンチに向かって「続け！」とばかり声援を送りました。その後、四球で、無死１塁２塁、打撃不振の村上が打席に入りセンターの頭を越える２塁打を打ち、日本がサヨナラ勝ちをしました。

決勝戦の相手はキューバに大差で勝ったアメリカとの対戦でした。２回表にアメリカが１点を先行した後、その裏で日本が２点を取り逆転し、さらに４回１点を追加して３対１となり、８回アメリカが１点を取り３対２、９回の表ツーアウト、マウンドの大谷はエンジェルスの同僚トラウトに対し、フルカウントの後、外角から外に逃げるスライダーを投げ、トラウトのバットが空を切り、ゲームセット。日本中が歓喜の中で侍ＪＡＰＡＮの優勝を讃えました。この場面は世界中の野球ファンの目に焼き付いています。

このようにスポーツはお互いが点を取り合い、決着をつけるゲームです。何が面白いのでしょうか。対戦相手とチームとがお互いの技量を出し合い正々堂々戦うことで最後に決着がつく、お互いが持っている限りの力を出し合うところが観ている人に感動を与えるからでしょうね。さらにこの戦いの戦士が大谷みたいにカッコよければ勝敗を抜きにしても興奮させられます。
勝敗の決まる瞬間の面白さをサッカーで想像しますと、後半の40分過ぎ２点差なら勝負の行方は略々決まっています。リードを許しているチームの選手も「まだ諦めない」と気力を絞っても、１時間以上戦っての２点差をひっくり返すのはまさに「奇跡」としか言えない場面です。敗戦濃厚のチーム全員が死力を尽くし反撃し、リードしている相手チームの緩慢なプレーなどもあり、１点を返してサポーターの熱気が最高潮に盛り上がってきたとしても、さらにロスタイムで同点にし、最後に逆転で勝ち切る場面はなかなか予想ができません。
この点、野球で３点のビハインドで迎えた９回裏、ツーアウトランナーなしでも、まだ勝負の行方は分かりません。二死から四球、ヒット、デッドボールで満塁になれば「逆転満塁さよならホームラン」で決着がつくことも多々あります。これが野球における勝敗の妙です。

・投手と打者の対戦

野球の面白さの原点は、決着のつく場面だけではありません。投手と打者の関係だけでも、ピッチャーが内外角に速球とか変化球を投げ分ければ打者も簡単には打つことはできません。昔は直球、カーブ、シュート、ドロップなど曲がりと落ち方も単純に理解できました。最近では、ボールの握り、投げ方も難しそうなカットボール、ツーシーム、フォーシームなど様々な球種がありますが、結局投手の手を離れたボールは初速、回転数、回転角度、風向きなど人間の意思を離れた物理法則に従った変化球として打者の手元に届きます。

投手の手を離れたボールが、打者の手元に届くまで0.46秒（18m／150㎞／ｈ）に満たない「瞬間」に打者はボールの軌跡を予測してバットを振り、ボールはバットの芯、あるいは上・下に当たるか空振りとなります。また好打者がボールを芯で捉えても打球が野手の正面を突けばヒットにならず、打者が３割以上の高打率で出塁するのは難しいものがあります。

投手と打者の対戦は物理法則に支配されつつ自ずと結果が出ます。この具体的な対戦結果を投手と打者ごとに集計・分析すれば両者の技量が数字として明らかとなりますが、勝負の綾は、投球とスウィングにおける偶然の要素が加わりますので、個別の対戦では必ずしもデータ通りの結果とはなりません。この勝負の行方は人間が予測しても全く不確実であり、結果は人知を超えたところにあり、そこにゲームの面白さがあります。

９回までリードを許し、このままでは準決勝敗退が明らかである時、ファンの期待通り大谷が２塁打で出塁し、次の打者が四球か長打が出れば逆転サヨナラの場面を迎え、データだけを見れば打撃不振の村上に代打を送るところで、監督はそのまま村上に打たせました。結果はセンターを超える２塁打で逆転サヨナラのゲームセットでした。相手ピッチャーが投げた球を村上がジャストミートし打球がセンターの頭上を越える僅か５秒間で、これまでの試合の流れを全てひっくり返した劇的勝利は、今まで見たこともない興奮を日本中で味わえた名勝負となりました。

このように投手と打者との対戦は、お互いの技量に左右されながら、偶然を含めた結果が未知であることが野球の面白いところであることは言うまでもなく、投球技術と打者の技量との、ある意味偶然と偶然の、結果が分からない戦いが選手同士は勿論、見る者としてもハラハラ、ドキドキすることから、最終的勝ち負けだけでなく、各打者と投手との対戦から目を離せません。

ゲームの最終的な結果は分からないものの、試合に臨むにあたり、首脳陣は相手チームを含め収集・分析した選手の特徴などを記録した様々なデータから、選手の起用を決定し、試合が始まれば投球ごとに球種を決め、また予測し、各回の具体的な攻撃・防御に際し、最も高い確率でチームを勝利に導く対策をとる必要があります。戦略も戦術もないチームは草野球を楽しむ仲間としてならともかく、レベルに応じたリーグ戦を戦うチームとして好成績は残せないでしょう。

結局、野球データの科学的分析を除外して簡単に言えば、野球は各回３個のアウトを取り合いながら互いに攻撃・防御を繰り返し、９回までの合計得点（サヨナラを除く）の多いチームが勝者となります。野球ではアウトを取られなければ絶対負けることはない、これが真実であり、野球を考える際に絶対忘れてはいけない原理原則であり、野球の原点です。

・巧打者とは何か

このようにチームが勝利するためには相手に27個のアウトを取られるまでに相手を上回る得点をすること、逆に言えば各打者がアウトにならず塁に出ることで得点に結びつきます。

そこで野球というゲームの本質から考えれば、打者は打席に立った以上、アウトを取られず塁に出ることがチームの勝利に向けて最も大切なことです。従って誰でもヒットを打てれば嬉しい結果なのですが、相手ピッチャーにボール球を４つ投げさせて四球で塁に出ることは派手ではありませんが、ヒットと同価値以上の攻撃となります。

打者と投手の対戦で打者が出塁する場合を見れば、相手ピッチャーは初球をクリーンヒットされるより、球数を多く投げさせられ四球を選ばれるほうがダメージも大きいことは明らかです。

昔、ジャイアンツの長嶋は、ピッチャーの敬遠球を打ったことがありますが、敬遠なら何もせずに塁に出られることを考えれば、チーム・プレーの観点からは決して褒められたことではありません。観客は長嶋の打撃力を見たかったので、解説も長嶋のプレーを讃えていたようにも思えます。当時から日本野球は、四球の価値を見落としていたかもしれません。

それはともかく「巧打者」を定義すれば、打席に立ってチームの得点に結びつくヒットを打ち、あるいはフォアボールを多く選べる打者が「巧打者」ということになるでしょう。即ち、安打と四球を加えた数と打数の比較である「出塁率」の高い、逆に言えばアウトを取られる確率が低い選手が巧打者となります。これに反し簡単にアウトを取られる、例えば初球から凡打で打ちとられ、ボールを振って三振、ランナーを進められない打者はチームに必要な戦力にはならないでしょう。極端なことを言えば「チーム内の敵」かもしれません。

仮にアウトになるとしてもボールは振らず、厳しい球はファウルするなど、相手投手になるべく多くの球を投げさせることが勝利に結びつきますから、ここからも簡単に巧打者となる基準が明らかとなります。

以上、巧打者は如何なる選手かとまとめますと第一にアウトを取られない、即ち安打と四球を選べること、次に相手投手に多くの投球をさせること、最後にゲッツーを除けば三振をしないことでしょうか。

第２節　データの活用

・チームを勝利させるために

４割バッターは稀有な存在ですから、３割打者がチームの主力選手となります。そして塁上にランナーを溜めることは、チームが得点し勝利に繋がる不可欠な要素となります。ここで重要なデータは、前述の通り出塁率となります。

例えば、３割バッター２人が連続ヒットを打てる確率は、１割に届かない０割９分ですが、ヒットとフォアボールを合わせた出塁率４割の選手が２人連続で出塁できる確率は、１割６分（約1.8倍）となります。打者の連続出塁が得点率を上げることとなりますので、チームを勝利に導く打順は出塁率の高い順に選手を並べることが重要な戦略となります。

昔も今も日本では、チームの主力選手（打率と長打力）が３番４番バッターであるのが定説でした。しかし、最近では大谷が２番３番、場合によってはトップバッターとなり、４番を打つことは少なくなっています。これもチームの勝率を高くするため、データを重視しての打順編成です。感性とか根性を大切にしてきた昔からの日本野球に野村がＩＤ野球を取り入れ、万年最下位のヤクルトを優勝に導き、一躍ＩＤ野球が盛んになりました。野球に限らず全てのゲームにおいて、最初から勝敗が分かっているなら少しも面白くありません。ゲームは、様々な偶然的要素が加わり、最後に勝敗が決まるのですが、野球は外のスポーツに比べたくさんのデータを駆使することでチームが勝利に繋がる、その中に人間が知ることのできない偶然的要素が加わり、ゲームの面白さがさらに増してきます。

・神のみぞ知る結果に向かう人間の努力

野球の面白さを簡単に説明すれば、偶然に支配されつつ個人の力量で勝敗が決まることは、常に強いものが勝つのではなく、何か目に見えない力が作用する時があること、アメリカのようなクリスチャンの多い国では、これぞまさに神の支配する領域であり、それは試合が終わってみなければ分からないこととなっています。
　だからこそチームの勝利に向け最善のチーム編成をし、また利用可能なデータを駆使し勝利に導く戦略を練り、あとは日本流にいえば「運を天に任せる」アメリカでは「神のみぞ知る」これが野球です。偶然と結果は神が決める、しかし必ず間違いを犯す人間は、勝利に向けて最善の勝てる戦略を練る、これが重要なところです。

・支え合うのが野球

　中学生の時のことです。市内地区大会で近くの学校との対戦があり、私が３塁を守り相手ランナーが３塁にいる時でした。捕手から投手に対する返球がジャンプをしても届かない悪送球となり、ボールが２塁ベースまで転がり、１点を取られた記憶があります。草野球ではエラーをした仲間が面白くありませんでしたが、大人になり野手の正しい動きを見て知りました。打者の内野ゴロに対し、キャッチャーが一塁に走り、外野に犠牲フライを打たれた投手はキャッチャーのカバーに入ることから、全て「人間は、失敗をする」その前提でチームができていることです。
　神でない人間は完全ではありませんから、必ずエラーをする、これを外の選手がバック・アップする「お互いを支え合う」ここに野球のチームワークの素晴らしさがあり、仲間のミスを最小限にして勝利に向かうゲームの楽しさがあります。ひょっとすると、野球は面白さに魅せられ、虜にさせられる宗教かもしれません。

・サッカーと比べると

　同じく人気スポーツであるサッカーを見れば、多くの試合で強いチームが得点して勝利しますが、天皇杯での優勝チームはJ2のチームでした。今年からJ1からJ3まで各20チームがありますから、国内ランキングが20位以下のチームがJ1チームを連破して天皇杯で優勝したことは、サッカーでは必ずしも強豪チームが下位のチームに楽勝できるものでもなく、野球以上に強いチームの順当勝ちは難しいものがあります。

サッカーには得点王もいます。このような結果を示すデータもあるでしょうが、それでは個別のプレーが得点にどれほど影響するかを野球の打率のように数字で表すのは困難なように思えます。

例えば試合中に何回シュートし、何メートル全力疾走したか、ボールを何分・何秒支配したか、相手のボールを何回奪ったか、効果的なファウルか失点に繋がるファウルか、その他どのようなデータがあるかよく分かりませんが、得点と選手データの関連性を数字で表現することは大変なことでしょう。それゆえに、ゲームの流れの中での選手起用などはある意味監督の「思いつき」に左右されるものかもしれません。

そこで足が速い、パス・ミスが少ない、ドリブルで相手を抜けるなど個人的力量で明らかな違いがある場合ならまだしも、客観的データが十分でない場合、選手起用の問題として試合に出られない選手の内心に立ち入ってみれば「ナンであいつがレギュラーで俺がベンチか」などと考えることは稀ではないでしょう。このように選手起用に関する選手の納得度は野球に比べサッカーでは大幅に低いことが予想されます。サッカーではデータの活用は非常に難しいと思われ、勘に頼る監督の采配がより重要となります。

・選手起用の公平さ

その点、野球では得点と選手データの関係は計算上間違いがなく、しかも選手間でのデータ比較も簡単ですから、選手起用は比較的簡単となります。

さらに言えば、データを適用する場面では投手の投球は全てデータ化され、また打者の得意不得意なコース、打球方向、フライかゴロか、左ピッチャーの場合の三振が多い、などなど実に様々なデータがありますから、監督コーチが選手の起用にあたって個人的好みで決めているなどと選手から不満が出てくる可能性はサッカーに比べれば格段に少ないでしょう。

その意味から野球では「データは嘘をつかない」と言えるでしょう。野球はチーム全体が仲良くなれ、お互いが切磋琢磨できる公正なスポーツといえ、正しいデータに基づく選手の活用が不可欠です。仮に、選手起用について選手間の不満が感じられるチームでは、良い結果が残せるものではありません。

・選手の才能を見極め

高校野球で素晴らしい結果を残し、有名大学の野球部に入ったものの、甲子園で名の売れた選手の多い中で監督などに名前も覚えてもらえず、野球を諦めた才能のある選手がいました。チームが勝つために優秀な選手を起用することは不可欠ですから、甲子園で活躍した選手を起用するだけなら素人でも監督ができます。一方で、現実として優れていると思われる選手が一度の出場機会もなく、野球を断念した現実の事例を見聞きしています。このように有力選手が「潰された」事例は日本野球界全体に数えきれないほどあると思います。

誰しも好きな野球を始めたのであれば、その可能性を最大限引き出してくれる有能な指導者に巡り合いたいと思うのは人の常です。そこで、公平なチャンスを全ての選手に与えることは不可欠ですが、選手ごとに野球の基本となる走・攻・守のレベルを確認・比較し「総合的な判断」をした上で、選手の可能性を引き出すことが必要です。

ところで、野球の能力測定は比較的簡単なので、全員で練習試合を繰り返し、データを収集・分析して、選手の得手不得手を明らかにすべきです。その結果、それまで無名の選手が素晴らしい結果を残し、さらに素晴らしい人柄が備わるならば、第二第三の大谷が出て来るかもしれません。こうなれば、素晴らしい指導者と言えるでしょう。

大リーグの草分け選手であった野茂はコーチ陣から「あんなフォームで良い球が投げられるはずがない」と評価されていました。教科書にあるような綺麗なフォームで型どおり右に左に曲がる球を投げられる投手が優秀な投手であると考え、選手の個性を無視した首脳陣では能力が潰され、あの「トルネード投法」も生まれていなかったかもしれません。

また、イチローもオリックス二軍に在籍中、元巨人の有力選手であったコーチからバッティングフォームをイジラレたようですが、イチローは自分の考えを曲げずに自らの努力で大リーグでも歴史に残る成績を残すことができたということです。

・楽しく野球をする

何が楽しくて野球チームに入るのか。それは、ゲームが楽しいからですよね。相手チームとの試合に出場して自分の活躍でチームの勝ちに繋げることです。まだルールも知らずキャッチボールもできない程度であれば、外野で球拾いしかできないかもしれませんが、そのために日頃の鍛錬をするのです。「鍛錬」だけでは楽しいわけがありませんが、この根本的な野球の楽しさを理解できない往年の名選手もたくさんいます。有名選手が監督になっても必ずしも良い結果を残せないのは、下積み選手の経験がないからかもしれませんし、人知を超えた野球の真髄を理解できていないからでしょう。プロ野球でも新監督が「２軍選手を含め全員に平等にチャンスを与える」と宣言して優勝したチームもあります。

選手の最大限の可能性を引き出せる監督は必ずしも往年の名選手に限りません。

簡単なルールを覚え、投げて走ってバットを振れるなら、エラーをしても暴投をしてもそれが楽しいのです。何でもそうなのですが、「失敗は成功のもと」です。試合に出て失敗することが次の成長になります。このようにゲームに出場しなければ、野球チームに入っても何も楽しいことはありません。

首脳陣が科学的データを活用し選手の気持ちをよく理解して初めて全選手が楽しくなり、チーム全体の雰囲気も良くなるでしょう。繰り返しとなりますが、野球はスポーツの中で極めて詳細なデータを活用できるゲームですから、練習試合を含め、毎試合のデータをきちんと取り分析し、試合に勝てる有力選手でチーム編成ができるならば、特に秀でた選手がいなくとも勝ち残ることができるでしょう。既に「努力と根性」で野球ができるものではないことは誰しも分かっていることです。

大リーグからたくさんのスカウトが来日し、プロ野球から有力選手をスカウトしようとしてたくさんのデータを収集しています。ピッチャーの全投球をコースだけでなく打者ごとの配球、球種、落差、曲がり、スピードなど全てを細かく記録し、これに対する打者の細かい体の反応まで記録して打者の特徴を事細かに記録して選手を「分析」していることでしょう。細かい記録を集め全てデータ化して優れた選手を探し出しています。イチローが数々の記録を打ち立てるニュースを見るたびに100年昔の大リーグの記録が残っていることに驚きました。大リーグでは現在も科学で解明できる全てのデータを活用してゲームに臨む姿は「人間のできることは全て実践」し、あとは「神」の世界に勝負の結果を委ねる、ここに野球の奥深い哲学があります。

・全員が楽しい野球をするための選手起用

試合に勝つためには、優秀な選手を起用することが絶対不可欠です。監督が個人的好みや主観的な思い込みなどで優秀な選手を起用したなら、納得できないまま単にベンチにいる選手だけでなく、外の選手も楽しい雰囲気で野球を楽しむことができません。

言うなれば選手起用は中華料理店のメニューのようなもので、売れないメニューを取り外し新しいメニューに取り換えることで、店を活性化し売上を維持・拡大する努力が必要です。野球で言えば試合ごとに成績の悪い人の入れ替えをしなければチーム内での切磋琢磨もできません。例えば、出塁率の高い選手からのオーダーを組んで試合に臨み、出塁率の良し悪しで入れ替えを行うことも必要です。例えば９番バッターが出塁ゼロ、特に三振が多かったなどであれば次の試合はベンチスタートになる、このようなルール作りが必要です。

野球においてもチームの順位だけでなく、チーム内での競争のできるルール作りがなければ素質十分な選手も成長することが難しくなり、チーム全体が停滞することは明らかでしょう。

・集めたデータを分析

日本のプロ野球は、野村監督がＩＤ野球を始めたのも古いことではないとしても、大リーグのように様々なデータを管理するところまで進んでいないと思います。ましてやアマチュア野球ではデータの活用は不十分でしょう。有能なスコアラーを置けるチームなら、各選手の試合でのデータをできる限り収集・管理・分析して、その後の試合におけるオーダー編成に役に立つものを用意できなければなりません。仮にスコアブックだけ作っても記録を取るだけで分析しないのでは、スコアブックに記録する意味がありません。特に相手チームの選手を分析することは年間を通じてリーグ戦を勝ち抜くために不可欠のことと考えます。
以上の通り、野球は科学と人間のゲームですから、データを重視しないチームでは首脳陣の主観に基づくチーム編成がまかり通っているかもしれません。さらに監督の好き嫌いでオーダーが編成されるなら、お互いの力量が分かっている選手同士でチーム編成したほうがお互いに切磋琢磨できますから、チームは必ず強くなるでしょうし、各選手のデータでスタメンを決める民主主義は全員がプレイングマネジャーとなり、結果に責任を持てるチームとなるでしょう。
何れにしても首脳陣が正しいデータに基づく選手の分析ができなければ、場合によっては選手各自が打率・出塁率・犠打・三振率などを持ち寄ることで、お互いの出場機会をコントロールできると思います。「仲間と支え合うチーム作り」が強豪チームを作り出せることでしょう。

第６章「一国二制度」からみる「この国のかたち」

第１章とは若干視点を変えて我が国の未来を含め「飲水思源」の実践です。

第１節　問題提起となる香港返還

・一国二制度

中華人民共和国（以下「中国」）は、1997年イギリスから香港の返還を受けました。単に中国が香港の領土の引き渡しを受けるのであれば大きな政治問題にもなりませんが、香港には現在約750万人が居住し、約三世代が100年間にわたりイギリス国民と同様の権利義務の中で生活してきました。この香港住民が、ある日を境に全く政治体制の異なる中国人となり香港に住み続けることは大変なことでしょうし、命の危険があるかもしれません。750万人のコミュニティがあり、イギリスの植民地としてイギリスの施政権下で制限された自治権を持つ香港行政府が、今度は中国共産党の監督下で香港行政を担うこととなりました。

第二次世界大戦後、多くの植民地が独立国となった際に、植民地の行政を担っていた政府の頭に乗っかっていた宗主国の重石が取れただけなら、新しい独立国は比較的穏便に独立国家となれました。しかし、南アフリカの独立のように現地で行政を担っていた行政官が一斉に本国に引き上げたりすると、独立しても国内の混乱が激しくなり内戦が始まったりします。如何なる体制であれ、行政権の存在なくして国家は存続できません。これは古代国家においても全く同様です。

香港の場合、重石が取れたものの、今まで支障なく動けた行政府は、今度は全く政治制度の異なる中国共産党の金縛りにあって身動きが取れなくなり、住民の選挙で選ばれていた議会も殆ど中国共産党の「任命制」になってしまうようです。

そこで、イギリスと中国は香港住民が50年間は今までと同様の生活ができるように、中身はよく分かりませんが一定の合意をしたようです。返還から25年が経過し中国が本音を出し始め、「一国二制度」を骨抜きにしようとして香港住民の間での民主化闘争が始まりました。資本主義及び民主主義を謳歌してきた香港人はどうするのでしょうか。

・報道姿勢に問題

香港をめぐるこの「一国二制度」という問題、日本語の上手な香港の女子学生が選挙とか表現の自由を訴える動画とかデモの様子などがテレビで放映され、興味を持った人がいらっしゃると思います。テレビを見て「中国は酷い」と感じたものの、それ以上何が問題なのかということを語るのは難しいですね。また「制度」という日本語も難しいところがあります。『広辞苑』を見ますと「社会的に定められている仕組みや決まり（世襲制度）」、あるいは「制定された法規」と説明があります。

香港返還をめぐる二制度は外交及び防衛を除き、行政権・立法権・司法権は現状通り香港に権限が残り、その他通貨制度、パスポート発行権も香港に残し、国民にも言論・集会の自由が保障され、基本的に資本主義が存続するとの内容を合意したようです。

これをマスコミが大雑把に「社会主義と資本主義が並存するのが一国二制度であり、イギリスから返還を受ける際に中国は国際的に50年間これを保障すると約束したにもかかわらず、中国は香港の議会選挙に介入し、表現の自由も制限している」と、中国の約束違反が新聞・テレビで報道されました。一国二制度の内容に関し、詳しい説明もなくいきなり議会選挙とか表現の自由などと報道してもさっぱり内容が分かりません。報道する側が理解できていないことを一般視聴者に理解させることなど不可能ですが、この訳の分からない、単なる「中国悪し」との印象しか与えられない報道は、意図しているか否かはともかく、単なる日本人の反中国感情を煽るだけで、間違いを批判し疑問を質す公正な報道姿勢とはかけ離れているようです。

このような報道姿勢は、かつて戦前の新聞各紙が国際情勢と各国の思惑などを事実関係に基づいて詳しく分析し報道すべき責任を放棄し、軍部に同調した論調で国民を戦争に駆り立て、国家を破滅に導いたことを真摯に反省もせず、また同様な報道姿勢を取っているように思います。「真摯な反省」とは報道に携わる諸個人ではなく組織としての報道機関が社の文化として戦前を反省し教訓としてこれを世代を超えて遵守すべきことと思います。中国がイギリスに対し、50年間保証すると約束したのであれば、イギリスなどの関係国は中国本土の香港に対する施政権実施の情報を収集・分析して、香港の「一国二制度」の約束が守られているか否か、関心を持ち続ける必要があったでしょう。

・本質は植民地を返還しただけ

それはともかく香港は、帝国主義的戦争でイギリスが清朝から「略奪」したのですから、第二次世界大戦が終了し、それまでの列強の植民地主義に正義がなかったと国際的な反省でアジア・アフリカの多くの国々が独立したのですから、イギリスも99年も経過するまでもなく、香港を中国に返還するのが当たり前だったのではないでしょうか。しかし、イギリスは植民地主義を不正義と考えたこともなくただ、返還すればもう香港住民は（中国人だから）関係ないと興味をなくし、半ば無関心を装っているのでしょう。

中国も、既に国内に資本主義が存在するとしても、これとは別に今後50年間は中国本土の共産党１党支配構造と香港の民主的な制度が全く相容れない制度であることが分かっており、同一国家内に並存することは不可能ですから、中国当局がジワジワと民主制を骨抜きにするのはいわば当然です。別の言い方をすれば、中国共産党は清朝がだらしなくイギリスに租借（奪われた）されたものだから、イギリスとの約束に拘泥せず徐々に骨抜きにしてきたことでしょう。

ですから中国共産党政権の本音が見えてきた時、中国に対し諸外国が何を言っても、「中国大陸の権力を奪取して、ここに施政権を行使しているのは現在の中国共産党だから、中国の内政に干渉するな」と居直っています。こうなると誰も中国の約束不履行を正すこともできず、国際世論の無関心が進む中で新聞各紙も、香港住民の非民主化に対する反対運動を報道する価値もないと判断しているのですかね。

西欧諸国が本当に民主主義制度は人類の価値ある制度だと信じているのであれば、日本のマスコミを含め世界の国々も中国のやり方は絶対許せないと頑張るべきでしょう。特に民主主義国家の優等生を自負しているアメリカなどは中国に対し、強力な経済制裁などを加えても良いはずなのですが、所詮自国に経済的利益が出ないと踏んで拱手傍観しているのでしょう。

日本の民主主義も外国から与えられたものであり、戦後70年以上経過しても未だ国民の間に根付かない「民主主義」ですから、中国が香港の民主主義の破壊を進めてもまともに批判することもできません。マスコミも国民が忘れた頃にカナダの留学生の活動家が窮状を訴える動画を公表しても既に「遠吠え」に過ぎず、中国にとっては馬の耳に念仏というか馬耳東風に聞き流しています。

最近カナダに留学中に中国共産党を批判する女子学生を陰謀罪か何かで指名手配したようですが、果たして西欧社会が勇気ある彼女を守ることができるのか民主主義国家の試金石です。

ということで、諸外国が中国の二制度ならず二枚舌に気づいた時は既に「手遅れ」であり、諸外国の報道機関が中国政府の横暴振りを報道しても、既に興味を失った「一国二制度」問題は面白くもなく誰も関心が持てないことは明らかです。新聞も無責任にこの問題を忘れて（報道しない）いるようです。

・難問山積の制度論

この「一国二制度」問題の根本には、社会主義と資本主義の違い、国家権力の正当性を含め、民主主義国家と独裁国家の違い、民主主義と国家の行政権のあり方など難題が待ち受けています。自信もありませんが、とにかく多少脇道に入りながらも原理原則を忘れずに考えていきます。

第２節　一国二制度の基になる国家のあり方

・社会主義・共産主義の考え方

「社会主義と資本主義が併存するのが一国二制度」と言われています。資本主義については第１章第２節で簡単に触れましたが、資本主義国家では、個人の自由意志の下で雇用契約が成立し、資本家の指揮の下で生産された商品が資本家の所有物として自由に社会内で売買できる法体系が保障されています。

では「一国二制度」を受け入れた中華人民共和国は「中国共産党」が権力を掌握していますから当然の様に社会主義国家を（目指す）共和国であると判断して「資本主義と社会主義」が併存できるのか、考えてゆかなければなりません。

郵便はがき

差出有効期間
2025年3月
31日まで
（切手不要）

1 6 0-8 7 9 1

1 4 1

東京都新宿区新宿1－10－1

(株)文芸社

愛読者カード係 行

ふりがな お名前		明治　大正 昭和　平成　　年生　歳
ふりがな ご住所	□□□-□□□□	性別 男・女
お電話 番　号	（書籍ご注文の際に必要です）	ご職業
E-mail		

ご購読雑誌(複数可)	ご購読新聞 新聞

最近読んでおもしろかった本や今後、とりあげてほしいテーマをお教えください。

ご自分の研究成果や経験、お考え等を出版してみたいというお気持ちはありますか。

ある　　ない　　内容・テーマ（　　　　　　　　　　）

現在完成した作品をお持ちですか。

ある　　ない　　ジャンル・原稿量（　　　　　　　　　　）

書　名				
お買上 書　店	都道 府県	市区 郡	書店名	書店
			ご購入日	年　月　日

本書をどこでお知りになりましたか?
1.書店店頭　2.知人にすすめられて　3.インターネット(サイト名　)
4.DMハガキ　5.広告、記事を見て(新聞、雑誌名　)

上の質問に関連して、ご購入の決め手となったのは?
1.タイトル　2.著者　3.内容　4.カバーデザイン　5.帯
その他ご自由にお書きください。
(　)

本書についてのご意見、ご感想をお聞かせください。
①内容について

②カバー、タイトル、帯について

弊社Webサイトからもご意見、ご感想をお寄せいただけます。

ご協力ありがとうございました。
※お寄せいただいたご意見、ご感想は新聞広告等で匿名にて使わせていただくことがあります。
※お客様の個人情報は、小社からの連絡のみに使用します。社外に提供することは一切ありません。

■書籍のご注文は、お近くの書店または、ブックサービス(0120-29-9625)、セブンネットショッピング(http://7net.omni7.jp/)にお申し込み下さい。

それでは「社会主義」という言葉は、○○社会主義人民共和国、○○社会主義国家などと使われていると思いますが「はて？」と考え始めると「社会主義国家」の権力がどうして確立しているのか、社会の経済体制はどうなっているのだろうか良く判りません。いかなる国家運営が社会主義国家なのか、最初に定義しようとしても個人的にまとめることなど不可能ですので、文献をあたりますと、『哲学・思想事典』（岩波書店1998年）には「社会主義」という用語は、1830年以降に使用され、社会変革の思想を指示するものと説明され、《「社会主義」は経済的自由主義や個人主義を批判し，社会組織の新しいモデルを表現するものであった。一般的含意としては貧富の差をなくして社会経済的調和を可能にする社会をめざす社会変革の思想と運動がこの言葉の内容である》（同書691）とあります。

また、『新版社会科学辞典』（社会科学辞典編集委員会編　新日本出版社　139頁）では「社会主義」を《生産手段の全社会的な共同所有を土台とする共産主義の低い段階（第１段階）のこと。》と説明され「社会主義」は「共産主義」の低い段階とありますので、現在世界各国に「共産党」がありますので、念のためこれら共産党の根本にある考え方は何であろうかと思い、先の『哲学・思想辞典』を参照しますと《【理念】共産主義は，生産手段の集団的所有に基礎をおく経済・社会組織を建設し，自由な人間的諸個人が理性的に社会と経済を計画によって管理して，人類が歴史的に経験してきたあらゆる矛盾（不平等，不公正，差別，抑圧，搾取など）を解消しようとする思想である》と説明があり、結局「人類のあらゆる矛盾を解消しようとする思想」なのですが、そこに行くまでに資本主義的生産体制を克服しなければならないようです。

資本主義は個人の自由と経済的自由主義で成り立ち、個人の所有権の絶対が保障され、その結果社会的格差（自由と平等の矛盾）が天文学的数字で克服困難になっています。

資本主義と社会主義では経済的自由、個人の自由、貧富の格差などから根本的なところで大きく対立・矛盾していますからそもそも「一国二制度」の用語自体矛盾を含み成り立たないものでしかありません。唯一の屁理屈を言いますと、資本主義社会の法制度として成立し存在している個人主義、経済的自由主義、所有権の絶対に対し中国では（抽象的な）社会変革の思想と運動が資本主義と並ぶ制度であるということでしょう。

・社会主義国家は存在したか

地球上に社会主義国家と自称する国家は、ロシア、中国、ベトナムなどの外にも独裁国で社会主義国と名乗る国家もあります。社会主義が共産主義の過渡的制度であるとすれば、社会主義国家は、国家が国内の経済的営みに対し強力な介入（極端な場合国家が強制労働を科す）が必要となります。かつてソ連のコルホーズ・ソフホーズなど国民が一つの公社などに所属して働き、国からの配給で生活していたこともありました。当時は国家の食糧生産の基盤となる土地の所有権は認められていなかったのでしょうが、現在はどうなのか、分かりません。

国民全てが国家公務員であるとも言われ、働いた成果（麦とか穀物などの食糧）が自分のものにはなりませんから国民の労働意欲は低下し、国全体の生産力を向上させることは困難です。その結果「皆で貧しい生活」になり、国民の不満は権力で抑圧するしかなかったと思います。もっとも石油資源が豊富であるなら、国民は税金を払うこともなく王族からのおこぼれで生活できるサウジアラビアのような国もあります。

ソ連崩壊前に日本共産党機関誌『前衛』などで「社会主義の制

度的優越性」等の論文と思しき文書が掲載されていました。筆者は多分ソ連を視察し都合の良いところだけを見てから「信念」を持って書いたのでしょうが、その後のソ連、ロシアを見れば、社会主義が資本主義より優れていたどころでなく、経済的にも貧しく不満を押さえつける言論統制は枚挙に暇もありませんでした。そもそも理念的な「本来の社会主義」自体、「共産主義」同様にあり得ない社会と思います。

・中国共産党の資本主義

中国は「社会主義国家」と言われていますが、実はこの「社会主義国家中国」とは「中国共産党という政党の支配する国家」のことです。一国二制度、即ち「社会主義と資本主義が並存する中国」を論ずる際の「社会主義」の意味は、そもそも言葉選びが間違っているとしか考えられません。

第二次世界大戦終了後、中国でも「社会主義革命」があった、と言われましたが、その内実は、誕生した共産党政権が単に個人の土地所有権を認めず、土地を「地方社会の共有」としたのでしょう。その上で、共産党中央の承認のもと、地域の共産党幹部が賄賂で土地利用権限を差配していたに過ぎないのではないかと思います。

この不安定な土地所有権のもとで農民が耕作し、食糧生産に従事していた、これが革命後の「中国の社会主義」であり、毛沢東の死後、鄧小平が、外国資本を呼び込むために「特区」を作り資本主義的経済運営を取り入れた際、地方の共産党幹部が農民の土地を取り上げ私物化して西欧資本家に工場用地として引き渡していました。日本に来て爆買いする観光客で有名となった中国の資産家の出自は殆ど共産党幹部の家族でしょう。これが中国の社会主義の実体と考えます。共産主義とか社会主義の意味とは全く違う言葉が使われ、そこから世界中が中国を誤解しているように思います。

20年ほど前、写真週刊誌か何かで「開発」に反対する農民の住む宅地の周りが削り取られ、逆さまにした茶碗の上に立てられたような住宅写真を見ました。この１枚の写真によって、革命以来、中国農民の土地所有権の「保障」がなかったことが明らかにされました。

中国の富裕層の出現は、西欧資本主義国の資本家が「社会主義国中国」の土地所有政策の欺瞞性に目を瞑り、地方共産党に出資した結果であることは明らかです。これが社会主義であるはずもなく、中国国内の土地政策を決定できる地方権力者（共産党幹部）が農民から土地を取り上げる権力の横暴以外の何物でもありませんでした。外国に資本を出資させ共産党幹部の利益を拡大してきたのが、今の中国の「資本主義」であるといえます。

・外国資本の導入で国力増加

中国経済は、土地利用権を保障された外国資本が中国人を雇用し、生産された商品を輸出して利益を上げる構造で発展しました。雇用された一部中国人は工場の幹部となり、先進資本主義国の生産ノウハウを吸収し「資本家」にもなれました。中国製品が急拡大し、中国は経済大国に成長してきました。

例えば、電気自動車に使用する強力なバッテリーの技術を持った日本のメーカーが中国に進出してバッテリー生産していましたが、この技術を中国にソックリ真似され、現在中国のメーカーが世界の市場を独占しているようです。

この中国で国家として国民の福祉を増大させる配給制度のようなものがあるか不明ですが、今の中国人の間にある格差を見れば、社会主義的制度など存在していないように思います。北朝鮮のように、国民を外国人労働者として海外に派遣して稼いだ給与を国家に治めさせる制度は、強力な権力を背景にして初めてできる、所得税の制度を超えた社会主義制度かもしれませんが、その他の社会主義国家での例を知りません。

社会主義国は本来国民の実質的平等を最大限追求するものと考えますが、食べるにやっとの北朝鮮での実質的平等は、穿った見方ですが、社会主義的なのでしょう。

この一連の流れを見れば元々中国に社会主義などありませんでしたから、一国二制度は中国共産党が支配する「資本主義」を温存し、香港（中国国内）に西欧型民主主義を残す戦いかもしれませんが、弾圧の厳しい中国共産党のもとで民主主義などつけ入る余地はありません。中国は「新しい民主主義」を一時標榜していましたが、それは「共産党内部の民主主義」であり、香港民主化の一国二制度の論調は元々訳の分からないものでした。

・日本の社会主義的政策

国民の間の実質的平等という観点から現在の日本を見ると、両親に扶養されている人と年金生活者を除いても厚生労働省によれば、令和３年で203万人を超えるくらいは何も仕事もせずに「文化的生活」をしていますが、このような制度がロシア・中国・ベトナムなどにあると聞いたことはありません。日本における優れた社会主義的な制度です。一方、日本でも貧富の格差は徐々に広がりつつあります。

経済的格差は、アメリカがダントツで、特に医療格差など日本とアメリカの違いは、まさに資本主義と社会主義の違いが感じられます。

本来資本主義国である日本と社会主義国と言われる中国などを比べた場合、何れが社会主義的制度として充実しているか、実際に見聞したこともありませんが、知り合いの中国人によると、日本のほうが「社会主義国」に近いと確信を持って言われます。

・冷戦下で福祉政策充実

戦後（敗戦後）日本で一定の社会主義的政策が採用されたのは、ソ連の宣伝活動が大きく影響したようです。例えば日本の敗戦で捕虜となった63万人以上の日本兵がシベリアで奴隷状態のまま長年抑留された後、帰国する際、共産党の教育を受けたと聞きますし、50年ほど前の私がまだ高校生の頃、ソ連の漁船が修理のため日本のドックに入りました。その際乗船しているソ連の日本語通訳は、ソ連の素晴らしさを宣伝するスパイだったかもしれませんが、この日本語通訳と話をしますと、ソ連では医療費は無料、生活は安定しているなどと聞きました。さらに北方領土も日ソ平和条約が締結されれば日本に返還されるとも聞かされました。

ソ連崩壊によって資本主義と社会主義の歴史的対立がなくなり「歴史は終焉した」とも言われました。ソ連が働く者の福祉を充実させていると信じられてきたことで、資本主義国の労働者に対する福祉が多少とも充実してきたところがありますが、ソ連崩壊後、「資本主義の勝利」は「新自由主義」の名で先祖帰りした資本主義になり、労働者に対する締め付けが逆に厳しくなりました。

・冷戦下で米ソの日本に対する介入

ソ連の影響を受けた時期には、日本の左翼政党が国会内で国会議員の３分１を超える勢力があったこともありましたが、最近では、社会党はほぼ壊滅、日本共産党も勢力拡大は不可能のようで、日本が社会主義国になる気配はありません。アメリカも社会党右派に金を渡して分裂させ民社党を作らせました。

ソ連は資本主義国で社会主義革命を行うため、貧困層の支持拡大に向けて日本社会党・共産党には資金提供を含む様々な援助を与えたことが明らかにされています（『クレムリン－秘密文書は語る闇の日ソ関係史』名越健郎　中公新書83頁）。これを受けてか日本共産党などのプロパガンダ（社会主義の制度的優越性）が日本の社会主義的政策に一定の効果をもたらしたとも考えられます。日本の政党に外国のお金が流れていたことは、社会党・共産党だけでなく、岸信介はアメリカのＣＩＡ（ロッキード社）からの資金提供で自民党を作ったといわれています。このように戦後の日本の政党は何れも外国からの支援を受けており、これで民主的政党といえるのかは問題があります。それはともかく革命後のソビエト連邦では、国民全てが国家公務員であり、平等な社会と誤解されていた時期もありますが、反対派を粛清する強権政治が行われ、国民の生産意欲は減少し、社会主義国ソビエト連邦は崩壊しました。

第３節　国家というもの

・邪馬台国連合とヤマト政権

人類は海で採れる魚介類をはじめ、野山の木の実などの動植物を採取して生活していた狩猟時代から、定住して農業を営むようになって、余剰生産物ができるようになると小集落ができ、農業に直接かかわらない祈祷師とかリーダーが出現し、やがて小さな国家ができました。小国家は、戦ううちに政治連合を形成し３世紀ごろに《「魏志」倭人伝にみられる邪馬台国連合に他ならない》（『詳説日本史研究』33頁）とも説明されていますが、既に大人（ダイジン）と下戸（ゲコ）の身分差別もあり、卑弥呼は魏の皇帝に生口（奴隷）を献じ「親魏倭王」の称号などを与えられており、王とその権力を支える階級が存在していました（『日本史研究Ｂ』

21頁)。五世紀前半頃の《【大仙陵古墳（現代、仁徳天皇陵）】日本列島で最大の規模をもつ古墳。墳丘の長さが486mの前方後円墳で、墳丘の周りに二〜三重の周濠をめぐらしている。さらにその外側の陪塚（陪冢）が営まれている区域をも含めると、その墓域は80haにも及び、その築造には、最盛時で1日当たり2000人が動員されたとして、延べ約680万人の人員と、約16年の歳月が必要であったと計算されている。》（『詳説日本史研究』36頁）とあり、既に日本列島に天皇政権が成立していたようです。以後現在に至るまで、ヤマト朝廷の流れは「万世一系の天皇」に引き継がれています。

・国家権力を支える原理と正当性

前述のように日本は有史前から帝が存在し、二朝並立の時代もありましたが、王権の周囲に諸豪族を結集させることで武力を伴う権力を集中させ、国家としての体裁が整ったようです。しかし、未だ文字のなかった時代に国家を束ねる武力が必要だとしても、逆に武力がありさえすれば治められるものでもありません。人民が「権力の行使がやむを得ない」と消極的にでも納得しなければ、国家は治まりません。

サルの社会でも力が強いだけではボスザルにはなれず、ボスに対する群れの信用（特にメス）があって初めてボスザルになれるようです。ましてや人間社会、力だけで瞬間的な権力を奪取しても長続きしません。クーデターで権力を奪った軍事政権は結局のところ長続きしません。

従って、嘘でも何でも国民を誤解させたまま一応納得させている間は国家権力の正当性が認められるのでしょう。

その点、中国のように数千年にわたる文字文化があるところで権力の歴史が作られていれば、記録を辿って過去の間違いも指摘できますが、文字のない日本では自分の生まれる何百年も前から存続している天皇に仕える公家の行政権が「事実」として存続する以上、権力の存在（正当性）を納得するしかないでしょう。

例えば、天皇制に対して批判的な根拠となる史実としての文字文化もありません。あるのは世襲制のもとで何世代も天皇を支えてきた皇族を含む強力な公家社会ですから、これらの永続する組織に何か意見を言うこともできなかったでしょう。

文字文化が未発達な中で既存の制度が「いにしえの遥か昔からの慣わし」と言われた場合、「王権の慣わし」は強固な権力基盤として出来上がり、以後文字が導入されて1000年以上、この間武士による政権が存在した時代も「万世一系の天皇制」は征夷大将軍の後ろ盾となる「天皇制」として存続していました。

この天皇制の周りに1000年以上続く世襲制の側近が存在し、彼らが天皇の行政権、幕府の行政権及び地方豪族の行政権などを支えてきたのでしょう。イギリスの王制が外国から国王を迎えるなどしていますが、この点で日本の天皇制は文字通りの記録以前の「言い伝え」から「神」になっている万世一系の天皇制が存在してきた歴史は、いい加減な民主制では克服できません。

要するに、古代日本国家の中で幾世代にも亘る世襲制により維持されてきた天皇制と公家社会に世襲あるいはその時代に必要とする武力あるいは知識力を以て加わったとしても、既存の組織文化を短時間（人間の一生）で根本的に変えることは殆ど不可能ではなかったかと考えられます。

例えば2500年以上前に魯の国に生まれた孔子は官僚となるべく就職活動をしたものの任官できず、やむなく弟子たちを教育しました。これが現在の日本人の教養の原点となっていますが、たとえ後世になってから偉人と言われても当時の世に受け入れられないこともあるように、日本の天皇制は古くから強固な制度だったと思います。この点に関しては、鎌倉室町時代に天皇と武家の戦いがあり、武家が勝利しても天皇制を無くすことができなかった事実からも察することができます。

その後千年近くの時が過ぎ、日本が敗戦し、連合国の一部に天皇の責任を追及する声が出た時も日本の歴史を詳しく分析していたＧＨＱは、昭和天皇に責任を取らせるよりは「利用」することが得策と考えて「象徴天皇制」を残し、フランス革命でルイ16世が革命広場で処刑されたように、敗戦により日本の天皇制が無くなることはなかったようです。現にアメリカは開戦の半年後、既に日本の間接統治に天皇制を象徴として存続させる方針が有益と判断しており、それを受けてＧＨＱは象徴天皇制を国家制度として存続させました。

この辺の事情を『本土の人間は知らないが、沖縄の人はみんな知っていること』（矢部宏治著　ちくま文庫）の130頁以下では《11　アメリカの対日政策、（中略）アメリカ陸軍のなかに軍事情報部というセクションがあるそうです。そのなかの「心理戦争課」が1942年６月、開戦からわずか半年後に作成した「ジャパン・プラン（日本計画）」という文書のなかに、なんと、**○日本を占領したあとは「天皇を平和のシンボル（象徴）として利用する」**という方針が書かれていたのです。さらに「軍部による政権が、天皇と皇室をふくむ日本全体を危険にさらしたと思わせること」や、「政府と民衆のあいだに分裂をつくりだすため、天皇と軍部を切り離すこと」などが、日本占領におけるプロパガンダの目標として設定されたこともわかっています。》《つまり簡単に言うと、「天皇は利用価値が高いので処罰（処刑）せずに使う」「悪いのは軍部だけで、天皇や国民には罪はなかったことにする」という方針でいく。そうすれば占領にかかるコストを最小限におさえることができるだろうというわけです。》と紹介されています。高名な政治学者、憲法学者も論じることのできなかった我が国の問題点を、「飲水思原」の原点から易しく解明している名著です。

・国家の統治権

国家とは、《一定の領土とその住民を治める排他的な権力組織と統治権を持つ政治社会。近代以降では通常、領土・人民・主権がその概念の三要素とされる。》（『広辞苑』）と国家の定義があります。政治社会は、人が人を支配する組織（行政機関）であり、領土内で最高の権力者として振舞える権力（実力）者がおり、対外的に独立（諸外国の承認）しているなら独立国家として諸外国との外交関係を通じて国際的平和が保障されます。ですから、国家の権力者が国内の治安を維持できる行政権力（軍事力を含む）を掌握しているならば、選挙で選ばれた大統領が軍事クーデターでひっくり返され軍事政権ができても国民が立ち上がらない以上、諸外国が簡単には介入できません。

選挙で選ばれたチリのアジェンデ政権は、アメリカＣＩＡの支援を受けた軍が武力でクーデターを起こし政権を奪取して軍事国家が成立した例です。イラクなどもアメリカにより国家が滅茶苦茶にされています。北朝鮮も金日成の朝廷が三代にわたり今も続いていますが、国家権力の正当性は将軍様にありますから、諸外国が北朝鮮国家の正当性がないなどと口出しはできません。国家として国連にも加盟しています。

このようにひとつの国家権力が如何なる場合に国際的な承認を得られるか、大変難しいところです。分かり易く言えば、現代は法治国家ですから国家の最高法規である憲法を制定できる力、憲法制定権力を行使できるところに国家の独立があると考えれば、日本は天皇の公布した大日本帝国憲法がありましたから、独立した国家として存在しました。日本国家の正当性は「万世一系の天皇」にあったのですが、日本は戦争に敗れアメリカ軍を中心とする連合軍に占領され、日本国憲法も連合国最高司令官マッカーサーの命令で作られていますから、現在の日本国家が独立しているか大いに問題があります。

歴史的に国家の領土内に外国の軍隊が置かれているところは「独立した国家」ではありませんから、日本は敗戦から75年以上経過しても未だ「独立国」とは言えないでしょう。また憲法の上に日米安保条約に基づく法体系が整い、砂川判決で最高裁は憲法に基づいて判決することを放棄しましたから、日本の司法権は些細な法律問題を除き「法治国家」を担う資格もありません。憲法の上にアメリカ主導の日米安保条約があることで日本がアメリカの植民地であることは、沖縄を見れば一目瞭然で、首都東京のド真中にも米軍のヘリポートがあります。

昔、ＮＨＫＢＳで評論家の田原総一朗氏が学生を集め沖縄の話をしている時です。

「沖縄反戦デーは、なぜ４月28日だろう」と話していましたので、すぐＮＨＫに電話して「沖縄反戦デーは1952年４月27日（時差があるため）で、サンフランシスコ平和条約が発効した日であり、日本がアメリカに沖縄を売り渡した日である」と連絡したところ、番組放送中テレビで「視聴者から電話があった」と感謝されました。

・行政権力の具体的発動

我が国で見れば憲法上、国家の行政府は内閣に属しますが、国家の具体的権力行使は官僚組織が行います。この具体的権力発動が向けられる国民の最大の義務は憲法第30条「納税の義務」で表現され、国には刑罰を背後にした強力な権限があります。国家はこの国民からの税収で公務員の給与を確保し、国家・社会の治安を維持するため警察官、裁判官、刑務所などを備えます。次に控えているのは国民の犯罪を防止する（「××した者は▲▲の刑に処す」の文言を用いて）ために憲法第31条以下を根拠規定として、国民に対する国家刑罰権が定められています。

そのほか独立国は、諸外国から干渉を受けない軍事力も必要ですし、国民に対し「国家に命を捧げる義務」である兵役義務を課したりします。戦争になれば国家の指導者は国民を戦場に送るため、今のウクライナのように18歳から60歳までの男子の出国を禁止し随時徴兵を行うなど兵役は国民の命に関わる重大な義務です。

このように国家の行政権力は税金・刑罰・軍隊の外、国内の経済を維持・推進させるため法律を根拠にして様々な政策を進めますから、行政権こそ国家運営の根本組織です。日本の官僚が、本来内閣の下で行う行政権が実はアメリカ主導、しかも本国でもあまり知られていないアメリカ太平洋艦隊の司令官以下の軍人と日本のエリート官僚の行う「日米合同委員会」により動いています。鳩山内閣が沖縄基地の問題で辞任した経緯も前掲書（64頁～89頁）に書かれています。

・徴兵制度と志願兵制度

しばらく行政権の話からそれますが、私も最近まで徴兵制度は良くないと考えていました。アメリカ合衆国憲法修正13条を手本にした日本国憲法第18条にも「その意に反する苦役に服させられない」とありますが、アメリカでは徴兵制も、この修正憲法に違反しないとされています（連邦裁判決1916年）が、日本では徴兵制は大方憲法違反と考え、憲法学者の中でもあまり異論は聞きません。徴兵制度より志願兵のほうが個人の自由を尊重すると考えているのでしょうかね。

数年前スポーツクラブでアルバイトをする若者が、アルバイトの女性と恋仲になり、しばらくすると「今度結婚して自衛隊に入ることになりました」と言うので、「おめでとう。自衛隊に入って命を張って私たちのために働いてくれるのか、頑張って」とエールを送ったところ、彼氏は驚いたように「えっ！」と絶句しました。自衛隊の業務が命がけの仕事であることを知らなかったようです。彼は自衛隊を命の危険がない親方日の丸の公務員と考えていたのですね。戦前、日本の徴兵制度も金銭の支払いで兵役免除を受けた人もいたことでしょう。お金で兵役が免除されるなら、お金持ちは息子たちの命の危険を考える必要もない一方、赤の他人である兵隊の命を尊重する必要はありませんから、戦争反対ではなく、戦争で儲ける考えもありですか。

一方、息子を赤紙１枚で兵隊に取られた親の本心は戦争反対なのですが、皇国史観（教育）でこの反戦の声を封じ込めて戦争を始めたのが日本なのでしょう。1930年代、反戦の声を抑えるため当時の新聞は１日100万～150万部に達する『東京朝日』『大阪朝日』『東京日日』『大阪毎日』の各社は何れも朝夕刊、号外、ニュース映画などで日本軍の行動を熱狂的に賛美するキャンペーンを展開し《多くの新聞は「国民の要求するところは、ただわが政府当局が強硬以て時局の解決に当たる以外にはない。われ等は重ねて政府のあくまで強硬ならんことを切望するものである」（『東京日日新聞』1931〈昭和６〉年10月１日付社説）といった調子の強硬方針を主張した。》（『詳説　日本史研究』452頁）。新聞各紙はキャンペーンで国民を煽動し政府を批判して戦争を煽り、戦争に反対するのは非国民と悪罵を投げつけ戦争に突き進み、その結果敗戦となり、日本の大都市は殆ど廃墟となりました。

『「昭和天皇実録」の謎を解く』によれば、天皇が《侍従の徳大寺実厚を呼び出して、奈良に書面で作戦を中止できないか、尋ねよ、と命じます。夜も十時を過ぎて奈良から返書が届き（中略）

天皇の御命令を以て熱河作戦を中止させようとすれば、動もすれば大いなる紛擾を惹起し、政変の原因となるかもしれず」》と侍従武官長奈良武次が書面で天皇を脅かしている事実が記載されています。(前掲62頁)、関東軍が武力を背景にしたことで「軟弱」な政府が軍部を抑えることができなくなり日本を滅亡に向かわせたのが本質と思います。前述しましたが、開戦から半年後既にアメリカは天皇と参謀本部の力関係を理解していたようです。

・アメリカは日本を守るのか

こう考えてきますと、現に徴兵制度があったアメリカでは、ベトナム戦争反対の声が大きくなったことも頷けます。今のアメリカはベトナムから撤兵後の1975年徴兵制を廃止し、今の軍隊は志願兵とか外国人の傭兵を集めて戦争を遂行してきました。結局徴兵制は、政府の行う戦争に対して国民の関心が高くなることで、より平和的かもしれません。

日米安保条約第５条《各締約国は、日本国の施政下にある領域における、いずれか一方に対する武力攻撃が、自国の平和及び安全を危うくするものである事を認め、**自国の憲法上に規定及び手続きに従って**（注：太字筆者）共通の危機に対処するように行動する事を宣言する。》(『日米安保条約全書』渡辺洋三　吉岡吉典編　労働旬報社　35頁）とあることで、アメリカが日本人の命を守ってくれるなどと安直に考えていますが、日本の憲法では軍事行動はできないし、アメリカも開戦の決定は議会の決議を必要とすることから、アメリカが自国の兵隊を日本防衛のため戦地に派遣することなどあり得ないでしょう。

最近ヨルダンに駐在していたアメリカ軍人が無人機の攻撃で三名死亡したところ、アメリカは報復としてイラク国内に報復攻撃をしました。この攻撃でイラク人の死亡者は何人なのでしょうか。

アメリカは「最初の攻撃が最後となるものでない」と言っていますので、自国民の命は尊重しますが、日本を含め外国人の命は尊重しませんからアメリカが日本人の命を守るとは信じられないところです。

・皇族を支える官僚

徴兵制で若干脇にそれましたが、国家統治の正当性で言えば千年以上前から天皇制が続いてきました。日本の皇族も長い歴史の中では皇族の間で権力闘争もあったようですが、長きにわたり国家の権威を支える言わば「憲法制定権力」者として鎌倉時代以後時々の武家政権に国家統治の権威を与えてきました。ですから、徳川の軍事政権が内戦を抑え込むことができなくなり、「大政奉還」され明治となった後も、天皇制が存続できているのは先祖代々の公家官僚が存続し、驚くべきことに天皇制を支える側近家族は30世代40世代と世襲を重ね現代に至っています。

江戸から明治になり、国家の主権者である天皇の「憲法制定権力」が発動され欽定憲法である大日本帝国憲法が発布されました。以後国の行政権の優位が続き、帝国議会の立法権は極めて制限的であり、また司法権自体も「天皇の名による」裁判が行われていました。

江戸幕府が崩壊すれば「大政奉還」となり、大正から昭和初期にかけて前述した（136頁）ように天皇の統帥権が軍国主義者である軍部に奪われた（アメリカ本国のシナリオにあるはず）挙げ句、戦争に突き進み「無条件降伏」しました。さらに戦後「国民主権」が憲法の原理とされてから、天皇は主権者でなく「日本国民統合の象徴」となり、主権者は国民の代表者となる国会議員を選出する投票権を行使することとなりました。国家の主権者が君主から国民に代わることは「革命」とも考えられ、現に1945年８

月15日に「革命」があったとする宮沢学説（『憲法現代史　上』長谷川正安　日本評論社　7頁以下）もありますが、この日は天皇が敗戦の詔を発表した日であり、仮に「革命」があったと考えるなら日本が連合軍との降伏文書に調印した9月2日となるはずです。ともかく「革命」があってもなくても我が国の国家の正当性の背後には、鎌倉・室町・江戸時代を通じて常に天皇制があり、天皇を中心とする行政組織が健在であり、敗戦後の米軍指揮下でも日本の行政権を担当している官僚組織があります。この様に天皇を主権者とする行政組織は1000年以上連綿と引き継がれてきました。

第4節　日本とアメリカ

・米軍の占領と憲法制定権力の所在

現憲法は1946年2月13日米軍から英語で書かれた憲法草案を（マッカーサー草案）が示され国会で若干の修正がなされて制定（形式上「改正」）されたものですから、「憲法制定権者」が国家の主権者であるとするなら憲法で定める「主権の存する日本国民の総意」の真意がどこにあるか疑問の湧くところです。

昭和天皇が行政権行使を、特に「天皇ハ陸海軍ヲ統帥ス」（旧憲法第11条）とされた権限を軍部に奪われ、戦争に突入して敗戦を迎えたとしても、米軍が独力で日本軍の武装解除を行うことは相当の犠牲を伴ったはずです。そこで米軍は天皇を頂点とする行政組織を間接的に使い平穏に日本軍の武装解除ができました。

ところで、この武装解除に関してですが、開戦直後から日本の歴史を研究してきたアメリカ本国では、当然のこととして鎌倉時代の1274年約3万の兵で、さらに1281年約14万の大群で蒙古が二度襲来した蒙古軍の失敗の原因を研究してきたはずです。日本では1945年の敗戦まで蒙古の二度の襲来には「神風」が吹いたと信じていたようですが、1281年蒙古の失敗は台風があったこともありますが日本に広く存在していた水田で蒙古の大群が足を取られ苦戦した事実があるようです。

そのような事実があれば、米軍がハーグ陸戦法規に違反して日本国中の都市を無差別に爆撃して軍に属さない民間人を大量に虐殺し、日本中を焼け野原にしたとしても、さらに米軍が日本列島に上陸しての戦となれば、沖縄（2271km^{2}国土の0.6％）の約166倍の面積がある日本列島の水田・山間部での戦闘で米軍は相当の損害を受けただけでなく長期間の戦いとなったでしょう。

米軍がこの上陸作戦の戦略を練り占領後の統治を如何にすべきか検討中である最中と思われる時期に広島・長崎の原爆投下があったことで、急遽天皇から８月15日の終戦の詔が発せられました。このことは《米国政府も、予想以上に早期に実現した勝利によって》（本書第１章第６節）戦争終結が早まったことで、マッカーサーの憲法草案がイニシアチブをとる条件ができたと報告されています。

戦争が終結する前に、ヤルタ会談以後アメリカとソ連は水面下で戦後世界の覇権を考えていたのであり、1946年日本国憲法の制定後、1948年朝鮮が分断されて間もなく1950年朝鮮戦争が始まっても、米国は我が国の憲法第９条が足枷となり、日本の警察予備隊（1950年から1952年、その後保安隊、1954年７月自衛隊）を朝鮮に派遣できなかった（『日米同盟の正体』〈孫崎享　講談社現代新書　121頁〉によれば《米国の海外に派遣する軍隊が用意するものが、予備隊の装備品として用意されている。》）ことを考えれば、マッカーサーによる日本国憲法の制定は「拙速」と米政府が反省したことは当然であり、それゆえにこそサンフランシスコ平和条約を締結した同日、日米安保条約を締結し、米国は戦後の占領状態を安保条約で継続することにしたのです。1960年日米新安全保障条約が調印されましたが、その日本側の主役が岸信介です。

・米国の対日政策転換

日本の歴史書でも《中国内戦で共産党の優勢が明らかになった1948（昭和23）年以降、アメリカの対日政策は転換した。》（『詳説日本史B　380頁）とあるのですが、中国大陸で毛沢東の共産党が優勢になったことで米国は日本に対しての政策を変え「押し付けた」憲法を改正しようと考えたことは明らかです。

それゆえに、米国は1948年12月23日、皇太子（現上皇）の誕生日に東条英機ら７名のＡ級戦犯を処刑した翌日、３年間巣鴨拘置所に収監されていた岸を釈放した。当時アメリカ大使館の首席公使だった、グラハム・パーソンズの証言によれば《岸は日本の外交政策をアメリカの望むものに変えていくことを約束した。》さらに1955 年ダレス国務長官と会った岸は《「もし私を支援してくれたら、この政党［＝自民党］をつくり、アメリカの外交政策を支援します。経済的に援助してもらえれば、政治的に支援しますし、安保条約にも合意します」》と発言し、《CIAと自民党の間で行われた最も需要なやりとりは、情報と金の交換だった。》（『知ってはいけない２　日本の主権はこうして失われた』矢部宏治　講談社現代新書　123頁）とあります。不思議なのは、東条らの戦犯が処刑された翌日、なぜ岸は処刑を免れただけでなく釈放され、さらに自民党を作り内閣総理大臣となり（孫の元首相安倍晋三までもが「憲法改正」に政治生命をかけていた)、これ程までに米国の信用を得ることができたのか、この辺の事情はぜひ『知ってはいけない』シリーズをご参照ください。

敗戦後、日本の民主主義の出発がCIAの汚れた資金で始まっている事実が明らかにされましたが、この重大な事実を私が知るまで既に70年以上が経過しています。

・アメリカの民主主義

アメリカでは国民投票で選出された大統領が最高権力者であり、当選後は「民主党も共和党もなく一つのアメリカのために働きます」と聖書に左手を乗せ大統領が神に誓います。同時に主だった高級官僚は総入れ替えですから、在任中の官僚が不正を働いたことは大統領が変われば新たな官僚によって全て明らかにされる可能性があります（不正に対し抑止的効果がある)。またアメリカの行政文書などは（ＣＩＡ，ＦＢＩを除き？）30年後には主権者である国民に公開されます。これが国民の信託に基づいて行われた行政の最低限度の責任です。行政官が入れ替えとなり、さらに文書も公開されることがアメリカの民主主義の根本であり、最初の選挙と最後の文書公開の報告が不可欠です。例外はアメリカの国益に反する場合には公開されません。冷戦が始まり日本列島を反共の砦とするアメリカの対日政策が変わり、その障害となり得る日本国内の社会主義勢力を弾圧するために行われたと思われる下山・三鷹・松川事件などはアメリカの謀略と思われますが、記録は必ずあるものの「アメリカの国益に反する」記録は公開されないでしょう。

第５節　日本の国家運営

・日本の民主主義

日本で「民主主義」と言えば、国会議員の選挙で殆ど終わりとなります。選挙での表現の自由が大幅に制限され、候補者の選出も「供託金」という制限があります。小選挙区・比例代表制の問題（候補者が如何なる基準で選出されるか）などもあり、到底「民主的選挙」などと言えるものでもありません。何よりも重要な点は内閣が替わっても、行政組織が永続的であることです。官僚組織が永続的であることから官僚は「出世」のため、平安の昔から（今もあるでしょうが）閨閥（けいばつ）と賄賂（天下り）を行使しても記録に残りません。仮に不正を記録に残しても国の重要な公文書が公開されるのは作成の60年後です。

これは２世代前ですから60年後に仮にデタラメが明らかとなっても、もはや何とも正すことができません。

アメリカで公表された日本との外交文書から日米での秘密協定が問題とされることがありますが、60年前の日本の外交文書が偽造されていることが明らかとなっているほか、本来公開すべき時期がきているにもかかわらず文書の存在自体を隠蔽されたら国民が知る由もありません。日本の官僚に不都合な公文書の存在が明らかにされた場合、永続してきた行政組織の信頼性が大きく揺らぐからです。また仮に天皇家にスキャンダルがあったとしても、何百年経過しても情報が公開されることはないでしょう。

実際、安倍首相の下で財務省の文書が偽造され、関係する官僚の自殺もありました。民主主義制度で選出された公務員の仕事が如何になされているのか、選挙制度から逆向きに行政権行使の実体を検証できて初めて民主主義の実効性が明らかとなるのですが、この点から見ると日本では過去の行政権行使について一切のチェックができませんから、我が国はとても「民主主義国家」と言えないことは明らかです。

・日本の司法権の独立

民主国家における司法権と言えば「司法権の独立」であり、法に基づく紛争解決を担うのが司法試験及び上級国家公務員試験（外交官試験）合格者なのです。しかし官僚組織の上意下達の中で、とても独立した司法官僚など存在することはありません。1891年5月にロシア皇太子が警護の巡査に襲われ、ロシアの報復を恐れた政府は皇室に対する犯罪の刑罰を適用して死刑を求めましたが、大審院の院長児島惟謙はこれを拒否して一般の謀殺未遂罪を適用して無期徒刑とした事件が（『詳細　日本史研究』369頁）有名ですが、今の日本の司法権には「司法権の独立」などは死語となっています。

有名なのが「砂川事件」の伊達判決であり、検察庁は、単なる刑事事件と考えていたところ思わぬ憲法論争となったことで困り果てていた検事は伊達判決で被告人が「無罪」とされたことで被告人は控訴できない（憲法論争ができない）と抱き合って喜んだそうです。ところで、仮りに地裁判決だとしても旧安保条約に基づく在日米軍の駐留が憲法違反（第９条２項）とする判決が確定すれば、米軍が日本に駐留できなくなる重大事態ですから伊達判決の翌日、藤原外務大臣がアメリカのマッカーサー（マッカーサー元帥の甥）駐日大使に呼び出され「日本政府は迅速な行動をとれ」とマッカーサーの示唆のもと圧力がかかり、「飛躍上告」されて当時の最高裁長官田中耕太郎は、直接マッカーサーと二度以上会い「予想判決日と審議の方針、予想判決内容の漏洩」を行い、伊達判決を覆し「全員有罪」としました。今後の我が国の司法権に大きな影響を与える理由「安保条約のような重要で高度な政治性を持つ問題については、最高裁は憲法判断をしなくていい」と裁判官全一致（田中はマッカーサー大使に《世論を動揺させる原因となるような少数意見を避けるようにしたいと思っていると伝えた。》）で「日本版統治行為論」の判決を出したのです。以後わが国では「日米安保条約は日本国憲法の上位にある」ことが事実上確定し、裁判所の司法権独立は完全に無くなりました。（『知ってはいけない　隠された日本支配の構造』矢部宏治　講談社現代

新書　137頁以下）

この事件から30年後、アメリカでこのマッカーサー大使の公文書が公表され、2008年に新島昭治氏が発掘した文書を下に砂川事件で有罪の判決を受けた元被告人が「裁判の公正が害された」として国に損害賠償請求を訴えました。東京地裁の裁判官は「長官が直接面会してもそれだけでは『公平な裁判所』ではないとは言えない」、公開された文書は通訳を介していることなどから「具体的な発言や文脈などの詳細は推測できない」、「既に時効が完成している」などと自分の出世を第一に考えた請求棄却の判決が出ました。

この判決では「公正が害されたといえない」と判断されましたが、駐日大使が関係者と何回か会って具体的に指示していることから、これ以上の裁判の公正を害するものはないでしょう。また「翻訳」がダメなら現在も毎日行われている日本での通訳付きの外国人裁判は全て不正確であると内外に宣告することと同じです。この判決を下した裁判官には「裁判官の独立」など眼中になくただ上目遣いで司法官僚などに配慮したものですから、到底国民の納得は得られないでしょう。

請求棄却判決をするなら裁判官は、余分なことを言わずに、原告がアメリカの公文書の内容を知った時期を正確に認定し、「仮に公正を害する行為があったとしても、その事実を知った時から既に５年以上経過し、『被告である国も消滅時効を援用しているので』時効が完成している」とだけ言えば、「公平な裁判」には直接触れずそのややこしい判断を高裁に委ねることもできたでしょうにね。言わずもがなで筆は滑っています。しかし、裁判官も国も「被告である国も消滅時効を援用しているので」と言うのでは、裁判の公正が害されたことを認めることとなりますね。

少なくとも出世のできる裁判官なら「仮に公平を害するとして

も」と判断して裁判に対する国民の信頼をもっと大切にできたのでしょうが、残念です。それにしても30年以上前の「砂川事件」は我が国が独立国でないことを証明していますが、さらに戦後75年が経過しようとしていながら現在でも法（憲法）に基づく裁判ができない我が国の裁判官の何と多いことか、「裁判官の独立」なども絵に描いた餅でしかありません。国家統治の根本法規である憲法すらまともに判断できないで、「法の支配」とか「法に基づく裁判」などと「軽口」を叩くことは恥知らずにも程があります。

・国会の権限と民主主義

前述では、国会に関しては、「国民主権」の発現である選挙だけしか触れませんでしたが、日本での国会議員の選挙は、1889年天皇の名により明治憲法が公布され、翌年直接納税額15円以上を納付する25歳以上の男性（人口比1.1パーセント）により第１回の総選挙（衆議院）が実施されました。国会は貴族院との２院制でしたが、国会の権限は限定され、行政権力が発動できる裏づけとなる予算は国会が可決しなくとも前年度の予算が執行できるなど、行政権に対する国会の優越性などありませんでした。

我が国の憲法第41条は「国会は、国権の最高機関であって、唯一の立法機関である」と定め「国権の最高機関」と規定されてはいるものの、700人を超える党派を異にする衆参国会議員が集まり具体的に何ができるかというと目立ったことはできません。国会の専権である立法自体、議員立法が少なく、内閣提出の法案を審議する程度の内閣に対する「優越性」です。この立法権に基づく法律も内閣の制定する各規則がなければ動きませんから、国会の権限は内閣である行政権力に到底及ぶものではありません。また内閣総理大臣の指名が国会の最重要権限であるとしても、この国会が内閣の行政機関に対し十分な指導・監督をしているかチェックすることも難しいところです。

そこで憲法の教科書、法律の専門書などでも「国権の最高機関」も「政治的美称」に過ぎないと説明されています。

また選挙制度の不公正から国会議員は国民から民意を汲むものとはならず、国民の信頼を勝ち得ていません。それゆえ政権が代わっても新しい内閣が人事権を含む行政組織を根本的に変える力もなく、政策立案し、国政を運営する能力もなく、２回の自民党政権の交代がありましたが、各省庁の行政機関は表面上新しい政権の意向に応ずる姿勢を見せても面従腹背で、予算なども明治政府と同様に殆ど「前年度予算」の踏襲では政権交代には全く実効性がありませんでした。このように見てくるとわが国の憲法の統治機構が明治憲法と質的違いがあると明言することは自信がありません。

これら政府・官僚・国会が独立国であれば当たり前である「天下国家を論ずる」ための主体的・自主的な政策運営ができない根本原因がどこにあるのであろうかと思えば、敗戦後、ＧＨＱの意向に沿うだけで独自性を発揮できない占領下で、サンフランシスコ平和条約を締結して形式上「独立」したものの、同日、日米安保条約が結ばれ、敗戦から続いた占領政策が形を変えずにそのまま継続していることにあります。

即ち、実質的占領政策が敗戦後70年以上継続していることです。国会を運営する政党自体アメリカ（自民党）・ソ連（社会党・共産党）からの資金の提供を受け、外国のボスからの指令で政党が動くだけで自主的な政策立案できる能力もありませんでした。また国民自身与えられた民主主義の意味を十分に理解しませんでした。それ故に選挙になると地元ボスの指図・指示で国会議員を選び続け、国会議員も国民も民主主義が自国の政治制度の根幹に位置する制度であることを納得できないまま、既に敗戦から間もなく80年を迎えようとしている状況だと言うのは言い過ぎるのでしょうか。

このような政府機関と国民を含む全体としての日本は、大正末期から昭和の初めに軍部の台頭に同調した新聞各紙が国民を煽動し、敗戦を迎えた構図と本質的に異なるものではないように思えます。

国民の多数が戦争遂行に反対の声を挙げることもできずに戦争に敗れ米軍の占領後、安保条約による占領政策が継続している現実は、戦前の戦争に反対できなかった日本人と、安保条約に反対できなかった現代人に本質的な違いがないことを示しているのではないかと思います。このような戦前・戦後の社会風潮と同じような構図としてコロナワクチンを拒否した人は、あたかも非国民と思われていました。その後厚生労働省の人口動態統計速報（確定版）に基づくと、毎年の死亡者数は前年同様のグラフを描くのですが、令和４年１年間の死亡者を示す12月分の死亡者数は前年と比べると激しく乱高下しており、これにより死亡者数に異常があったことが明らかでありワクチン接種の危険性が証明されたようです。客観的事実を見ないでムードで動く日本の危ういところです。

我が国には、「万世一系の天皇制」を頂点として国家権力を行使する行政機関が存在する一方、「政治的公正」を尊重するという掛け声の下、個性を重んずる国民に対する民主主義教育が疎かにされている現状が大きな原因でしょう。

より根本には、天皇を頂点とする家系図の重要性を重んじつつ祖先を崇拝する儒教精神が、余人に対する正当な批判も許さない社会風潮として日本の民主主義発展を阻害していると考えるところです。

・日本版民主主義の進め方

国民主権（民主主義）を前進させるためには国民に対する民主主義教育と公務員の選出を民主的に行うことが重要です。民主教育を前提とすれば、事実関係に基づく論理を展開して議論できる日本語能力を身につけることが重要です。特に日本語は「文学的表現」ですから曖昧な表現が多く、主語述語もはっきりしませんから、この点に対する注意が肝要です。

この曖昧な表現も一度言葉になって発信された場合には、今度はそれを受け取った者が自分の言葉として考えることとなりますので、そこには意識されない矛盾がはらむ危険があります。このような矛盾が重なりつつ日本語を使用して適切な議論を展開することは極めて困難となります。そこで、正確な日本語で討論・議論ができる日本人がいなければ民主主義の根本である相互批判が不可能となってしまいます。まずは、正確な日本語習得を目指すべきです。

次に民主主義は人格の平等（宗教・門地・学歴・社会的地位・職業・年齢・性別）を基本に置くことが不可欠ですが、それは成人年齢を18歳に引き下げるなどという小手先ではなく、多くの公務員を直接選挙で選ぶ制度を拡充することだと思います。国家の三大権力である行政権・司法権も国民の選挙で選出する方法をとる必要があることです。

現在最高裁判所の国民審査などという実に馬鹿馬鹿しい制度を意味あるものとするためには、憲法の改正を必要としますが、最高裁判所の裁判官を国民の直接選挙にする外、国家公安委員長、検事総長、国税庁長官なども面白いでしょう。国民生活に大きな影響を与える上級公務員の選任に国民が関与できる制度ができれば、このような上級公務員も国民生活を知る機会が増えてくるでしょう。

アメリカでは保安官（警察署長）は公選と聞いていますから、我が国でも身近なところでは教育長などを選挙で選出して下部組織の人事権を振るわせることとなれば、民主主義が前進すること請け合いです。根本的なところで人材不足を補う公務員の兼職を認めることも必要です。

・司法権の実態

司法権は、法律を根拠にして民事・刑事の裁判を行うところで、「三権分立」の一翼を担うものですが、我が国の裁判所は砂川事件判決からも窺えるように「高度な政治的問題は裁判になじまない」と考えていますから、内閣の行う行政権の行使についてもこれを是正するなどということはあり得ません。このような「過激なことを言うな」とのお叱りも受けそうですが、裁判員制度が進められるうちにエリート裁判官が格別優秀でもないこと、それに劣らない多数の裁判員の存在に感銘する一方、前述した砂川事件の損害賠償事件の判決を書いた平目（ヒラメ）裁判官などは、単なる記憶力が多少優れていたから司法試験に合格しただけのことなのに「俺は優秀だ」とばかり尊大に裁判をしている姿を見ると、これほど非民主的な裁判所はないと思えるようになりました。

刑事事件は警察及び検察庁が最終的に治安の維持を図りますので、裁判所は同じ国家機関である検察庁の判断（起訴・不起訴）に同意（有罪率99パーセント以上）することを本旨として積極的に司法権を行使することはありません（司法の消極性）。

また民事事件でも裁判所は、私的紛争を一応法的に判断すると言うものの、司法権を司（つかさど）る裁判所は所詮国民の間で紛争が「収まれば良い」と考えているわけですから、必ずしも「正義の実現のため、法に基づく正しい判断」をする必要もありません。当事者が納得するなら多少偏頗な和解でも「紛争が解決した」となりますから、事件の本質も理解しないまま裁判官の強引な和解勧告は日常茶飯事です。

・国家（行政権）の歴史

以上のように国家の三権について若干言及しましたが、最後に行政権をまとめて補足します。歴史の参考書を見ても国家の歴史は行政権力の歴史であることが明らかとなります。

何度も書きますが、日本は2000年以上前から天皇制が存続し、その中で皇位承継をめぐる争いもありますが、テレビドラマで平安時代の藤原氏の権力闘争の実態を垣間見れば天皇により近い役職の争奪戦であり、自らの娘を天皇の后に嫁がせ世継ぎを産ませ外戚となり政（行政権）を司る中心人物となれるよう図るということでした。

この時代は既に強力な国家権力が成立し、この中での権力争いとなるのですが、では国家がいつ頃できたのか、『詳説　日本史研究』の《小国の分立》（25頁）以下で国家が成立し天皇制が始まる前のことでしょうが、日本の縄文時代から弥生時代にかけて本格的な戦争が始まったとされています。

《人骨からわかる争いの犠牲者も、縄文時代にはきわめて少ない。集団と集団がぶつかり合い、殺し合う戦争は、日本では弥生時代に始まったといってよい。世界的にみても、農耕が始まり、成熟した農耕社会となるとともに、本格的な戦争が活発になった地域が多い。農業の発展に伴って増加する人口を支えるために農地を拡大する必要、可耕地や灌漑用水の水利権の確保、余剰生産物の収奪などが、農耕社会で戦争が発生した大きな原因であったろう。（中略）これらの防備をめぐらした強力な集落は、農業生産をめぐる確執を背景とした争いを経て周辺の集落を統合し、政治的なまとまりを形成するようになる。こうして各地に小国ができていった。》（26頁）と《農耕社会で戦争が発達した。》とあるように農業の発展から国家ができたとの説明がありますが、「戦争は政府の行為」に外なりませんから、可耕地や灌漑用水の整備を行い、環濠集落をつくり集落を防衛するなどは、全体を取りまとめ指揮命令系統が完備していなければできないことが明らかですから、まず集団の中で他人を支配できる権力、即ち国家行政権が成立し、他国との食物などの略奪戦争ができることとなったと逆に考えるほうが合理的です。

第６節　国家主権の射程範囲

・「一つの中国」とは何だ

2024年になって台湾総統選挙があり民進党頼清徳氏が当選しました。中国は「台湾は中国の一部」と台湾の独立を認めていません。アメリカも「台湾は中国の一部」との立場を維持しています。アメリカに従属している日本も建前上「一つの中国」を認めているものの台湾との深い関係は続けています。

国家の権力者が誰なのかについて、君主独裁、軍事政権、民主主義国家など世界には様々な体制がありますが、国家として独立しているか否か根本的なところは「対外的に自国の領土を守れているか否か」ということです。民主主義がどうのでもありません。北朝鮮を挙げるまでもなく、ミャンマーの軍事政権もあの地域を支配する軍事力で国家が存在しています。

よく分からないのが中国です。秦（紀元前221～前206年）は《前４世紀に商鞅の改革で国力をつけ、東方の６国をつぎつぎと征服して、前221年に中国を統一した。》（『詳説世界史Ｂ』山川出版社　70頁）その後分裂抗争の時代を過ぎ、アヘン戦争でイギリスに敗れ、香港を99年間租借されました。また台湾が日本に併合されるなどいつの時代を基準にして「中国が一つ」と言えるかはっきりしません。何よりも「中国」という言葉自体「真ん中」程度の意味しかなく、《中国の人びとは、自分たちの国や地域を表す名前をもっていないのです》かつて《いまや日本こそ中国だ、として日本を「中国」と称したひともいました。》(『世界は宗教で動いてる』橋爪大三郎　光文社新書　178頁以下)。中国の革命家魯迅、孫文、周恩来なども日本留学中に既に中国では秦の時代、焚書・坑儒の思想統制で断絶していた中国古典を勉強し、中国本土に「逆輸出」していたこともあるように、孔子・孟子をはじめ儒教、道教などのいわゆる中国古典は日本でこそ生きながらえた文化であり、日本の古典でもあったものです。それゆえ「日本こそ中国だ」などというヘンテコな言い分も十分成り立つところがあります。

ですから、歴史の中でいつの時代から中国大陸が今の中国政権が言うところの一つの中国だったのか、明らかにしても現在台湾に国家が成立している以上、中国が「統一」することは他国家に対する侵略行為と考えます。ですから中国本土の共産党と台湾に政権を作った国民党（蒋介石）が一つの中国なのか考えても意味ないところです。

同様に、今の中国が南沙諸島の領有権を主張していることも、現状の外交関係を壊す暴挙であり中国による実効支配は武力による違法占有とも言えます。

このように考えてくれば、国境線がどこにあるか、時代と共に変化するものですから、台湾が台湾諸島を含め国家権力が成立している以上、独立国であると考えてもあながち不法でも何でもないことと考えます。

要するに軍事力か外交力により現在の平和な国際関係を維持すれば台湾を含め「一つの中国」などという考えは通用しないと思

います。台湾独立も国際情勢の中で諸外国の承認あるいは暗黙の承認があれば立派な独立国と言えるでしょう。

また、日本のことを考えれば、江戸時代末期、沖縄は諸外国と条約を結んでおり「独立国」として認められていたところ、武力を背景とする薩摩藩ないし明治政府の力（中国との外交交渉もあったでしょう）で日本の一部となっています。

ハワイもアメリカが軍事力で合衆国に編入したはずですから、沖縄とかハワイが武力ないしは交渉で独立国となり諸外国からの承認を得ることができれば新たな独立国となります。結局当事国の間で何を話し合うか、近隣の関係諸国が承認し平和を維持できるなら新たな独立国も十分存在することができるはずです。しかし、21世紀の現在も武力による実効支配が国際社会での「常識」です。

・他国への干渉に成功はない

内政干渉は、国際社会では「違法」と評価されますが、これまではアメリカのお家芸でした。「自由社会を守るため共産化を防ぐ」名目でベトナム戦争を続けた外、南米の各国で反米政権にクーデターを工作して軍事政権を擁護し、イラク大統領が貿易取引にドルではなくユーロを使うと発言すると、アメリカは、「イラクに大量破壊兵器がある」と言い始めました。これに対しフセインがアメリカの発言を否定し、調査団の派遣を厭わないと発言しても、大量破壊兵器がないことが証明されては目的を達成できませんから、フセインの提案を拒否してイラクを攻撃し、フセイン大統領を殺害しました。今の中東の混乱の責任はアメリカにあります。

アフガニスタンで一度はイスラム過激派タリバン政権を崩壊させて傀儡（かいらい）政権を樹立しましたが、トランプ大統領がアメリカ軍の撤退を決めると、傀儡政権は忽ち崩壊してしまいタリバン政権が空港を閉鎖、諸外国は自国民を安全に脱出させるため大混乱となりました。その時の混乱の様子は、アフガニスタンとベトナムから撤退するアメリカ軍を思い出しました。日本の外務省に情報提供してきたアフガニスタン人を日本に亡命させました。

結局、外国に干渉し「民族の同質化」を達成するまで短くて2世代、50年間占領を継続しなければ「成功」はできないと、エドワード・ルトワック（米の国際政治学者『クーデター入門』の著者）は喝破しています。住居を与え、教育を始め、職業訓練を行い、自国民の食糧生産が可能となる被占領民が自主的に統治を始めるまで、数世代の援助が必要なのです。3世代、60年以上にわたり国際援助を受けてきた人々は労働意欲もなく、食糧生産もせず、諸外国の援助なくしては難民生活もできず、そこには自主・自立も独立もありません。当然独立した国家が成立することは困難です。

ですから、北朝鮮、ミャンマー軍事政権などのように国内政権が磐石なら外国の干渉は不可能のはずで、平和裏に話し合いするしかないのです。その意味で外国が香港民主化を支援し、中国を非難し「一国二制度」を保障させることなど全くの不可能です。そもそも中国に一国二制度を求めることの意味がハッキリしていませんでした。

一国二制度とは、中国国内で社会主義と資本主義が並存する制度との理解が正しいとすれば、これは国の経済政策・運営に関しての制度ですからへ理屈を言えば「民主化」を求め、表現の自由を保障せよと求めること自体的外れであり、アメリカが自国の民主主義を金科玉条として世界の価値とするならば、これに反する中国共産党の支配に反対するだけのことしかありません。独立国内の政治制度を決めるのは、そこに住む人民が決定するしかなく、外国が介入しても、アフガニスタン、イラク、リビアなどと同様に混乱を持ち込むことしかありません。

結局地球上の一角に領土を持ち独立国としてそこに行政権が成立している以上、この行政権の中枢が軍部か、腐敗勢力か、民主主義勢力か、あるいは日本のような選挙制度の中で維持されている「権力サークル」に属する一族グループの支配であろうと、外国が介入することは無理があります。内政干渉は鬼門なのです。

・アメリカ人と日本人の宗教感

最後に、人がものを考える基本にその人の宗教観があります。アメリカ人は神を信じ、正しいのは神だけであり、人間は過ちを犯し、嘘もつく。それゆえ契約を文書にして裁判で争う訴訟社会となっています。契約して争いを防止するため記録に残し明らかにしておく、それが大切です。

対して日本人は、儒教の精神から祖先を大切にするため、源氏でも平氏でも天皇からの家系図を大切に思い、祖先に悪い人はいないと考え、決して正当な批判を含む悪口も言わない。これが世界で唯一、2000年以上も続く天皇制が存続できる根拠です。お上からのお告げに順序良く下々が従う、世間体を大切にして共同体の利益を守る、連帯責任でまとまり個人の主張は控えめにする。「北に争いがあればつまらないからやめろという」これが基本的村社会での日本人です。

日本は決してアメリカのような訴訟社会ではありませんから、法務省などが法科大学院を創設して、弁護士を増やそうとしていると言い出した頃、弁護士の数は人口比でドイツの８分の１、アメリカの25分の１でした。

日本人とアメリカ人の根本的宗教観を無視して日弁連会長はじめ、日本の法学者などはアメリカの言い分に従い法科大学院を設置しましたが、その失敗は明らかです。その他薬剤師や建築士、我が国の法律改正などにアメリカの指図がたくさんあることは『拒否できない日本』（関岡英之　文春新書）などを参考にしてください。

第７章　光陰矢のごとし

第１節　宇宙空間と時間軸の関係

古典落語のマクラにありますが、与太郎から「大家さんあのねぇ、光陰矢のごとしとは、なぁーんだ」と尋ねられた大家さん。
「エッ与太郎、お前から難しいことを聞かれるとは思わなかったよ。光陰とは矢のようである、ということだからね。大切に覚えておきなさい」と説明を受けた与太郎。
「ウンよーく分かった、光陰は弓に使う矢なんだね。そんなことか」と納得したようですが、辞書によりますと『光陰』とは時間のこととあります。

・宇宙の真理

世の中の全てのもの、この宇宙空間に存在する全てのもの森羅万象が時間の経過と共に変化し、一瞬たりとも停止するものではありません。簡単に言えば、全てのものが時間と空間の中で移動しながら変化している、これが宇宙の真理です。全てのもの、あらゆる物を時空的に、即ち何十億年もの太古の昔から現代までの時間軸の中で、地球・太陽系、銀河系、さらに宇宙全体を含む巨大空間の中で考えることが大切と考えます。

・宇宙人は存在するか

人工衛星から見た時青く輝く地球、そこに住む人類は天空に浮かぶ星々を見ながら豊かな想像力を働かせ、古くから「宇宙人は存在するか」と考えてきました。広大な宇宙の中でこの地球だけに人類が存在する、と思うことはどことなく、寂しい気持ちとなりますが『自分たちの外に地球同様の命を育む天体がある』と想像するだけで何となくロマンを感じます。そこで、地球に住む人類から見た時、地球外の生物しかも人間と同様知性を持つ生命体を宇宙人と定義して話を進めます。
「人間と同様知性を持つ」とは、人間こそが知性を持つのだ、と若干上から目線でのもの言いですが、とりあえず進めます。

・宇宙の大きさ

宇宙人を考える時はまず、この宇宙の大きさを念頭に置く必要があります。太陽系のある銀河系は10万光年の大きさで数千億の恒星が空間を占め、端から端まで光の速度で進むロケットを想定し、このロケットで10万年かけて、やっと端に辿り着く大きさです。

この巨大な銀河系が、宇宙全体にこれまた一兆個あり（2016年ＮＡＳＡの発表による）、宇宙全体の恒星の数は6×10の23乗個で「６の後に０が23並ぶ」と言われています。この数字は１モルの分子の数であるアボガドロ定数6.02×10の23乗と同じなのですが、偶然の一致なのでしょうか。

銀河系の端の太陽系にある３番目の惑星となる地球から、想像を絶する広大な宇宙空間を見上げた時、そこに数千億の銀河とか一兆個の銀河があるなどと説明されてみれば、無限大とも言える宇宙空間に地球と同じような環境を持つ星も数えきれないほど存在するのであろうと考えられます。

・原子の数は100程度

ところで、宇宙空間に存在する全ての星が100弱の原子で構成されており、ある時この地球に生命体が誕生しました。火山から噴出する熱流の中にバクテリアが出現し、45億年ほどの進化の過程で今の人類が存在しました。地球と同様の発展を遂げた星がどれほどの確率で出現するか、後述する生の偶然の数億分の１の確率か分かりませんが、とにかく地球に生命体が出現し知性ある生き物が出現したのですから、これを一般化して考えれば広大な宇宙に無数にある銀河系の内に**生命体の存在を否定することはできません**。

そうです、紛れもなく宇宙人が存在しているでしょう。

・宇宙人との交流は不可能

確率的に地球外に地球同様生命体は存在しますが、そうだとして、この地球外生命体が銀河系の内外の宇宙空間に存在する星と連絡を取ることができるのか。45億年前地球が誕生し、宇宙空間に電波を送れる技術が誕生したのは最大限150年前（45億年の3000万分の１の時間）でしかありません。

人間の思考力は一瞬にして数百億光年の彼方まで飛んでゆけますが、今後人類が一億年生存できたとして通信技術がどれほど発達したとしても、人間の脳で思考することで数百億光年の彼方に存在すると思われる宇宙人と交流することはできません。

「テレポート・テレポート・アンドロメダ」と呪文を唱えればアンドロメダ星雲の中まで瞬間移動できるなら、地球外の生命体と交流できるかもしれません。しかし、これは人間の持つ思考力の想像（個人の脳の活動）でしかありません。

結局広大な宇宙に生命体が存在しても、この生命の存在が同時代に存在する確率は殆どゼロであり、命に限りある人類は数光年先の宇宙まで行くことはできません。逆もまた真なりで、数億か数百光年の彼方に生存する宇宙空間から、命ある宇宙人が地球までくることは不可能です。

・時の流れ、時間軸

宇宙空間、時空的広がりを考えたことで話が荒唐無稽、大きく脇にそれましたが、再度時の流れを考えましょう。時間とはある物事を考える際、区切られた瞬間と瞬間の間の時の経過です。私たちが何かを考える時には、ある時から過去に向かい、富士山が爆発したのは今から200年前とか、また6億年後の未来には地球から水がなくなる、などと現在から遠い過去ないしは将来の先まで、あらゆる幅に伸びる時間軸が考えられます。

・「時の流れとは何か？」

大学1年生、18歳の時です。一般教養「哲学」の後期試験で「時の流れとは何か」という問題が出題されました。何をどう考えて書いたら良いか皆目見当もつきません。担当教授の教科書「哲学概論」に書いてあることを思い出しながら、適当に「時間の流れはものの流れとは異なる」など、ああだこうだと理解できないまま訳の分からないことを書き連ね、最後に「時の流れが何か、これを理解することは難しく不可能である」と締めくくったところ教授の哲学的立場「不可知論」と相通ずるものがあったのでしょうか、こいつは分かっているとご理解（誤解）されたのでしょうか、よく分かりませんが大学で取得すべき124単位中の8単位（2科目）の「優」の内、4単位を「哲学」でいただきました。

・実感できない時の流れ

最近の宇宙望遠鏡で、138億光年の彼方の星からの光が観測されたとのことで天文学上、宇宙の年齢が138億歳となりました。しかし、与太郎ではありませんが、100年前の人間社会の様子と1万年前の人類がどんな生活を送っていたか、その違いを想像できたとしても、100年前と1万年前の間にあるはずの長い時間の流れを具体的に感ずることは困難です。江戸時代も鎌倉時代も過去のことと理解していても、鎌倉と徳川の間に400年の時間差があると説明されても実感は湧きません。

現在の我々が二つの時代の時間差を考えたとしても、鎌倉も江戸も共に過去の一点に重なっている感覚しかありませんから、源頼朝から400年後、徳川家康が活躍し、さらにそれから400年経過して21世紀の日本がある、この違いを具体的に知ることは大変です。ですから１億年前がどれほどの昔か、この長い時間の経過が一体何であろうか、抽象的にも想像できる時の流れではありません。

第２節「時間」の認識

・人類が時を刻み始めた

30万年前あるいは70万年前頃、人類が誕生し知的生活を始めると人類は日の出から日没までを通じて、あるいは月の満ち欠けの様子から時間の流れを感じたことでしょう。太陽が東に昇り西に沈むことを365回繰り返すと、その間に季節が移り変わり、乾期がきて大雨もあり、大洪水が繰り返されることが分かりました。そして、「太陽が365回この地球を回ると、同じ季節が来る。これを１年としよう」としたのでしょう。

これらを当時の「学者」が何世代にもわたり肉眼で星座などを観察し、これらの事実を科学的に分析して初めて「日出が去年と同じになるには、365.2422日である」ことが明らかにされました。

・暦を作る

そこで昔の学者が王様に進言して暦を作り、４年に１度１年を366日とする閏年を考え出し、さらに100年（4×25）に一度平年

（365日）とし百回目は閏年366日にしました。この暦ができたことで太陽の周りを回る地球と太陽との位置関係が正確になり、またこれを基準にして太陽系内の惑星の動きも分かるようになりました。

人間の知恵が広大な宇宙空間の時空的観察を可能にし、ある瞬間の地球の位置関係を確定し、数十個の人工衛星の軌道からＧＰＳにより個人が今どこにいるかも分かるようになりました。

・皇帝が時の支配者である

人類が時の流れを意識して歴史を記述するようになり、時間の流れをどこまで遡ってこの宇宙の歴史を考えようとしたかよく分かりません。しかし世界の始まりが神の創造であり、その後の様々な奇跡・災害などを口述し文字に残してきた結果が、現在の人類の歴史の出発点ですが、先史以来、時の流れを支配するのは皇帝の専権でしたから、皇帝の都合で改元が行われ、世の中を支配し、歴史を作った皇帝が時の支配者として暦を作り続けてきました。

・西暦元年

21世紀の今、世界は多くの国で西暦を採用しています。西暦はキリストが生まれたとする年を紀元元年としているものの、キリストが実在していたか否か、明らかではありません。とりあえずキリストが誕生した時を起源とした西暦を基準にして世界の政治経済が動いています。

古い年号にどんなものがあったか寡聞にして知りませんが、世界の歴史を見ますと、西暦紀元前を表すB.C.（before Christ）その後数百年などの年数の記述（紀元前221年秦の中国統一、紀元前202年前漢興るなど）もありますから、何らかの元号で過去の歴史が記述されていることは明らかでしょう。

・日本も西暦採用、対抗して皇紀を決めた

日本では、昭和天皇が亡くなった翌日の1989年１月８日改元され「平成」となり、2019年５月１日「令和」に改元されました。

昔から天皇が世の流れを支配したと考えますが、その前には邪馬台国が中国に貢ぎ物を贈り、国王の印章などを受け取っていましたから、日本の元号の前には中国の年号が使われていたかもしれません。日本の先史（文字で記録される前）は古代中国の文献で散見される程度でしかなく、西暦645年孝徳天皇朝の年号として大化が公的に採用されたのが、年号として最古であるとされています。大化以後、その時々の事情（天変地異、天皇の気分）で元号が改元使用され、江戸末期となりました。

大政奉還で江戸から明治となり外国との諸関係を考える際、太陰暦は国際的基準としては不都合であり、明治政府は太陽暦の導入を考えたようです。その際、明治政府は西欧に倣い西暦を採用するにあたりキリストの起源に対抗したのでしょうか、西欧がキリストの生まれた年を時代の始まりとするなら、日本の紀元は日本書紀にある神武天皇即位の年（西暦紀元前660年）を皇紀元年と決め、明治５年（1872年）12月暦法を定め旧暦（太陰太陽暦）を廃して太陽暦を採用し、旧暦明治５年12月３日を太陽暦による明治６年１月１日としました。

しかし、「大化」の前の年号などありませんから、皇紀2532年（明治５年）は科学的根拠を欠き、現在日本史の教科書でも説明されない状況となっています。興味深いところで、明治政府が西暦の採用を決め、旧暦明治５年12月３日を明治６年１月１日と定めることで、政府は明治５年12月の公務員の俸給支払いを免れたようです。緊縮財政を狙った明治政府の知恵者の考えですかね。

・時間の流れを基準に世界が動く

長くなりましたが、人類は太陽の動きから１年の長さを知り、１日を24時間として、地球上に座標を定めて経度により１日の始まる日付変更線を決め、これを基準にして国際社会が動いています。もっとも、明治５年頃、日本で西暦が採用されるまでは、月の満ち欠けを基準とする太陰太陽暦で社会が動いていました。人間が時間の流れを具体的に意識できる分かり易い自然の変化は、目に見える月の満ち欠けがあり、誰にも分かり易い客観的事実でした。

一方、太陽と惑星の動きは、かなり高度な学識経験がなければ時の流れを自覚することができませんから、今でも節分から始まる日本の年中行事は、月の満ち欠けを基準にした旧暦で行われている現実があります。

西暦採用から150年（５世代、ファイブG）以上経過しましたが、未だ太陰太陽暦に基づいた各種行事が行われている事実から人間の科学技術がどれほど進歩しようとも、一度身についた人間の習慣は一朝一夕に変えることは困難であることが分かります。また世界を見渡せば、太陽暦の外にイスラム歴とかヒンディー歴もあるようです。

・意識できていない時の流れ

暦に言及しながら、時の流れを感じてきました。「光陰矢の如し」とは、掛け替えのない人生に、時間こそが貴重なものであることを端的に教えてくれる名格言ですが、日々の煩雑さに追われる毎日を過ごしていますと、「矢の如し」と例えられる時間の流れは日常生活から置き忘れられてしまいます。

しかし、時の流れはそのような些事に関わりなく、常に一定の長さで流れています。楽しいことの時間はあっという間に終わってしまい、辛い時間は時の流れがストップしてしまうようですが、時の流れは常に一定であり、全ての人に平等です。

・「生の偶然、死の必然」

時の流れとは何か、グダグダ書いてきましたが、「お前は死ぬ」と書かれた看板が、有名なあるお寺に掲げられているそうです。これと同じような意味で「生の偶然、死の必然」という言葉をご存じの方も多いでしょう。生あるものは死を免れませんが、消極的に考えられているかもしれない仏教的「死」の前に忘れてはならない重要な事実があること、生命誕生の奇跡を考えることがより大切ではないかと思うところです。

自分を含め、生あるものは全て、受粉・受精という数億分の一単位の確率でこの世に生を受けています。逆に異なった花粉がメシベに辿り着いた、自分と異なる精子が卵子と結びついていたなら今の自分が存在しなかったことは明らかで、何をすることも何を考えることもできない「無」の存在で、自分の意識が存在しなかった、そのことすら全く知り得ないことです。今自分がここにいるとしても仮に生まれていないなら、500年昔に存在したか、あるいは百年先か、また未来永劫生を受けることができないなどと考えている自分がいること自体が奇跡でしかありません。

第3節　時間は有限

・宇宙の年齢と人類の発祥

宇宙の開闢(かいびゃく)から138億年（実際は無限大？）、地球誕生が45億年、地球上に人類が出現して既に30万年以上が経過しています。まさに光陰矢の如しで、このような時間の流れは何なのだろうと想像することさえ不可能としても、既に宇宙の開闢から138億年が過ぎ去ってしまったのです。

・人に与えられている時間

そこで、ヒトの一生を計算してみると、１年365日で、8760時間、人生80年として人の一生は70万800時間です。この80年間が全て楽しいことばかりではありません。ヒトが社会に出て活躍できる時間を考えてみると、若年時代と高齢者になった年を引き算すれば、充実した人生はさらに短くなります。

・宗教家の悟り

釈迦は座禅を組み荒修行を行って、悟りを啓いたといわれています。日本でも高僧が釈迦の悟りである仏法を世の中に広め、多くの民百姓を救済しようと考えたことでしょうが、今も昔もヒトの世は生きていくだけでも大変なことであり、幸せな生涯を送りたいと考えても現実がそれを許してはくれません。

他人が成功すれば嫉ましいし、自分が出世すれば同僚から謗りを受ける、短い人生と知りながら限度を知らない物欲に悩ませられるのが庶民です。

・他人の羨望は喜捨すべき

イスラム教では、人の持ち物を褒めた場合、褒められた物には他人の煩悩でしょうか、妬みが移ることから、その所有者はその持ち物を褒めてくれた人に贈与しなければならないと聞いたことがあります。昔の同僚で冗談が上手な市議会議員がたくさんの人に向かってこう言いました。「誰か家のカミサンを褒めてくれないかな」と。

悟りも啓けずに物欲も忘れ、人生の悩みもなくなった呆け老人は、神・仏の導き、恩恵かもしれません。

・生命の不確実

光陰矢の如し、時の流れこそ人生であり、人生が大切であれば貴重なものは時間ということとなります。自分に与えられた時間の長さは、自分には分かりません。落語の世界では、「死に神」は天から命を与えられているヒトのローソクを観察し、燃え尽きそうなローソクを見て、その持ち主のところにそっと近づき、引導を渡す役割を持っているそうで、このローソクに火がついている時間が人生です。ローソクの燃え尽きる前に自分の意思に基づき、自分の決めたことを悔いなくやりきることこそ、人生を豊かにしてくれることとなります。

・平和裏に生きる人間社会のルール

今も、地球上のどこかで戦争が行われていますが、この原因は、人間の際限のない物欲本能です。日本は、江戸時代260年間に及ぶ平和な時間を送ることができ、元禄文化が花開きました。

その後世界の帝国主義列強と戦った挙げ句、戦争に敗れ、以後日本人は80年間平和な時を送っています。しかし、現代では、日本だけが平和国家として幸福な人生を送れる場所ではなくなりそうです。

本能というと否定的に考えられますが、人間を含め全ての生物の生存本能とは何か、人間の生きるための本能の中で人類は如何に振る舞うべきか、この物欲としての本能を人間社会はどのようなルールで克服すべきか、釈迦の個人的悟りから高僧の唱える「仏法を広める」弘法という考え方、さらに世界平和のルール作りとその実現が大切と考えます。

・足るを知る

悟りを啓くには、人間の物欲がどういうものか、人間が殺し合う原因となる物欲の深層を知ることが大切なように思います。
「物欲」とは物を所有する欲望ですが、世界中の貴重な宝物は数百年数千年と代々受け継がれますが、ヒトの生命は僅か百年に満たない数十年に過ぎません。「所有権」という観念がヒトの欲望を駆り立て、際限のない欲望が所有物を奪い合う戦争への途であることを知った時、「足るを知る」ことが平和を築く悟りの境地かもしれません。

第８章　失敗の研究

第１節　三つ子の魂百まで

・失敗は成功のもと

最近では「瞬間湯沸かし器」と言っても意味が通じない方も多いでしょうね。キッチンのガスレンジの近くに設置された小型の湯沸かし器は、蛇口を捻れば、すぐに熱いお湯が出る当時とすれば優れものでした。人間が「すぐ沸騰して」は悪評の渾名(あだな)でしょうが、優れものであるゆえ私は「湯沸かし器」を自認していました。

しかし、古希を過ぎ渾名を返上しようと考えても「三つ子の魂百まで」なのですね、体が錆び付きながら今も変わりない「湯沸かし器」は健在です。子どもの頃、父から「怒る時は５つ数えろ」と言われていました。また、就学前から「５分間おとなしくしていたら10円やる」と言われても、それを手にすることができずに悔しい思いをしていた行動力旺盛な育ち盛り、考える前に手足が動き失敗は日常茶飯事、その都度母親からは「失敗は成功のもと」と耳にタコができるほど聞かされたものの、失敗して叱られた記憶はあまりないのです。

・最近の脳科学

「子どもは褒めて育てろ」は子育ての王道と言われています。しかし、成長して社会に出てみれば、そう簡単に他人からお褒めの言葉などいただけるものではありません。仮に賛辞を送られたとしても、「成功は過去の経験に過ぎず、失敗こそ寝ている間に脳の中で失敗を制御するシステムが出来上がる」と最近のあるラジオ番組で脳科学者の見解をお聞きできる機会を得ました。褒められれば、脳内にドーパミンが出て「アー良い気持ち、俺ってすごい」と自己肯定感に浸りつつ快感を味わうことができても、この気持ち良さは、その場限りで終わり、成功は瞬間的に過去の出来事になるということです。褒められることが「中毒」になり、褒められることばかり気にするような「良い子」が良いとも思えませんね。

とすれば、他人の成功を喜ぶ人と妬(ねた)みを持つ人の割合は明らかではありませんが、感覚的には多くの人が他人の成功には無頓着というより妬みを覚え、逆に他人が失敗すれば「他人の不幸は蜜の味」と内心では、ほくそ笑むことでしょう。特に世間一般人から見て社会的地位のあるエリートは、いわば「別社会の人」ですから、その人たちが階段を転げ落ちるスキャンダルでもあれば「愉快な面白い出来事」であり、パパラッチの活躍を報道する週刊誌などが売れる理由です。

・失敗を恐れない

全ての人が自覚すべきことでしょうが、教育を受け、（立派ではなくとも）これから一人前の社会人となる前に、他人の妬み・誹(そし)りを怖がる必要はありません。また仮に失敗しても他人が知ることもないでしょうから、「自信」を持って失敗しましょう。多くの体験を重ね、失敗から学ぶことが必要です。しかし、立ち止まっていれば何も失敗はしないでしょうが、周りは先に進んでいきますから、相対的には後れをとります。そこで、他に遅れまいとして何か行動を起こそうとすれば、必ず失敗が伴いますから「失敗を恐れず経験を積み上げる」ことが何よりも必要なこととなります。「人から褒められる」ことでなく、「命取りにはならない」

程度の失敗の体験を積み上げることが有益です。

・庭の主木となれるか

庭にこれから仕上げるべき若い植木があると想像してください。築山の中心で存在感のある立派な庭木になれるのはどんな枝を持つ若木でしょうか。仮に、四方八方にたくさんの力強い枝を伸ばすことができなければ、植木職人が無駄な枝を切り落とすこともできず、貧弱な枝で見るに堪えない庭木でしょう。

多数の元気な枝の中で見栄えの良い枝を残し、全体のバランスをとりながら不要な枝を捨てて初めて人様からも称賛を受け、鑑賞に値する築山の主になることができます。

偉そうなことを言いますが、人間の教育も同じように考えられます。元気が良くてエネルギーの塊のような少年には、可能性のあるたくさんの選択肢があり、同時にそれまでの数々の失敗体験を記憶し「脳内に制御システム」を作ることになります。即ち脳細胞のシナプスが失敗体験を記憶するネットワークを作り、同種の失敗を回避できる「行動制御システム」が作られ、それが時間の経過と共に質的に変化熟成し、その場限りの過ぎ去った成功体験では得られない、失敗体験に基づく応用力ある人間に成長できます。

・成長して社会人

ご両親の熱心な教育の結果、ある人は有名大学から社会のエリートである官僚になり、また多くの優秀な人材が民間企業に就職することとなります。学校教育を一応終え（勉学は終生）、それぞれの道に進み、誰しもそこで自己の栄達を望むこととなります。しかし、官僚と民間では自分の働き甲斐に大きな違いがあります。

第２節　失敗してはいけない

・失敗を恐れる官僚

ＴＶドラマにありますが「私、絶対に失敗しませんから」と広言し、奇跡的手術を見事成功させる『ドクターX』と異なり、世の中失敗しない人は絶対いませんから難しい仕事に立ち向かうに際し、職業上の特性が大きく左右します。前述のように社会一般の評価は、「他人の成功は喜ばず、失敗が蜜の味」と思う人が大勢を占めますから、言わば「税金が天から降ってくる倒産の恐れのない」組織で生きる公務員は、自ずと失敗を回避することが最優先されます。

・大過なく退任

古希を過ぎれば、公務員退任の挨拶状「皆様のお陰で大過なく過ごせました」とめでたく退職の運びとなり、一応退職者には「お疲れ様でした」と労うものの、自分の内心を披歴・極論すれば「酔生夢死」（何も価値あることをせずに無意味な一生を終わる）を実践した「税金泥棒」でしかないでしょう。

即ち、最近の脳科学の研究成果から観察すれば「大過なく職務を終えた人」の脳細胞のシナプスは隣にある脳細胞まで届かず、外の脳細胞とのネットワークができなかった、まさに「単細胞」の語源通りでしょう。最近の脳科学は素晴らしい限りですね。

・訓示でも大過なく

つい先日、県のある出先職場に勤務している現業職員の「証言」です。「所長の人事異動があり、着任した新所長は、全職員を前にして声高らかに『私の在任中は、何もしなくて良いから、絶対失敗だけはしないようにしてください』と宣言しました」と。お役人の一番の関心事は自分の出世ですから、自分の在任中に数百人の部下が何か問題を起こし、記者会見などをする羽目になれば、今後の出世の望みを絶たれますから、新所長の着任の訓示はまさに信念の一言で「公務員の鏡」です。

全国の都道府県に共通するかも分かりませんが、多くの県職員は、県議会議員控え室などに呼ばれ質問などされた場合、平身低頭イエスマンとして、難しい問題も議員には噛み砕いて、懇切丁寧に説明を行いますが、その裏返しですね、県民には上から目線の、この上ない無愛想な説明です。しかし、今回の新所長は数百人の部下に対し「何もしなくて良い」と公言していますから、自分一人だけの税金ドロボーにとどまりません。行政機関である県の職場をみれば、県議会全員一致で不信任決議を可決され解職された兵庫県知事の怒りもなんとなく分かる気がします。

・民間企業の職場

官僚組織はともかくとして現代の経済社会は、企業間の激しい競争の中で、各企業は資本主義の競争原理下で、会社の存亡をかけた経済活動が求められます。常に新陳代謝する人的組織を充実発展させることが求められ、社内での先輩から後輩に仕事の流儀、後輩への技術伝承が行われなければ激しい競争を生き抜けません。

具体的に民間企業は、毎年優秀な人材を確保して採用後は新入社員の教育を行い、職場で行われる先輩から後輩へ、仕事のノウハウを伝承させ、教えを受けた後輩がさらに自らの研鑽に努める必要があるのですが、このような社内教育の在り方に昨今の社会風潮から、企業存続のため、獅子身中の虫とも言い得る上司と部下の関係性に重大な問題が浮き彫りになっています。それが業務の「指導とパワハラ」に関する限界の難しさです。

第3節　ハラスメント問題

・「パワハラ」の出現

「パワハラ」が大きな社会問題となったきっかけは（本来信頼関係で結びついているはずの）国会議員とその秘書官、警察官や、公務員の職場で起こった出来事からだったのではないでしょうか。昔から法令でも禁止されている色々な極端な「いじめ」事例が引き出されて問題化し、社会的地位のあるエリートである公務員に対してマスコミを先頭に公務員非難が過熱しました。「馬鹿、間抜け、死んでしまえ」などとの発言は、たとえ社会的地位の上下があったとしても、それとは無関係な許せない発言であることは明らかで、あえて「パワハラ」であるとする必要もなく、刑法上の侮辱罪あるいは民事上の不法行為として損害賠償すべきだったところです。

ところが、「○○ハラスメント」の先陣を切っていた流行語である「セクハラ」を真似るように、社会的地位がありパワーを持つ者の行きすぎた言動を「パワハラ」と語呂良くまとめられました。

マスコミの「パワハラ」非難から競争原理の働かない公務員の職場では、「大声を出して注意するなどはいけないことだ」「心穏やかな職場環境こそ最重要な社会的モラルである」との考えが大勢を占めたのでしょう。とりあえず国会議員と秘書官、警察官などの公務員の職場で厚生労働省を中心に、不法行為を構成する言動を一つの「パワハラ」として類型にまとめ上げることとなりました。

こうして新たに「上に立つ者」を糾弾・非難できる流行語として、国から企業内での「パワハラ」と認められる基準がインターネットで公表され「パワハラ」が許されない言動として広く社会的にも受け入れられ、これで損害賠償を請求する側と適用されて非難を受ける上司・経営者の「対立構造」が明白となり、企業も官庁も大きな影響を受けることとなりました。

・「〇〇ハラスメント」の拡大

暴力を伴わないとしても、何時暴力に転化してもおかしくないような激しい言動は特に「パワハラ」などと言わなくとも昔から許されないものですが、「パワハラ」が便利な言葉として一定の基準で類型化され、同じような話題が二番三番煎じの「流行語」としてその勢いは（そのうちゆれ戻しがあるとしても）増しています。最初に聞いた時はその響きから「貸す腹？」「代理出産のことか？」と間違えたのですが、「カスハラ」なども言われ始めました。カスタマー（顧客）の「バカヤロー、死んでしまえ」などの許されない激しい言動を類型化して「カスハラ」と言うようです。

しかしながら、契約の相手方から「商品、サービスの問題点」などに対し常に穏やかな、物静かな抗議がなされるものでもありません。購入した商品の問題点を穏やか且つ論理的な日本語で丁寧に説明することはそれほど簡単ではありません。

７万円以上で購入した外国製掃除機のスイッチを入れるとモーターがすぐ止まり、全く役に立ちません。そこで、器具本体に書かれている0120から始まる番号に電話して「動かなくなった」と抗議すると、優しい女性の声で購入年月日を聞かれ、直後に「ご使用期間が長くなり、修理のサービスはできませんから、お買い替えの時期になっています」などと平然と言われると瞬間的に腹が立ちます。

メーカーは「エコ・エコ」と言いながら、適当な時期に壊れてしまう仕様、あるいはプログラムを組み込んでいるのでしょう。メーカーとすれば購入者の多くが、電話までして修理方法を聞こうとしたのに「買い替えろ」と言われれば、たとえ修理可能で完全には壊れていなくとも買い替えてもらえると考えているのでしょうね。一般の消費者はそれで諦めるのでしょうが、ところがどっこいそうは行きません。内部に使用されている日本製のモーターは10年20年で簡単に壊れることはありませんが、電話の向こうでは「モーターが止まるのは、モーター保護のためです」と使えなくなった掃除機のモーターを保護するためにスイッチが切れる等と支離滅裂な説明をするのです。

散々文句を言ったところ、最後に漸く「車輪の内側に大型のフィルターがありますから、それを綺麗にしてください」と、買い替えも修理も不要であり、また取り扱い説明書にも記載がない隠れたフィルターを教えてくれました。この場合、自分の発言がどの程度「カスハラ」に類似しているか分かりませんが。消費者相談室に冷静にかつ論理的に抗議できる人がどの程度いるかはともかくとしても、とりあえずメーカーに不誠実な対応があることは明らかです。

結局のところ、それは言いすぎだとご批判を受けるでしょうが、今大きく振れ過ぎているハラスメントの「常識」を少し元に戻すため、あえて言いますと、「○○ハラスメント」は仕事をしない公務員、不誠実なメーカー、借金を返済しない債務者など本来権利者から多少怒鳴られても仕方のない相手方を「不当」に保護する流行語と考えています。

・「パワハラ」から企業の弱体化

ハラスメントの流行で大きな影響を受けているのが、世界市場の中で生きるか死ぬかの競争を続けている民間企業です。従来であれば企業内で先輩から後輩への技術伝承は対面で行われるのが当たり前でしたが、職場での「パワハラ」の認定基準が一度示されると、まず問題となるのが「パワハラ」の持つ萎縮効果です。仕事のできない従業員は、日頃から上司の「ご指導」を受けていますから、自分の未熟さを認識し謙虚な気持ちで上司・先輩のアドバイスを受け入れるならともかく、自分の気に入らないことを言われれば、何でもパワハラと主張しかねません。また逆に上司は「一生懸命に仕事を教えてもそれがパワハラと言われるくらいならやる気も出ない」と「触らぬ神に祟りなし」のごとく、部下同様に「パワハラ」を拡大解釈し、本来必要な部下に対する指導が減少してしまいます。

これでは、教える側も教わる側も「パワハラ」で本来あるべき日本の誇るべき職場環境は危機的状況に陥ってしまうでしょう。

・萎縮効果を助長させるＩＴ革命

これに拍車をかけているのが、ＩＴ革命に乗じたコミュニケーションの取り方の質的変化です。特に職人の現場などでは「見て覚えろ」と言われるように、従来言葉による説明が不十分でした。事務方の仕事も、習得している先輩から見れば「一度教えればそれでよし」となるものではありません。長年の経験から培った技術的処理を「やる気のない後輩に」一朝一夕で伝授できることは稀でしょう。

指導の際に後輩から「まだ分かりません」と何度も言われ、先輩が辛抱強く伝授できれば何とかなるでしょうが、ＩＴ革命でコミュニケーションの取り方が大きく変化し、対面の会話が無くなり、人と人との「会話」は「スマホ」を使い指先でできるようになりました。しかも、上司と対面せず仕事がリモートでも可能な状況ともなれば、人格的ふれあいのない部下が「上司も部下も対等な人間」と考えるのもごく普通となりであり、その結果、自己の「自尊心」や「プライド」など、本来内面で処理をして表面に出すべきとも思われない部分についても他者の関与を許せない「傷つきやすい人柄」は、自分の考えが多少とも損なわれることが許せなくなります。

こうなると本音で技術を伝承すべき人間関係を構築することは極めて困難となり、そこに「パワハラ」の萎縮的効果が加われば組織の質的充実が損なわれ企業は存亡の危機に瀕します。

・技術の伝承ができずに滅びた旧人

若干、本論から離れますが、組織内の技術承継に問題が発生した場合、将来的にどうなるか、既に述べましたが人間の歴史の中での特徴的事実に言及します。

現代人（ホモ・サピエンス）より脳の容量が大きい旧人（ネアンデルタール人）は、石器時代までは生存していましたが、その後絶滅しました。現代人は常に先人の知恵が引き継がれることで発展継続ができていましたが、旧人の石器には進歩の跡が見えないということです。旧人の絶滅理由は、かつては口蓋の形状から言葉が話せず（知能があってもチンパンジーは言葉がない）に技術の伝承ができなかったことが絶滅の原因と言われていた時期がありました。

しかし、絶滅の原因は他にあったようです。それは、ある個体が素晴らしい石器を「発明」しても、この技術を代々（数千年）伝承できる程度に旧人の群れ全体が大きくなかったことのようです。分かり易く言えば甥姪からまた従兄弟くらいの人の集団では技術の承継が断絶してしまったようです。

・技術伝承の困難と情報流出

現在悪い意味でしょうが、ネットで「炎上」という言葉があるほど、一人の考えが、真偽はともかくとして瞬時に地球の裏側の数十万、数百万人に届きます。これではとても石器時代と比較することはできません。それゆえに一度公表された優れた技術は断絶することはなく、さらなる発展を続けることができるでしょう。特に資本主義社会の中で独自の（社内だけ）技術・文化を持ち企業としての永続性を維持してゆくことは企業の存続にとって不可欠なはずですから、情報管理には神経質にならざるを得ないところです。このように考えれば、激しい国際競争の中で「パワハラ」の持つ危険性（技術の伝承が困難となる）を十分認識すると同時にＩＴから漏れ出す情報にも十分注意が必要です。

・企業文化の取り戻し

このように技術の伝承ができないことで旧人が絶滅したことからも、また昨今の「パワハラ」をめぐる問題が企業内に大きな影響を与えていることを重視すれば、集団内でのコミュニケーションの重要性を再認識すべきです。部下の稚拙な仕事ぶりを見て危機感を覚えても、世代間の断絶もあり上司が後輩に聖人君子のごとく懇切丁寧に初歩から優しく説明するのは容易ではありません。従来の職場のように仕事帰りの飲み屋で上司と部下、先輩と後輩の「飲みにケーション」を通じて作られた良好な人間関係を築くことができれば、多少の激しい言葉があっても仕事上のノウハウを伝授することが可能と思われます。

昨今は終業後のプライベート尊重から、残業規制などが拡大しています。従前行われていた感情的で強い口調の指導方法は既に時代錯誤ですが、それらを克服できる企業文化の共有があれば、社内の人的交流を緊密化させることで、社内コミュニケーショを回復できるのではと思います。

パワハラ問題と社内の人的交流が乏しい中で、先輩たちが長年かけて習得した技術を若手社員が、独力で一朝一夕に獲得できるはずもありません。若手社員は、一人前の熟練工になるのが難しいと思いつつ、自らの成長を自覚できないまま、仕事に対する情熱を失い、3年程度で早々と退職すると聞きます。企業だけでなく若者自身も将来の可能性を失う残念な結果です。

そこで、社員間の人的関係を強くするため社員旅行、ゴルフ大会、また最近都内の大きな商業ビル内での「企業対抗歌合戦」、学生と企業がそれぞれのチームで独自のロボットを制作して戦わせて競い合うなどのイベントを開催していると聞きます。いずれも小さな一歩ですが、確実な前進と思います。日産自動車が企業内の一体性を再構築するため、ノンプロ野球のチームを創るというニュースが最近ありました。

前述したように、若者が早々と退職する理由は、勤務先での自分の進歩が見えないことにあるようですが、それは企業の体質だけでなく、先輩上司の適切な関与が不足していると言えそうです。その際、組織内で「パワハラ」の限界事例を組織全体の課題として取り組むことも重要ですが、所属する組織だけでなくグローバル社会で我が国の立ち位置を視野に入れて、世界に向けて発信し日本の独自文化に誇りを持ち積極的にアピールすることが重要と思います。日本の良いところを、自分たちの優れたところを気楽にアピールできる職場環境の重要さに自信を持つことが必要と思います。

また、上司の激しい叱責を隠し撮り、録音した「証拠」を報道機関が「他人の不幸は蜜の味」として広く社会問題として取り上げるような風潮が、部下に対する上司の指導に重大な萎縮的効果を及ぼしていることは明らかです。真摯な報道姿勢も重要でしょうが、職場内で我関せずと、高みの見物をしている上司がいるのではないか、常なる反省が求められています。

さっさと帰宅する従業員ばかりでは、民間企業は、激しい競争社会で生き残れません。官僚であれ、民間企業であれ、組織としての質は「停止は後退である」と考え常にライバル他社に勝ち抜くための努力なくして成功はないですから、上司も先輩も自らの失敗事例を後輩部下と共有して適切な指導をすることが必要でしょう。自分たちの仕事に誇りを持っているからこそ、気兼ねない場所で一杯酌み交わしながらの情報交換が、仕事をする上で有益なのでしょう。特に報道機関は侵略戦争を賛美した過去の重大な誤りを克服する企業文化を確立し、伝えていける社内教育が不可欠と思います。

第4節　人のふり見て我がふり直せ

・社会の防御システム

人間社会のことを考えてみますと、全ての人が不平不満を持たず、平穏に暮らせるならそれに勝(まさ)るものはありません。しかし現実は人様々千差万別で、異なった意見、利害は対立しますから必ず紛争が起きます。このような争いごとは社会に存在する失敗事例でしょう。この争いを名奉行が裁定し、社会に平和が戻り庶民から喝采を受けた事案、まだ法律も完備していない時代に裁判所がたくさんの紛争をどう解決したか、これら名奉行の解決事案、裁判例の積み重ねが紛争の種類ごとに解決基準が「類型化」され、現代に繋がる法律（ルール）へと進歩しました。このようにして出来上がってきた社会のルール（慣習から法律）が紛争をあらかじめ防御するシステムになりました。社会の失敗事例からそれを防御するシステムが出来てきた事実はまさに「失敗は成功のもと」

の社会版です。一類型化された「ハラスメント」の解釈においても進歩発展が不可欠です。

・不要な失敗経験

ところで、人間が失敗から学ぶとしても、その全てを自ら体験しなければならないものではありません。仮に全て自己の経験値でしか人生が決まらないとすれば、人間は忽ち生命を失うか刑務所に直行してしまうでしょう。日常生活では常に命の危険のある冒険や犯罪行為など「やってはいけない失敗」がたくさんあります。残念なことですが、親戚の中学生が漁港の岸壁を自転車で走行中、海に落下し、「一発レッドカード」で亡くなってしまいました。親兄弟の人生まで狂わせてしまう大失敗です。先日はマッチングアプリで知り合った男性に殺害されてしまった女子高校生もいましたが、些細なことでも生命の危険がありますから、人に隠れてしなければいけないような体験に踏み込むことは避けるべきです。

・他人の失敗を見る

中学生の頃から、今は亡き祖母に繰り返し忠告されたことがあります。それは「人のふり見て我がふり直せ」でした。自分の失敗でなく他人の失敗あるいは間違いを自分のこととして反省せよ、ということです。自分を離れた客観的な失敗事例を観察して同じ過ちを回避する教訓として名言だと思います。

かなり昔のことですが、後頭部が酸欠で痛くなるほどのヘビースモーカーだったので、これは禁煙しかないと決意し実行しました。マーク・トウェインが「禁煙は実に簡単だ、私は既に何度も禁煙している」とジョークを言った通り、自分も大変な思いをして禁煙が完了しました。『5日間で煙草を辞める本』（ブルーバックス）に書かれていた内容に従い「私は煙草を吸わないことにしよう」と声を出して、我慢というか禁煙を自分の意志でやっているのだ、との決意を表明することで成功しました。

自分の禁煙が成功して初めて気づいたことがあります。それは「煙草を吸う人のマナーの悪さ」です。今まで自分の行っていた煙草の投げ捨て、道路の水たまりに煙草を捨てる、吸い殻を指で弾き飛ばす、などの全てが目に余る悪行です。まさに「人のふり見て我がふり直せ」というより、もう禁煙していますので「人のふり見て反省しろ」でした。「失敗は成功のもと」は自らの体験から学ぶこと、「人のふり見て」は社会を客観的に見ることで、自分を切磋琢磨できる名言です。

・先人に学ぶ

司法試験の受験勉強に入った頃、自分の教養のなさに呆れ落ち込んでいた時期があります。「もっと本を読んでおけば」と反省をしても過ぎ去った時間はどうにもなりません。しかも当時は専門外の工学部（と言ってもダメ学生）出身で法律の勉強を始めたところですから、小説など読んでいる暇はありません。その時、弁護士の木村晋介氏のエッセイ『キムラ弁護士がウサギ跳び』（情報センター出版局）でしたか、その中で木村氏は「小説は娯楽だ」と喝破していましたので、これに力を得て、「そうだ小説なんて読むことはない」と言い聞かせ法律の勉強に邁進していました。

幸い試験を突破し、弁護士登録をして数年後でしたか佐藤優著『国家の罠』（新潮社）に感激してから、同氏の一連の著作を少なからず読んでいました。記憶力も衰え、読んだ内容も忘れていますが、どこかで「小説は、別人の体験を学べる」とありました。「そうか、小説に出てくる登場人物の生き様を自分が疑似体験したと考えれば、読む価値あり」と思い直しました。しかし、一冊の本を１時間程度で読み終える能力があれば良いもののそれだけの時間を割けないことから、未だ小説は自分にとって「娯楽」でしかないようです。

・格言を具体的に知る

さらに祖母から『三つ子の魂百まで』とも教えられていたのですが、これらを具体的に理解できてきたのは、青年を過ぎた中年以降です。小学生・中学生の頃は、何をするにも自分中心、自分を振り返り、現在の自分のものの考え方・行動基準、周囲の見方・解釈などが勿論若い頃とは理解度が異なってはいるものの、本質・根本のところでは、若い頃と同じかなということです。積極性・好奇心は多少減少していると思うものの、年齢を重ねても欲望が減少するでもなし、他人との競争心の衰えも実感していないところです。もう少し寛容になりたいとは思うものの、自分の基準をルーズにして気楽に残りの人生を安楽に過ごそうとも思いませんから、生まれつき強情な人間であることに未だ変化を感じません。

ところで、米国人タレントのパックンが「アメリカ人は日本人の35倍くらい寄付している。これは宗教的影響もあると思う」と話していました。激しい経済的格差の中で「富裕層」の免罪符として寄付が行われているようですが、「慈愛の心」「利他的行動」は実現が難しい命題です。

一方、前述の「人のふり見て我がふり直せ」の方は、フーテンの寅さんではありませんが「反省の日々を送っている」と、しみじみ述懐するところです。これも年齢を重ね、この格言の意味を理解したようにも思いますが、一般的に若い頃はどちらかといえば「朱に交われば赤くなる」方が多そうです。次に教訓となる「一発レッドカード」の事例をご参照ください。

・若者が将来を失う失敗

若者による強盗傷害の重大事件がありました。５人ほどの被告人のうち高校生時代、スポーツ選手として活躍したものの、実に他愛のないきっかけからワルの話に乗ってしまい、背後の暴力団の手先のような犯行に巻き込まれ「共謀共同正犯」で５年の実刑判決を受け、まさに「朱に交われば赤くなる」を地で行ってしまった教訓となる事件でした。

「車を運転するだけで100万円」と説明され事件の重大性も分からないまま現場まで盗難車の運転をさせられただけですが、20歳そこそこで人生の重大な岐路を間違ってしまったのです。結果的に見ると、ＳＮＳが発達し若者が重大犯罪に巻き込まれている「闇バイト」のはしりのような事件でした。どこの情報か分かりませんが、ヤクザ者が「家に大金を隠している老夫婦がいるから、叩きをやって来い」と命令され、「叩き」の意味も知らずに、顔見知り程度の仲間に誘われ、盗難車を運転してヤクザから教わった住所地まで行きました。到着するなり、老夫婦の住む家のインターホンを鳴らし、出てきたご主人を殴りつけ大けがをさせ逃亡した事件でした。

隣近所からの通報で強盗未遂となり、芋づる式に逮捕された事件です。捜査機関が徹底した調査を行い、背後の暴力団にまで迫り一網打尽にしておけば良かったのでしょうが、難しい背後関係まで取り締まりの手は伸びなかったと思います。今ではＳＮＳで高額報酬を餌に、互いの名前も素性も分からない若者が集められる「闇バイト」で凶悪な強盗事件が頻発しています。このような重大犯罪は当然「失敗は成功のもと」とはならず、身の破滅となることですから絶対避ける必要があります。

ＳＮＳなどで発信される芸能人まがいの派手な情報に毎日接する中で経済的に貧しく、しかもエネルギーのある若者の思慮分別が足りないことで「朱に交わる」こととなり、一生を棒に振ることは絶対避けなければなりません。近くで監視・注意してくれる大人の存在は不可欠ですが、大人が近くにおらず重大事件になり、命を失った場合もあります。

・若者が命を失う失敗

前途ある若者が些細なことから命を失った殺人事件があります。祖母から口が酸っぱくなるほど言われていた「人のふり見て我がふり直せ」が、私にとって生涯忘れられないほど深く心に刻まれたものとなりました。

大学3年生の若者でした。如何なる理由か分かりませんが、自転車で先を急いでいたのでしょう。大学生の前に自転車で走る50歳過ぎくらいの肉屋に勤めるオジさんがいましたから追い抜いたのです。追い抜き方に多少問題があったのですかね。後ろからオジさんの「危ないじゃないか！」と言う声が聞こえたのです。若者も急いでいるのなら、「チェ」と舌打ちでもして先に行けば良かったものの、「なんだと！」と昔の自分を思い出させてくれるほどの瞬間湯沸かし器です。自転車を止めてオジさんに殴りかかってしまったのです。この暴行も数回の殴る蹴る程度で終わればまだ良かった（防犯カメラもなく、後日暴行事件で処罰もされなかったでしょうが、このような激情犯は、再犯の危険性が大）ものの、若者の暴行は執拗に繰り返され簡単には終わりませんでした。

オジさんが尻餅をついてもなお、上から殴る蹴るを繰り返していたのです。さすがに我慢できなくなったオジさんは偶々懐に入れてあった先の尖った筋切り包丁を握り締め、無我夢中、訳も分からず上に突き出したのです。この包丁がオジさんに覆いかぶさって暴行を加えていた若者の胸に突き刺さり若者は即死でした。

当然オジさんは殺人犯として逮捕され、ご家族は家を売却した代金を若者のご遺族に慰謝料として引き渡しました。あるきっかけからこの事件の概要を知ることとなりましたが、若者の行動を見て、それまでの自分と重ねて考えると大きな衝撃を受けました。当時、今は亡き検察官に、この事件について「自分はこれまで生きてきた中で、よく殺しもしなかったし、殺されもしなかった。一生忘れることのできない事件です」と感想を述べました。

結局のところ前の強盗事件は「朱に交われば赤くなる」という格言を日々の生活の中で自分の「ルール」として適用しながら判断・行動することの重要さを教えてくれるものであり、後半の殺人事件からは自分ではない他人の行動を十分観察しながら、その振る舞いの良し悪しを自分に当てはめて行動基準とすることの重要さを教えてもらったところです。

悪事を拱手傍観することは、その悪党を許してしまうこととなりますから、何か行動を起こすことが必要となります。その際、如何に行動するか、どこに危険があるか、他の手段をとることができるか、ぎりぎり自分の命の危険を考え、場合によっては正当防衛の必要もあると肝に銘じておけば、イザという時躊躇しない行動が取れるかもしれません。

闇バイトで「雇われた」若者が貴金属店に強盗に入り、狼藉を働いた一部始終を撮影した動画がテレビで流れ、犯人らが逃走する場面も映っていました。逃げる犯人をただ見ているだけ、また平気でスマホで動画を撮影している状況を見ると何か怖いものを感じたところです。

第９章　紛争相手は誰だ？

第１節　紛争の発生と解決

・揉め事解消

人間は一人では生きられません。一人ではない以上、自分以外の人と常に仲良くできるものでもありません。家族の中でさえ、時には兄弟喧嘩もするでしょう。家庭を離れ社会に出れば、必ず人との争いが発生します。両親兄弟なら接触の密度も高いし、それなりに解決もできるでしょうが、対第三者となれば、争いをそのまま放置しておくことはできません。知り合いに頼んで仲介の労をお願いし、それでも解決できないなら裁判手続きに入ることもあります。

憎しみ合う２人の紛争を国家社会が放置し好きにさせれば、極端な場合は一方が生命を失い、他方もそれなりの痛手を受けることとなるでしょう。争いを解決できないままにしておくことは、力の強いものが得をする自力救済、弱肉強食の社会となり、まさに「放置国家」となってしまうのです。この紛争を法・ルールに基づいて予防し解決できて初めて「法治国家」となります。

とにかく紛争が存在したまま放っておくことは社会の「治安が乱れた状態」ですから、国家の解決基準である「法」に基づき正しい解決が行われれば平和を取り戻します。では、解決しなければならない紛争はどうして起こるのでしょうか。

・主婦の虎の子が牛に食われる

誰でも「欲を掻けば損をする」ことを知っていますから、欲を出した人が投資詐欺などで、100万円騙された、数千万円の損をさせられた、というニュースを見ると多くの人は「そんな儲け話にどうして乗るんだろう」と同情する気にもなれませんね。
解決を目指すために分かっているようで難しいところは、欲の深い人は、紛争に巻き込まれた段階で既に大きな経済的損失を被っていることを理解しようとしないことです。自分にも紛争の原因があることを承知し、自らの非を認め、一定の歩留まり（100分の80程度）で「解決」したと感謝すべきですが、これも簡単ではありません。
「和牛商法」という詐欺同然の投資がありました。ニュースを見て虎の子の300万円を出資した自分も騙されていると危機感を抱いた主婦が相談に見えました。「なぜそんな和牛商法に投資したのですか」などと質問しても意味がありません。「自分に非がある」こともわきまえず欲張りでお金を儲けたい一心ですから聞くまでもありません。
既に全国には何千人もの「投資」している人がいますし、まだ業者は営業を続けていますからその点に留意して、上手く交渉して何よりも早い解決を目指すことが一番です。このような相談を受け裁判手続きを取るとなると、通常は15万円くらいの着手金と報酬の約束で始めるのですが、時間が経過すれば主婦の虎の子が回収不能になります。最後のジョーカーを引かないための早期解決しかありません。そこで主婦から文書料と切手代１万円を受け取り、業者に通知し交渉を始めたのです。
交渉は、契約で仮に配当が６パーセントなどと言われていても元金回収を最優先します。弁護士費用の分とか、今までの利息を払えなどと交渉しているうちに時間が経過し、業者が破綻してしまえば元も子もありません。元々業者に資金などありませんから「とにかく、投資をやめるから送金した元金だけで良いからすぐ返してくれ」と自分の依頼者の利益を真っ先に優先して資金の回収に入ります。言うなれば業者の元金返済資金は外の出資者（被害者）のお金なのです。そこから返済を受けているのが実情ですが、行政当局の指導が入ったり、マスコミで騒がれたりして大きな社会問題となって、業者が破産申し立てとか行方不明になるまでが勝負の時間なのです。ということで無事早期に解決しました。

本件は、首尾よく早期に300万円を回収したのですが、投資したまま配当を待っていれば300万円は全く回収できなかったでしょう。しかし欲の深い主婦は「投資しても配当もない。300万円は返還されて当然」と考え、却って弁護士に支払った１万円の損をしたと考えていたのでしょう。弁護士報酬を全く払いませんでした。虎の子を送金して慌てて事務所に駆け込んできた主婦に下手な同情などせず、早期解決よりもさらに先にすべきは弁護士費用の約束だったと「自らの非」も確認しました。

・ケチな高齢者を騙す

現在のオレオレ詐欺「特殊詐欺」が社会問題となる30年以上前、私がまだ高校生の頃でした。家に帰ると見慣れない一つ150キロ超と思われる赤っぽい大きな石が２個、庭に置いてあります。不思議に思っていたところ、小銭もくれない祖父が得意げに「この石、幾らすると思う？」と聞くのです。「幾らと言われても分かるわけないよ」と答えると、祖父が「今日群馬から造園屋が来て、帰ろうと思ったのだがガソリン代がなくなったので、50万円するこの石を２つ置いていくから20万円貸してくれ、と言うので貸してやったよ」と言うのです。すかさず「金を返しに来るはずないよ。どこの何という造園屋だ」「だから群馬の造園屋だよ」「名前は聞いた？」と問答するとやっと祖父も分かったらしく、「？？」と黙り込んでしまいました。孫にその庭師はどこの誰だと言われ、初めて相手方の素性を全く知らないことに気が付いたのです。
　数年後、昔ながらのだだっ広い田舎の「庭」に築山と庭石を配置した枯山水を施した坪庭を整備しようと考え、造園業者に相談をしました。
「どこかにこの赤石を使えないか」と聞いても、造園業者から返事もありません。職人の気に入る配色でもなく、形も悪かったので業者も全くのお手上げです。結局坪庭の端に目立たないように置くことしかできませんでした。動かすには怪力が必要な祖父の遺産となった赤石はコケも生えず腐りもせず、庭の片隅で未だに存在価値を示しています。
　他人との関わり合いは避けて通ることはできませんから、毎日の買い物などで、それほど神経質になる必要もないでしょうが、日常の支払額では賄えない「取引」があった時は、後日問題となった場合に備え、少なくとも相手方が誰であったのか知るための手がかりを残しておくことは必要です。造園業者から「ガソリン代がない」と言われ、少しの同情と20万円よりも高価な石が残ると祖父が欲を張った結果、20万円を受け取った石屋は目の前から消え、祖父は二度と現れない「幽霊」と取引をしてしまったのです。「貧(まず)しい人(ひと)は欺(あざむ)く者(もの)より幸(さいわ)い」（箴言19章22節『聖書 新共同訳』©1987、1988　共同訳聖書実行委員会　日本聖書協会）でしょうが、欲を掻けば損をする例です。

・慎重に特定

　要するに、今自分が相手にしている人がどこの誰なのか、常に明確になっていなければ、仮にトラブルが発生した場合に速やかな解決が難しくなります。交通事故に遭った場合、相手方が特定できなければ事故の解決ができないのと同様です。自分が被害者なら「ひき逃げ」に遭ってしまったと同じです。そこで、後日の問題発生に備え「相手方を特定」しておくべきで、これは避けて通ることはできません。当たり前のようなことですが案外難しいのです。

今日は「ゴミの日」ではないのに目の前でゴミ袋を持ってきた人なら「現行犯」で人違いはありませんから、その人に注意ができますが、憶測で「犯人」を決めつけて文句は言えません。アパートの駐輪場に止めてある自分の自転車がひっくり返された、相手は上の階に住む目つきの悪いアイツと軽薄に決めつけていたところ、隣の部屋の奥さんから「先日自転車を倒してしまい、申し訳ありませんでした」と陳謝され、思い込みで上の住人に抗議しなくて良かったとなります。顔つきだけで悪者扱いされることも偶にはありますから、濡れ衣を着せられないように日頃からお愛想を良くし人相にも注意が必要です。

このように、紛争の相手が誰なのか、当事者が誰なのか確定して初めて、紛争の相手方を警察に告訴・告発し、裁判所に「お恐れながら」と相手を被告として訴えることができます。

・素人の囮（おとり）捜査

紛争の相手を探し出すのでなく、犯罪者を作り出す輩もいました。最近の話題では、自分から覚せい剤売人に「買いたい」と連絡する一方で、警察に「覚せい剤を所持した売人がいる」などと連絡して、ウソの電話で呼び出された売人が警察官に覚せい剤所持罪の現行犯で逮捕される様子を動画に撮り、これをＳＮＳに投稿して広告宣伝費を稼いでいた「ユーチューバー」が逮捕されました。「買いたい」と偽り、売人に覚せい剤を持って来させているから「覚せい剤所持罪」の共犯になるのでしょうかな。

アメリカなどでは捜査員がいわば命がけで組織に潜入して薬物犯罪を行わせる「おとり捜査」が合法化されていますが、日本では精精輸入された薬物が配達されるまで「追跡」して薬物を受け取った犯人を逮捕する「コントロール・デリバリー」が限度です。「おとり捜査」が教唆（犯罪をそそのかす）に該当するかはともかく、日本の捜査機関は「適正手続き違反」として採用していません。これを素人が「買いたい」などと売人を呼び出し警察に逮捕させるという手口には、捜査機関もビックリ仰天して逮捕に至るまで数年様子を見ていたようですね。脱税事件なら７年間寝かせて高額な延滞金と重加算税（２倍）をとれば良いのですが、この卑怯な「私人逮捕事件」は金儲けのネタでしたから「様子」を見ることなく即刻逮捕で良かったでしょう。

・誤認逮捕の実例

闇バイトの首謀者が誰か捜査機関も苦労していますが、今回は犯人が確定しているのに薬物追跡捜査で別人を逮捕した事案です。都内のホテルに宿泊している外国人宛てに、外国から違法薬物が届けられたのを税関が発見し、犯人を逮捕すべく、捜査員が配達業者に同行して受取人が違法薬物が入っている荷物を受け取ったところで、捜査員が犯人を逮捕する手はずでした。ところが、ホテルの部屋で犯人と宿泊していて、事情を知らないままこの荷物を受け取った女性芸能人が捜査員に逮捕されました。外国人の犯人宛ての荷物を宅配業者が受取人ではない交際相手に引き渡し、捜査員が女性を「現行犯逮捕」したのです。

ニュースを見て「捜査員は功を焦った。詰めが甘い」と思った通り、荷物を受け取った女優は後日、無事釈放されました。捜査員は部屋の中にいる外国人を呼び出し「これはお前の物か」と確認して薬物の入った荷物を外国人が受け取ったところを現行犯逮捕すれば良かったのです。荷物の受取人とされている「犯人」と交際中の女性とは全く異なる人間ですから、女性が薬物を受け取った事実はあるとしても「知らなかった」という弁解は十分通用します。事前に宅配業者に対し、別人が受け取ることのないように荷物の受取人の本人であることを確認して確実に渡すように強く「お願い」しておくべきでした。しかし、捜査員が宅配業者に覚せい剤が入った荷物であるという事情を説明すれば、確実に受取人に渡すことができたでしょうが、この場合、中身が覚せい剤であることを宅配業者に明らかにすれば、宅配業者は覚せい剤と知った上で所持して配達するのですから、「おとり捜査」の一環になってしまうでしょう。難しいところです。

第2節　相手を知る情報

・昔から現在に至る相手の特定に

以上の通り特定の個人を「この人である」と決めつけることは案外難しいものです。相手方の氏素性が明らかでなければ、契約をはじめ、あらゆる法律関係の「相手方」となることはできる限り避けなければなりません。相手の氏素性を知らないまま結婚することはないとお考えでしょうが、別れ話になって戸籍を見て初めて相手の離婚歴が明らかになった事もあります。バツイチの人も戸籍を移動すれば、バツが消えています。どうやって相手方を特定すべきか、昔はどう扱われてきたかなど「相手を特定する」ことの意味を考えてみるのも面白いと考えています。遠回りではありますが、お付き合いください。

・武士の社会は家柄で動いた

まだ鉄砲が戦場で主力となる前の戦国時代、武田軍の名だたる武将は戦場において騎馬に跨がり、「我こそは、源氏の流れをくむ源の○○と申す。我と思わんものは打って出よ」と個人の名前を超えて祖先の出自にまで言及して「家訓」に従い、武勇を誇っていました。しかし鉄砲の前に名乗りを上げることは「時代遅れ」となり、武田軍は織田軍の鉄砲隊の前に敗れ去りました。戦国時代が終わり、平和な江戸時代になっても武士政権の役職は、軍事政権の名残である祖先から家に繋がる代々の「当主」が務めていました。家柄が家老であるなら当主を継いだ者が家老職に就任し、足軽の子は足軽になることで徳川政権の260年間、江戸幕府の下で平和が保たれていました。元服直後の若い家老に対し、経験豊かな中年の徒歩(かち)組の足軽は平身低頭せざるを得なかったのです。これが家柄重視の時代風景です。家柄を重視することは能力主義とは相容れず進歩は望めませんが、平時に武力は不要だったのです。

・出自の貴重な証明書

能力主義は特定の個人となりますが、家柄を重視する社会では縁(えにし)が重要となります。

先日、徳川宗家19代目の「当主」が目安箱のカギを持っていることがＴＶで報道されていました。由緒ある家柄の人を見ると、家系図もない平民出身者は、妬み半分で悔し紛れに「そんなのどうでもよいじゃないか。実力勝負だ」などと、能力主義を言うしかありませんが、元日銀総裁も一時黒田官兵衛の子孫ではないかと言われていました。黒田官兵衛は秀吉の軍師であったものの徳川幕府でも重用され、ある時、将軍から家系図を差し出すように言われ、恐らく困り果てて貝原益軒に命じて黒田家の家系図を「作成」し提出したと言われています。

当時の学者であった貝原益軒は、何とか天皇に繋がる家系を考え出し59代宇多天皇（在位887～897年）から佐々木信綱、そのひ孫が伊香郡黒田村に住んだ官兵衛の祖父であり、黒田村から黒田を名乗ったなどと書かれているそうです。黒田官兵衛が生まれたのは1546年ですから宇多天皇から600年以上経過しています。600年間にわたる家系図とはどういうものになるのでしょうか。

一代30年としますと、300年昔の祖先（重複含む）は1024人でさほど驚くに値しませんが、さらに10世代300年間の倍々ゲームを続けると600年間で祖先は20世代100万人を超えます。これだけ祖先がいればどこかに「偉人」がいるはずです。真否はともかく、家柄で社会的地位が決定される時代では、個人情報にとどまらず、先祖代々の武功（少なくとも関ケ原の戦いの頃まで）を遡り、自らの家系となる偉人たちの情報をアピールしたのです。しかし、祖先が無限大に広がる可能性があるなら、家系図の真偽は検討する必要があるか、考え直す必要もあります。特に家系図のない庶民は不要論ですが。

・保護すべき個人情報か

また、「家」の時代から「個」の時代に進歩する中で、身分が「公開」されるものから「非公開」とされるものとなり、21世紀の個人情報の尊重にまで変化した原因は何なのでしょうか。

現在では、誰の個人情報が誰に対して尊重されるべきものであるか、よく分からないところがあります。「我こそは」と名乗った昔の時代から何が変化したのでしょうか。一昔前の昭和年代では、高額納税者の名前だけでなく納税額まで新聞に報道された時代もありました。芸能人の住所も公開された「良き時代」を思うと、今の個人情報保護法は何を保護しようというのかよく判りません。個人の病歴・思想傾向・所有する財産・交際相手・趣味嗜好などならそれを他人が知りたくとも「大きなお世話」なのですが、住所・氏名・年齢などは個人のプライバシーとして保護されなければならない事実なのか、よく分かりません。隣に誰が住んでいるのか、職業は何か、家族は何人か、これらはお互い秘密にすべき事項なのでしょうか？　このような都市化した「匿名社会」では、お隣の部屋で爆弾を作っていても分かりませんから、犯罪も多くなり、また災害時などの緊急事態に対処できるのか、などと考えていると、個人情報保護法などという表面的な人権保護が、根本的な命に関わる重大問題を見過ごしてしまうのではないかと危惧感を持ちます。一方で、本来厳格に個人情報を管理すべき企業からUSB1本で数千万の人の個人情報が、いとも簡単に流出していますから保護の意味もよく分からないところです。

・身分関係は公示の対象

平成の中頃、「消費者金融（当時は「サラ金」）からの請求が大変ですので、止めてください」という相談を受けました。消費者金融からの催促を逃れるため、住民票を移転せず「ホームレス」状態で駅まで来たところ、肩を叩かれ「どこか行く当てあるのか、住むところはあるのか」と聞かれ、住所がないと答えたところ、生活保護者を抱えるアパートまで連れていかれた。生活保護を申請するため住所を定めたところ、早速その住所が消費者金融の知るところとなり、借金支払いの催促を受けることとなったようです。消費者金融は貸金債権を取り立てる「正当」な目的で住民票を追いかけたのですが、消費者金融が住民票を調べて頻繁に督促をすることが「社会悪」と判断されたのでしょう。個人情報保護法が施行されてからは、消費者金融が債務者の住民票を取り寄せ、借金の催促をすることが、相当困難になったようです。債権者が債務者の住所を調べることは本来許されるべきでしょう。憲法に定める財産権の侵害になりませんかね。

戸籍謄本も昔は「公示」され一般人が自由に取ることができていました。戸籍に記載のある事項（親族関係、破産・前科？）は国民生活に極めて需要なことであるので、交際している相手が既婚者か否か極めて重要なことであるし、「お見合い」相手の親族関係も相手方にとり重要な情報ですから、一昔前は戸籍法の条文通り、誰でも「自由」にとることができましたが、これもまた個人情報保護とやらで弁護士が職務上の請求をすることも厳しくなりました。

・個人特定の原始的方法

相手方がどこの誰なのか、後日の紛争回避のためにもはっきりと知っておく必要があります。あらゆる契約関係を取り結ぶ場合には、経済的な信用（資産状況）、身分関係など相手方の情報がなければ安心して契約もできません。道路上で見ず知らずの人に声をかけられて詐欺に遭う被害も増加しています。相手方を知ることは極めて重要なことなのです。

弁護士事務所などに相談に来られた方も全く同様で、昔からの知り合いでない以上、まず相談者の運転免許証などから住所・氏名・年齢などの個人情報を確認することから始まります。免許証がない人であればご本人の胸元に大きく名前を書いたカードを持ってもらいインスタントカメラで写真を撮りました。相談事案の終了から10年近く経ってから、高齢女性が事務所を訪問してきました。当時事務所で撮影した家族写真を持ってきて「長男が亡くなってしまって、家族全員で撮った唯一の写真です」と感謝されたこともありました。

また、かつて事務所に相談に来た若者２人が何か事件を起こしたらしく、警察から写真を見せてほしいと頼まれたこともありました。最近はスマホで簡単に写真が撮れますから、だいぶ楽になりましたが、当時から本人の確認をするために名前のカードと一緒に写真を撮る事務所は少なかったように思います。

・個人情報の偏り

現在は個人情報保護法があることで、何かにつけて個人情報と言われ、取得することが困難な状況です。しかし、スマホが普及し、監視カメラが町中に設置されるようになり、また車のカーナビが設置された車もたくさんあります。車がどこでブレーキを踏んだかなど、数百万台もある車の運行状況の「ビッグ・データ」が収集され、そこから道路のどこに危険があるかを明らかにして道路の整備が進められることは素晴らしいことですが、本当に全てが素晴らしいことばかりではないでしょう。コロナ禍での人の移動もスマホの位置情報から全て「見張られ」、渋谷の交差点の人出は昨年と異なるなどと報道されると恐ろしい感じがします。既に中国ではタクシーも屋台での飲食も全てカードで決済され、現金は全く使われていないらしく現金主義の日本が立ち遅れているなどとも言われますが、10億人の人が毎日数回使用するカード情報は全て当局で「管理」されています。

日本でもマイナンバーが登録され、人々がカード決済をするようになれば、国家は毎日数億件の取引の状況を全て把握できることになります。当局（警察、税務署）が収入から支出また、何を買ったのかまでの全てを知ろうとすれば何時でも明らかになる社会より、「立ち遅れている状況」のほうが安心できます。税務当局が特定の会社の名前で検索すれば取引の相手から売上、仕入れ価額など会社の取引全てが丸裸となり、人工知能で判断すれば「この程度の脱税なら、重加算税が付くまで寝かせておけ」などと権力に生殺与奪の権限が独占される社会も近いのではと考えています。

このように、現在では個人情報が保護されているとは言うものの情報は権力機関に極度に偏在しており、逆に一般人が他人の個人情報を取得しようとした場合、相当の困難が伴うところです。

例えば警察・行政機関などは、カーナビ、スマホ、マイナンバーで全国民の動向監視が可能であり、スマホで渋谷交差点での人出増減の外、車の運転手がどこでブレーキを踏んでいるかなど「すべて見張られている」と思うと怖い社会となっていますね。

・加害者の情報を秘匿するな！

契約駐車場に見ず知らずの車があり、自分の車の置き場所がありません。警察に来てもらい、車のナンバーから所有者が分かり、警察が所有者の連絡先の電話番号に連絡して車が移動されるなら問題がないのですが、連絡が付かなかった場合、しばらく自分の車をコインパーキングに入れ無断駐車の車がいなくなるのを待つしかありません。ここから分かるように、警察は個人情報の全てを簡単に知ることができるのですが、この場合の無断駐車をしている車の所有者に関する情報を被害者には教えてはくれません。明らかな違法行為から迷惑を受けている人の救済をしないのです。既に加害者と被害者の関係が明らかですから、加害者の情報を開示するほうが紛争解決の近道のはずですが、そうはなりません。

駐車料金などの損害賠償を請求する場合は大変です。相手方を探し出すために、陸運局に赴き手数料を払い、車のナンバーから所有者を探し損害を請求せざるを得ません。この場合にも所有者と運転者が異なっていたとすれば、結局誰に損害を請求したらよいかも分かりません。損害を与えた「相手を特定」できないからです。結局、加害者は「やり得」、被害者は「やられ損」になってしまうことからウラミを持つ人も多くなり、逆に「自力救済」が始まりかねません。これも怖いですね。

・弁護士も注意が必要

解決を目指すために相手方の特定について考えてきましたが、

権力を持たない一般人は紛争に巻き込まれないように注意をすることが大切です。目の前の貴金属店で強盗が発生していますが、周りの人は見ているだけで、人によってはスマホで動画を撮っていました。これが「都市化社会」といわれる「匿名社会」の行き着くところです。できることなら犯人を特定すべくペンキを投げるとか、棒で足を払うとかの「捜査協力」が必要でしょう。

弁護士も油断をすると、「相手方」を間違える危険があることをご紹介します。

ご夫婦が弁護士事務所に「過払い請求」で相談に見え、数か月後、相手方の金融業者から100万円の返済を受けたことがあります。「過払いを取ったぞ」との連絡を受けた夫が一人で事務所に100万円の返金を受け取りに来ると聞いた時、弁護士事務所はどうすべきでしょうか。とても重要なことは、夫に対し妻から「夫を代理人に選任し50万円を受け取る権限を委任します」と自筆の委任状を書いてもらい、それをご持参ください、と伝えます。万が一夫婦が離婚している時に委任状もない夫に全額を渡してしまったら、後日元妻からの半額請求があった場合、弁護士は二重払いを拒否できません。

お隣の県での話です。弁護士事務所にAとBの２人が相談に来て、弁護士がAから損賠賠償請求事件を受任し、弁護士が相手方から1000万円の送金があった旨伝えたところ、Bが受け取りに来たので1000万円を渡してしまったことがありました。弁護士はさらに1000万円の支払いを余儀なくされたことでしょう。

第３節　相手方に向けた手続

・相手方を特定して……

このように依頼者の問題解決に向けた第一歩は、相談に見えた目の前の人を特定する個人情報取得は絶対に不可欠です。幸いに相手方を特定できたとして、次に紛争解決に向けて相手方に何をすることになるのでしょうか。

相談者が相続した土地に明治時代の古い抵当権が設定されており、この抹消請求を依頼されたことがあります。依頼者は相続した土地に住宅ローンを組んで家を建てようとしたのですが、仮令古い抵当権でもう借金がないと考えられても、銀行は第三者の担保に入っている土地ではお金を貸してくれません。「100年以上昔の50円借りた時の担保だから大丈夫です」などと言っても銀行は納得して融資をしてくれません。とにかく明治時代の抵当権を抹消しなければなりません。しかし、登記簿に記載されている抵当権者は当然亡くなっており、抵当権の抹消請求をする相手方を探そうにも抵当権者の住所地の地番も既になく、戸籍が記載されているはずの除票も既に市役所にはありません。どうすれば良いのでしょうか。

要するに土地の抵当権者の相続人の有無を確認しようにも市役所に聞く手がかりが何もありません。登記簿にある抵当権者の住所地を訪ねようにも町名も地番も変わっています。

・亡くなった人に請求

相続人が全く分からないままで、抵当権の抹消請求をするにはどのようにすればよいのでしょうか。まず裁判所に抵当権の登記名義人に対する抹消登記の請求をすることを考えることになりますが、相手である被告は疾うの昔亡くなっているはずですから、訴状がきちんと送達されることはありません。そこで訴状が送達できない事情を裁判所に説明するためにまず行うことは、抵当権の名義人（死亡者）に「既に債権は時効により消滅しているので、時効の援用をしますので抵当権目録記載の抵当権を抹消してください」と内容証明郵便を出します。既にその住所地はありませんから当然配達されません（書留郵便は配達できず返送)。受け取ってくれる可能性はないですが、念のため（馬鹿馬鹿しい）再度送付しますが、当然配達されることはありません。

そこで今度は同じ文面を普通郵便で差し出します。このように全く無駄なことを繰り返した後、最後に現地付近を訪ね歩き、名義人を探索した結果（所在不明）を報告書に記載して裁判所に公示送達手続きでの裁判を申請します。裁判所の掲示板に一定期間訴状をぶら下げ、期間が経過してやっとのことで裁判の期日が始まります。相手方不出頭で「勝訴判決」なのですが、判決文を裁判所の掲示板に再度掲載し、期間経過後に裁判所から「裁判の確定証明」を受け取り、司法書士に判決文と確定証明を持っていき、初めて抵当権の抹消請求の依頼ができます。

相当の無駄な時間を費やして無駄な手続きをしてからさらに訴状の送達、判決文の掲示をして漸く明治時代の抵当権の抹消ができ、やっと「メデタシ」となります。

以上が法に従った一つの手続きなのです。相手方を間違っては大変なことですから100年程度経過して相手は当然死亡しているので無駄と分かっても、面倒な手続きをするのです。

因みに公証人に対する遺言は、遺言者が110歳になった頃に破棄されることになっているようです。

・抵当権者の相続人を捜索

以上の実に無駄な手続きを何とか回避できないか、その執念があればこそ抵当権者の相続人を探すことができました。困り果てている時、偶然探す方法がありました。昔から電電公社の電話帳は念には念を入れて作成されていて、正確な個人情報である住所氏名電話番号が掲載されていますから、登記簿に記載されている抵当権者の住所地を古い電話帳で探していると、ありました。同じ住所地（現在は分筆されている）に苗字が同じで名前の異なる人（少なくとも相続人の関係者）の電話番号が書かれていました。分筆されている土地の登記簿謄本を取り、２回ほど前の「相続登記」を見ると、明治時代の抵当権者の名前が出てきます。これで、はじめて抵当権者の相続人を探すことができました。この電話帳に記載されている同じ苗字の人に、事の仔細を報告するお手紙を書いて抵当権抹消のお願いをしました。幸い相続人の数もそれほど多くなく、無事抵当権の抹消が終了し、住宅ローンを組めることとなりました。昭和30年代頃は電話帳に、大変貴重な個人情報が公開されて載っていました。

電話帳？　フフフ　どこにありましたかね。数代遡ると兄弟も多く、昔は家督相続もありましたが、相続人の範囲も広かった（改正前民法は代襲相続に制限なし）ため、相続人が200名以上あった事件もありましたが、相手方を全て探し出した弁護士（事務員）さんは相当な苦労があったことでしょう。

第10章　紛争の「解決」（弁護過誤含む）

第1節　相手を探すにあたって注意すべきこと

・放っておけない紛争

子どもの喧嘩なら放っておいても大丈夫でしょうが、大人の喧嘩が損害賠償を求め、契約を守らせるなどの「事件」ともなれば、良くも悪くも裁判をすることになります。この紛争はどのように進むのでしょうか。まず、訴訟の当事者となれる「人」は自然人と法人です。面白い「事件」を考えてみますと、自分の所有地内に他人の物があること自体、所有権の侵害となりますので、自分の所有地内にお隣の愛犬ポチの家がある場合ポチに対して「建物を収去して土地を明け渡せ」などと訴えを提起したとしても、裁判所はポチの飼い主を被告とするように補正を命ずるでしょうが、原告がポチを被告とすると頑張るなら、裁判所はこのような訴えを相手にはしてくれません。訴えに対し裁判所は門前払いの「却下」判決をします（民事訴訟法第140条）。ポチを被告とするのと同類の裁判上の主張を繰り返した弁護士のお話もあります。

・相手を確認

裁判を始める時、最初に紛争当事者となる相手が、会社か個人かを最初に決めなければなりません。個人であるなら、相手の住所・氏名は勿論、生年月日を確認し未成年か成人か、確認することが出発点です。相手が未成年者であれば、子どもの親権者（通常は両親）が法定代理人ですからこの親権者を相手にしなければなりません。特に裁判になるような紛争であれば、訴訟当事者を明らかにするため住民票・戸籍謄本（附票）などで相手を確認することは当然です。

これも相手方が住所地に住んでいることが前提です。相手方が住民登録せずに別のところに住んでいる場合、そこは住所でなく「居所」で、相手を特定して裁判もできます。

登録した住所が分かれば、そこから戸籍謄本を取り、さらに現在の住所地を探すことになります。しかし相手が住所地に住んでいないと住所が「職権抹消」されている可能性もあり、また転出後５年以上経過すると前の住所地を記載した除票も無くなります。この場合は前述の通り、相手を探し出すか、公示送達の手続きとなります。自分のアパートからいつの間にか賃借人がいなくなり、荷物が残っているなど面倒なこともあります。

相手方の表示の仕方についての初歩的間違いとしてこのようなことがありました。新人弁護士が５歳の男児川本流水君の生年月日も親権者の名前も書かず「川本流水氏　代理人弁護士滝川渓流」として内容証明郵便を出している事例もありました。弁護士は、母子家庭の未成年者川本流水君の法定代理人である親権者母川本奈美子さんと委任契約をしているはずですから、「川本流水氏　親権者母川本奈美子　代理人弁護士滝川渓流」としなければならないのですが、自らの依頼者の表記もいい加減ですから訴状が「却下」されないとしても、「訂正」を余儀なくされます。裁判所の書記官は訴状を見ただけで、「ダメな新人だな」と上目遣いで「指導」してくれます。

・個人でも法人でもない相手

登記されている会社の場合には通常問題は少ないのですが、登記されていない法人格のない人の集まりである社団と、財産の集まりである財団も代表者または管理人の定めがあれば、訴訟の当事者となれます（民事訴訟法第29条）。

誤解を招く問題の法律用語として、法人格のない人の集まりを専門用語で「権利能力なき社団」などと言いますが、権利能力はありませんから銀行預金通帳などは簡単には作れませんが、裁判の相手方になれます。

また、会社の登記はありませんが、「一緒に金を出し合い椎茸栽培のビジネスをしよう」と全員で契約をした場合などは「民法上の組合」です。これも法人格があろうがなかろうが、例えば町会などが紛争になった場合、国家とすれば紛争を解決する必要がありますから、紛争に対し「共通の利害」を持つ人の団体を裁判の当事者として認めます。国家の治安維持を危険に晒しかねない紛争を未然に防ぐため、国の裁判手続きは民間の争いを解決する制度として民法のできる前から運用されていたようです。

同業者として恥ずかしい限りですが、今述べた国の裁判制度の無理解と、法人でない権利能力のない社団を理解していないため、裁判でトンでもない主張を繰り返した実例があります。弁護過誤として後述します。

・民事事件での相手方個人の特定

色々述べてきましたが、民事事件で被告となる相手方を特定するのは簡単ではありません。また、仮に特定しても相手を裁判所に出頭させて話し合いができるまでにはややこしいことがあります。本名が判明しない場合、刑事事件では犯人を例えば「自称防水業者」あるいは本名の後で通称となる「こと名」を使うことがありますが、これに習い民事事件でも有名芸能人なら同じように相手を「特定できた」とすることもないではありません。

第２節　情報の見極め

・匿名情報の危険

ＳＮＳで自分の名前も言わず、好き勝手な書き込みをする「無責任」な人が多くなりました。また、ＳＮＳなど「匿名情報」を簡単に信じてしまう人が多い世の中ですが、今自分が、契約・交際などで関わり合いを持っている人はどこの誰か、どれほどの資産があるか、親族関係はどうか等、ある程度知らずして、相手にすることは危険なはずなのです。ＳＮＳなどで何かを注文しようとすれば、自らの情報は詳細に報告させられるものの、相手方となる会社・売主などの情報は教えてもらえない経験はないでしょうか。相手方は匿名にもかかわらず、自分の個人情報は全て明らかにしつつ契約をさせられていませんか。双方の個人情報を、互いに知り合うことの重要性が大切であることを認識しなければなりません。

・電話口で相手を特定

街中で全く無関係の見知らぬ人と「風が強いですね」程度の他愛のない話をするのであれば、相手が誰であるか名前を知る必要もありません。しかし、人間のコミュニケーションは、必ず相手があるものですから契約をして商品を注文し、あるいは何か議論したりするとすれば最低限、相手の名前を知ることは不可欠となります。しかし、これが簡単ではありません。こちらがフルネームを名乗っても、電話口の相手はなかなか名前を教えてくれないのです。

ＴＶ通販での注文の場合、こちらの住所・氏名・電話番号などを伝えれば注文した品物が届きますので問題はありません。しかし、相手方との話が終わって電話を切ってしまってから、追加の注文なり、購入した商品に問題点があると考え、消費者相談の窓口に電話するとしましょう。その時初めて相手の名前を聞き忘れていたことに気づきますが、とりあえず電話すると「電話対応の品質向上の目的で、この電話は録音させていただいております」などとメッセージが流れます。暗に「めったなことを言わないよう、ご注意ください」との警告です。

通販業者は「品質向上」とはいうものの、中には名前を言わない相談員もいないではありませんが、消費者として商品の問題点を述べたところで、相談員の名前を伺うと９割以上が「苗字」しか教えていただけません。しかも田中・鈴木・佐藤等あり触れた苗字では相手方を特定することはできないのです。

経験豊かな人材をそろえているであろうお客様相談員でもこの程度ですから、現場の担当者となると、こちらがフルネームを名乗ったとしても理由もなく「個人情報」の誤解からでしょうか、訳の分からない言い訳で名前を教えてくれません。交番のお巡りさんと口論になり「あんたの名前は何だ」と聞いたところ、相手はこちらの質問に答えず、逆に「お前こそ誰だ」名前を聞いてきましたので、さらに「オレはさっきフルネームで言っている。一度言えばいいだろう」と、警察官は最初に名前を聞くのが常だから、最初に名前を言ったか否か忘れましたが、強く言ったところ、お巡りさん「俺は駅前交番の○○だ」と答えました。

・外部に向けては「偽名」で結構

なぜ電話口で自分の本名を言いたくないのでしょうか。昔の武将を思い出してください。正々堂々本名を名乗り戦っているのです。現代では自らの素性など名乗ってしまうと、後日何か悪いことがあるのではと疑心暗鬼になるからでしょうが、こちらとすれば名前を聞くのは仮に後日電話をかけ直す場合、同じ話を繰り返すのが億劫だからに過ぎません。再度電話した時、前に話した人を特定できれば話が簡単に済むと考えてお名前を伺っているのですが、電話の相手方は何かを恐れているのですね。そうであるなら、社員全員が（社内で通用する）偽名（ペンネーム）を使用しても何ら問題がないです。このことを今まで電話で「名前を言え」「言わない」で争ったことのある数社に話をし、社内で特定できるなら「熊野虎二郎」でも良いのではと提案しているのですが、今のところこの社内偽名を採用しているところを知りません。この文章を校正している時、コンビニ店員が「カスハラ」被害を受けないため、「偽名」の使用を認めたとの報道に接しました。思わず「やったー」と思いました。世間には同じことを考えている人はたくさんいるのですね。個人情報を「過度」に尊重する必要はありませんが、組織内で接客した人を特定できる体制が整っているのであれば、最低限仕事の上でも必ずしも本名は必要ないですよね。

・個人の本名が必等な場合

このように一般消費者がメーカー及び販売会社に商品の注文・抗議ないし意見を伝える場合、電話口の社員の本名など必要ありませんが、本人の特定を厳格にしなければならないのが裁判での相手方の特定です。ですから事件性、即ち「人の生命、身体、または財産の保護のために必要がある場合」、弁護士などは事件の相手方となる者を特定するに足りる情報取得（戸籍謄本・住民票）が不可欠となります。

・刑事事件で被告人の特定

刑事裁判で本人特定を厳密に行うのは、万が一にも誤って他人に刑罰を加えることがあってはいけませんから、裁判の冒頭で「人定質問」を行い、本籍・住所・職業などを被告人に確認します。現行犯で逮捕され、以後身柄拘束が継続され公判請求されても「黙秘」を貫き、犯人がどこの誰か特定できなかった場合、名前が分からなくとも現行犯人であることに間違いはなく、人違いで罰を受けることもありませんから、渋谷警察なら「渋谷５号」などと被告人を特定して裁判が進められるようですが、実際の事例は知らないところです。

犯人が日常的に「八木野角吉」と名乗って誰しも八木野だと思っていたものの、最後に名前が割れた場合は「八木野角吉こと植木杉郎」などと「こと名」で表示されて裁判を行うこともあります。

・「訴訟社会」真っ平ごめん

皆さん「裁判だ！」と言われた場合、多くの人が直感的に「裁判なんかに関わり合いになりたくない」と考えるでしょうね。お隣との境界・庭に張り出す木の枝、会社内でのパワハラ・差別問題、友人との金の貸し借り、お金を払ったものの商品が異なるなど、色々なもめ事があります。

知人・上司などの仲介などで問題が大事にならずに収まるなら、多少自分が損をしてもメデタシ目出度しです。弁護士の相談が必要となると紛争の質的変化もあり、裁判の可能性も大きくなります。本来紛争も諍いも何もない場合、特に意識されませんが、この状態が平和であり、幸福な時です。この紛争がないゼロ状態はごく当たり前のことで本来誰かに感謝する必要もないはずです。

しかし、何かの原因で紛争に巻き込まれた時のことを考えてみてください。大きな問題が発生しストレスを抱え、しかも費用と時間をかけ「無事解決」された時に無上の喜びを感ずることでしょう。ここから考えれば、問題が何もない平穏な精神状態でいられることは実はとても素晴らしいことなのです。ですから大きな悩みの種となる裁判などに関わりたくないことは全ての人の望むところです。

・紛争と裁判

誰しも紛争に関わりたくないとしても、人間には必ず欲があり、考え方も千差万別で人さまざまですから、生きている限り、人との争いが絶えません。そして予期せぬ争いが発生してしまった場合、紛争の当事者同士で話し合い、解決することは簡単なことではありません。

その時、間に入って両者の言い分を十分に聞いてくれて公正な解決策が出せるならお金もかからず万々歳でしょう。昔は質の悪い事件屋もいたそうですが、現代では多くの場合、紛争解決は国家の専権事項であり、裁判を通じて国民の争いが解決されるとしても裁判所は本人訴訟が面倒で何かにつけ「弁護士さんに相談してください」と言われます。

第3節　弁護士粗製乱造

・弁護士が増えれば裁判も増えるか

冗談のような話ですが、医者が増えると病気が増えると言われます。高血圧の上限が150から130になれば、何十万人もの人が新たに「高血圧症」と診断され、薬も出されます。かつて日本の弁護士数は訴訟社会のアメリカに比べ、人口比で20分の１以下と少なかったのです。

ところが、何でも裁判にするアメリカと比べ「日本では弁護士が不足している」と誰が言い出したのでしょうか。穿った見方をすれば、あくまで個人の見解ですが、これまで「人権擁護・憲法改正反対」と声高に叫ぶ左翼的な弁護士が多い弁護士会は、政府の政策に異を唱えていましたから、行政の目の上のたん瘤を取り除くには弁護士会を「経済・社会的に弱体化しよう」と考えたのです。

さて、どうすれば良いか、弁護士を増員すれば受験生も大学法学部も喜ぶであろう、また法科大学院を増設すれば多くの教授陣が必要になる。弁護士会も仲間が増えれば人権保障も拡大し、国民に平和を唱える声も大きくなるだろう。誰も反対する者はいないはずだ。

しかし日本はアメリカほど訴訟社会ではない、と疑念を持つ人も当然いました。そこで考え出されたのが「グローバル企業が多くなり企業法務が忙しくなる、また現在認められていない刑事の被疑事件にも国選弁護士を要件としようではないか。」などと「政府側の陰謀グループ」は甘言（実は嘘）を弄し適当な弁護士増員計画が進みました。

・日米の社会構造の違い

「北に喧嘩や訴訟があればつまらないからやめろと言い」と、『雨ニモマケズ』で宮沢賢治が言うように、我が国は米国とは違います。社会の科学的分析もなく毎年500人程度の合格者を一挙に二千人に増加させる「粗製乱造」（優秀な人は不変）を10年以上続けた結果、弁護士の収入と能力に大きな問題が生じてきました。政府は法テラスを作るなどして弁護士の仕事を増やしていますが、食えない弁護士が後見人の財産を横領する事件も頻発しています。裁判所が任命した後見人の違法行為に国も弁護士会も責任を取りません。

裁判所に提出する訴状・準備書面の作成で必要でもないのに意

味もないことを書いて、相手方をわきまえずに誹謗中傷するなど弁護士の質も低下しています。残念ですが、医者が増えるほど簡単に病人が増えるようにはならず、弁護士を増やしても事件は増えませんでした。弁護士の生活は貧しくなり社会的地位は低下し、能力ある人材が法曹を回避するようになり、能力不足の弁護士は経済的に余裕もありませんから、政府の施策に反対する声も聞こえなくなりました。どうでしょう、先ほど「穿った」と言いましたがこの現状は当たらずとも遠からずではないでしょうか。

・ベテラン弁護士の破産申し立て

このような粗製乱造があれば弁護士の質が当然落ちると考えられるところです。実は司法試験に合格後10年以上、研鑽を怠り「合格当時の遺産」で仕事を続けていると、思わぬ失敗をすることがあります。場合によっては実務経験のない新人のほうが謙虚さを失わなければまともな場合すらあります。

事件は建設会社の破産管財事件でした。この会社（以下「破産会社」といいます）は取引額も大きく多数の建設関連業社に仕事を発注し、その売上の１パーセントを破産会社の「協力会」に積み立てて協力会社間の情報交換と親睦を兼ねた事業を継続していました。協力会の事務所を破産会社の本店に置き、総会で会長を選出していました。協力会名義の銀行口座の名義人を便宜上破産会社の社長（以下「社長」といいます）とし、通帳と印鑑も破産会社の事務員が保管していました。

運転資金が乏しくなった社長はこの口座から何度も破産会社の口座に送金を繰り返し、会社の債務の支払いに充てていました。その総額はザっと見たところ2000万円を超えていました。

破産会社の申立代理人はどういうわけか、この協力会を破産会社の債権者とはせずに（後述の通り、協力会を法律上の「人」と考えなかった）破産申し立てを行い、債権者集会、配当手続きも終えて破産事件は終了し、最後に破産会社の社長個人も免責（借金の返済義務を免れる）されました。

破産手続きから排除され、僅かの配当も受けられなかった協力会を構成する各会社は怒り心頭に達し、協力会の会長からの相談がありました。要旨は「社長名義だったことを奇貨として協力会の預金を横領した」「業務上横領」ということで社長に横領したお金の返還を求めることです。

・事前の提案を無視

相談を受け、通帳履歴を見ると、協力会の預金1600万円を社長が横領している事実が明らかでした。そこで、仮に破産債権として届けられておれば、社長の横領含みとはいえ、50万円ほどの「配当」があったと想定し、社長に対し「相談している弁護士（破産を申し立てた弁護士は、社長から管財人の費用を含め費用1000万円を受領している）がいるなら相談してください」とアドバイスしつつ請求したのですが、通知に対する返事はありませんでした。

やむなく協力会を原告として破産会社の元社長に訴えを提起したところ、案の定会社と社長本人の破産を申し立てた被告代理人が出頭してきました。この時驚いたことに「本案（1600万円の返還訴訟）前の答弁」として「協力会は原告とはなれないから訴えを却下せよ」と主張してきたことです。また本案については「社長個人は免責を受けている」と全面的に争ってきました。

理由は協力会が登記されておらず、前述しました「権利能力なき社団」だから却下の理由となるとのことです。権利義務の主体となれる法律上の「人」ではないということです。分かり易く言えば前述の例に出てきた「ポチは『人』ではありませんから、ポチを相手に訴訟はできない」ということと質的に同じです。

・法律が先か裁判が先か

少々ややこしい話となりますが、ご辛抱をお願いします。どういうことかと言うと、権利義務（権利を有し義務を負担できる）の主体は法律上の「人」に限られ、協力会のように法人登記のない人の集まりは、裁判の原告・被告になれないと誤解をしていることです。

分かり易く裁判を定義すれば「裁判は権利・義務を定める法律上の争訟である」から権利義務の主体となれない権利能力のない社団は裁判の当事者になれないから、権利能力なき社団の提起した訴訟は却下されるべきだとの論理を展開したのです。

ベテラン弁護士もなかなか理解できていませんから若干難しいのですが、「人間社会では法律ができる前から『裁判』があった」という歴史上の事実がある。偉そうに言えば人類史の無知が根本的間違いの原因です。裁判になるかならないかは裁判の定義から決めるものではなく、社会国家が紛争を解決する必要があるか否かで決まってきます。ですから数千年前から「裁判」「証人」などの言葉があったことは旧約聖書にもある通りです。明治に制定された民法でも「人」とか「法人」の定義がされる前から人の集まりが裁判の当事者になっていたのです。村持ちの水利権の争い、共有地の境界争いで隣の村を訴えるなど事例は多数あったはずです。また数人が利益を同じくするなら誰かを代表者に選び訴訟ができていました。数人の小作人が「年貢を下げてくれ」などと言って地主を訴えるという裁判もあったはずです。

即ち人間社会の紛争は法律以前の問題で、紛争を解決しなければ人間社会の平穏が保たれないからです。この法律と裁判の関係はニワトリと卵ではありませんが、裁判が先でなければ人間社会は殺し合う動物の社会と同じになってしまいます。もっとも人間社会では今も戦争があり、我が国の首相などが「法の支配」などと声高に叫んでいますが、法がなくとも世界中の国家が従わざるを得ない強大な「力」のあるジャイアンがいれば地球上の地域戦争も発生しないはずです。

徳川政権260年の平和は最強の軍隊を持つ徳川幕府が国内での藩と藩の戦争を禁止していたのですが、武力で国内の紛争を抑えきれなくなって幕府が崩壊し明治となりました。

・死語とすべき「権利能力なき社団」

何度も繰り返しますが、ベテラン弁護士は協力会には法人登記がないから「権利能力なき社団」であり、権利能力がないから裁判の当事者になり権利義務の主体になれない以上、「裁判は却下されるべきだ」との論理を展開してしまったのです。

なぜこのような答弁をしてしまったか、今も一部の法学書に解説がありますが、単なる人の集団が不動産の所有者となれない（銀行口座も最近はできなくなってＮＰＯの認可を受けることでこの問題も解消されている）だけのことであるから、このような集団を一括りにして「権利能力なき社団」と言い換えているに過ぎません。法的意味のない用語を真に受けて「権利能力がない」という言葉に引きずられて裁判を受ける資格がないと理解したのです。未だ「権利能力なき社団」を死語とすべきなどという大胆な主張は、慎重を旨とする法律家が容易に同意してくるとは思えませんが、学者も不用意な言葉の遊びをすることがままあります。

最高裁の判例でも「権利能力なき社団」が問題となった事件がありました。昭和39年の判例では「権利能力なき社団」の要件が吟味されましたが、平成14年になると「権利能力なき社団」には一言も触れず、「法人格でない社団」にあたるとして民事訴訟法第29条の解釈論を展開しました。全く正論であり、つまらない言葉の遊びはなくなりました。

・横領が免責されるか

結局、裁判所は「訴えを却下せよ」との被告からの本案前の答弁を無視して、協力会の預金を引き出して会社の返済に充てたという業務上横領行為で社長が免責されるか否かの論点を整理することとなりました。被告代理人は社長が免責されていることを言わんとして破産法の教科書を何十枚もコピーしてこれが「証拠」であると提出してきました。教科書とか文献を証拠とすることがないではありませんが、ある事実に基づく自分の主張に沿った文献があるからこれを証拠とする、というならまだしも、「この教科書を読め」とばかりコピーを証拠とすることは失礼極まりないことです。ですが、未だ新米弁護士だと教科書のコピーを提出することがあります。

また、被告代理人は原告から「会社の運転資金が無くなり、支払いができなくなって、協力会の資金を引き出し支払いに充てたのは違法だ」と言われたことに対し、「会社は売上があったから、支払い能力があった」と簿記とか会計学の無知に基づく「反論」もありました。この呆れた主張にも反論をするなど、無駄を繰り返したのち口頭弁論が漸く終結しました。

和解手続きに入り、裁判官は「原告、幾らなら和解できますか」と聞いてきたので、「裁判前50万円と提案したのですが、返事もありませんでした。訴訟となりましたから100万円なら協力会を説得できると思います」と極めて常識的な回答をしたところ、被告代理人は「裁判で負けることは絶対ない」と考えたのでしょう。和解を拒否してきました。

・原告の全面勝訴と控訴審

一審判決となり、結局破産手続きに協力会の債権届け出をせずに破産手続きを終了させたことと、社長の預金引き出しは権限外の行為だから1600万円と利息を払えとの判決が出ました。破産債権として届けもなかった業務上横領の事実は免責されません。

裁判所は被告に対し1600万円と遅延損害金の支払いを命じて、原告の全面勝訴です。損害金を入れるとさらに高額となりました。

被告は当然高等裁判所に控訴してきたのですが、驚いたのはその理由です。「被控訴人（原告）は法人格のない権利能力なき社団だから一審の判決は却下されるべきである」ということでした。本当に原審（地裁）では「冗談だろう」と考えていたこと「権利能力なき社団は訴えを提起できないし、被告ともなれない」ことを、被告代理人は本心で誤解していたのです。今誤解と言いましたが、解釈とは文章や物事の意味を、受け取り手の側から理解することですから、解釈は沢山あって良いものです。それゆえ裁判所は「被告の解釈は誤りだ」とは言いません。

そこで高裁も全く無駄となる控訴人の「権利能力なき社団」の論点には触れもせず、こちらに「幾らで和解できますか」と聞いてきました。そこで「裁判前は50万円、一審で100万円でしたが、既に勝訴していますので若干の上乗せがあるなら説得できそうです」との返答に、裁判官は控訴人に和解金の用意ができますか」と聞いても、控訴人（原審被告）代理人は和解を拒否しました。

・弁護過誤の説明

和解の席上少々呆れ、相手方弁護士に対し「この事件はね、弁護過誤だよ」と通告したところ、何と「受けて立ちます」との返事です。やっぱりベテラン弁護士、分かっていません。

どうして弁護過誤なのでしょうか、若干の説明をします。

破産会社の破産申し立ての際に協力会を債権者として届け出ているなら、①社長の横領が疑われるとしても２～30万円の配当で終わった可能性もないではありません。しかし②裁判前に50万円の提案を受けて（弁護士はこれを恐らく知りながら）和解せず、③一審でも100万円の和解を断り、④さらに控訴審で控訴棄却なら、社長は協力会からさらに遅延損害金が増えます。①から④は本来弁護士が適切に行動していれば、何れも発生しなかった損害です。

即ち、本来弁護士が適切に職務を遂行していたならば社長に2000万円近い敗訴判決など受ける理由はありません。仮に和解が成立せず判決となれば社長は依頼した弁護士の不始末で協力会に対し2000万円近い損害賠償義務が発生します。しかし破産した社長には支払い能力がありませんから社長が協力会の損害の弁済をすることはできません。そこで、社長は依頼した弁護士に2000万円近い損害賠償請求権がありますから、この社長が弁護士に請求できる損害賠償請求権を協力会が社長に代わり、弁護士（第三債務者）に損害賠償請求権を代位行使することとなります〈民法第423条（債権者代理権）〉。そこで裁判所は控訴人敗訴とは言明せずに懸命に和解を勧めたのです。

裁判官からは当方が席を外す前に控訴人に和解できるかとの打診があった後、当方も和解金額を聞かれた時「金額次第で和解できます」と答えていました。裁判所も控訴人代理人の説得に回り、次回までに控訴人が和解金額の回答をすることとなり、次回で和解が成立しました。

第４節　卵が先か鶏が先か

・権利能力なき社団再考

法律上契約をして、物を買ったり、売ったりできる当事者は「人」であり、これには自然人でない法人（財団、社団）もあります。しかし、民事事件となる当事者が常に法人格を有しているものでもありません。昔から町会、ＰＴＡなどは法人ではありませんが、人の集まりとして規約を持ち、財産に関する定めを置き、会則の定めるところにより、役員が会の運営をしていました。法人ではありませんが、現実社会内で人の集団が団体として活動している実態があります。このような集団がある以上、取引関係などから社会内での紛争に巻き込まれることもあり、古くから裁判の当事者となっていました。

このような法人登記のない人の集まりを、「法人格なき社団」として不動産の登記などはできませんが銀行口座を持つことがありました（現在は不可）。本件で問題となった協力会も協力会社間での親睦などを目的にして会則を持ち、役員も活動している実態があることから裁判の当事者となる資格は昔からあるのです。さらに古くは、数人の集まりでも代表者が決めれば裁判の当事者として認められ、紛争が解決されてきました。

・昔からの紛争解決

落語の世界でもありますが、昔は大家さんとか町役が、人前で自分の主張を自分の言葉で言えない職人などの代わりに、お恐れながらと奉行に訴え提起をしていたのです。当然、今の民法などという法律もありませんでしたが、国家（藩）が町民の紛争を蔑ろにすれば、自力救済となり治安が乱れてしまいます。人間の諍いを社会国家として放っておくことはできませんから、遥か昔から「裁判制度」はありました。旧約聖書にも「裁判(さいばん)でえこひいきをするのは良(よ)くない」（箴言24－23『聖書 新共同訳』©1987、1988 共同訳聖書実行委員会 日本聖書協会）の外「契約」「証言」「奴隷」「諸国の民」「支配者」等の言葉がありますから、国家があり支配者がいて裁判もありました。

昔ですから「裁判」も人生経験の豊かな長老などが当事者の言

い分をそれぞれ聞いて、双方を納得させ、あるいは力ずくの「解決」があったかもしれません。長老の解決が一応の正義であり、争いが続くことが社会の平和を乱す場合には「神の名」を出すなど、正義とは言えない「裁判」もあったでしょう。キリストも裁判の結果、十字架にかけられていますから最初に正しい「法」があって問題を解決するのではなく、力のあるものが紛争を抑えつけて一見争いがないような状態にして「臭いものに蓋」をしてしまうのが原始的「解決」と考えても良いと思います。

兄弟喧嘩の際、お父さんお母さんが「お兄ちゃんだから我慢しなさい」と言って終わらせる理不尽な「解決」が真の解決と言えないのと同様です。現代の紛争にも裁判所は少なくとも紛争が収まるなら、常に善悪とか正義を真剣に考える必要もないでしょう。人間社会には理不尽はつきものです。

・法が先か裁判が先か（裁判から法が作られる）

紛争の絶えない人間社会は裁判の歴史と言い得るかもしれません。古くから裁判制度があり、国家の裁判権は国家が国民に対し刑罰権を行使するのが主目的であり、社会の治安維持のための裁判権と徴税権が国家権力の中枢であることは現代に至るも本質的変化はありません。支配者の定めたルールに違反すれば罪人になり、裁判を受けて処刑されることもある、これが国家と人民の関係です。

また、昔は国民の間に生起する民事紛争の全てを解決できる裁判制度ではなかったでしょうが、民間人同士の紛争も国家から見て解決する必要がある限度の中で裁判制度がありました。力の強い者が腕ずくで、自分の欲する利益を得る社会は到底公正な社会ではありませんから、これを防ぐのも二次的ですが国家の重要な役割でした。この過去から引き継がれた膨大な裁判例から生まれた慣習法、さらに正しい裁判の解決基準となるべき「正義の法」が成文化され、改正を繰り返しながら現代に引き継がれています。このように紛争があり国家の介入で判例が積み重なることで原則的ルールとして誰しも納得できる「法」が確立することは、別の視点から見れば「社会進歩」と言えるのではないでしょうか。

昔から権力者は、人民と法の関係を「由らしむべし、知らしむべからず」として、何が法であるかは権力者の専権事項にしていたのです。民主主義の原則である「国会の立法権」が確立するまでは長い時間が必要でしたが、内閣の重責にある者がパーティ券の売上を裏金で受け取り、脱税をしているようでは、まだまだ日本の民主主義は道半ばです。

・法の支配と法治主義

現在、ロシアとウクライナの戦争、イスラエルとパレスチナの紛争などが毎日報道されています。岸田首相は「法の支配」に基づいての平和を唱えていますが、本当に法の支配が世界中に貫徹できるのでしょうか。法の支配とは、法に従わない者がいる場合、力を持つ者が武力（を背景に）で紛争を解決するということです。徳川政権時代、幕府に「正しい法」があり、幕府が違反者に対しこの法を運用、実力行使できるなら、「法の支配」が貫徹できます。

ここでも明らかなように、最後には「絶対的権力」がなければ法の支配など絵に描いた餅でしかありません。国連軍が最強の軍隊なら、国連の武力でロシア・ウクライナ戦争をやめさせることができ、国際的に「法の支配」が成立します。それゆえ岸田首相の「法の支配」は単なる観念です。「武力行使を正当化することは文化的でない野蛮人だ」などという綺麗ごとでは戦争はなくなりません。

司法試験で何度も「法の支配について論ぜよ」という、いわゆる一行問題が出されます。英米法では自然法としての正義の法があり、天から与えられた法、天賦人権思想に基づき国王といえどもこの法に従わざるを得ない、と言われています。では従わなかったらどうなる？　ギロチンか、となります。

こう言っては身も蓋もありませんが、21世紀の現代でも最後は武力が正しい権力（パワー・イズ・ライト）と考えるしかありません。法の支配に似た表現として「法治主義」があります。これはイギリスに対する大陸の考え方で、民主主義に基づいて多数決で法を定めますから、不正義の法も多数で制定されることもあります。いわゆる「悪法も法である」ということで、悪法も守るべきだとの主張に繋がります。

法のない悠久の太古から人間同士あるいは部族間では、食糧確保・狩場・農地を巡る争いは絶えなかったことでしょう。最初は力あるものが弱者を押さえつけ、自らの利を実現したとしても、このような「解決」は一時的なものでしかなく「勝者」も安心して生活することは容易でなかったはずです。そこで人と人、部族と部族の紛争は然るべき仲介者の裁定による解決が長い目で見て平和が維持できると理解されたことでしょう。

当然裁判手続き及び結果が常に公正なものとは限られず、またこの様な紛争解決がどれほど続いたか想像の域を超えませんが、繰り返される同種事案から、徐々に解決基準が明確化され、先例が積み重なるころで慣習法ができ裁判制度も確立したことでしょう。

即ち、国家が成立し時代の進展とともにたくさんの類似事案の解決から、紛争解決基準ができ上がり「慣習法」として確立し、多くの国民が納得できるような形に抽象化（類型化）されて成文化された実体法と裁判手続きが整いました。

このように一国家における裁判制度が確立しても、第１章で「国家の定義」（p35）をいたしましたが、裁判の効力は、国家権力の及ぶ範囲でしか認められません。従って、極めて常識的なことですが、ある国家の法に基づく裁判は外国に対しての法的意味はありません。例えばある国の裁判所が外国に対して「1000万円支払え」などと判決しても、道徳的・倫理的意味はともかく、「法の執行」としての意味はありません。ところが、韓国の裁判所が日本国に対し「損害を受けた韓国民に金銭を支払え」などと判決したのです。

敢えて言えば韓国の裁判所は韓国国民向けにヘンテコな裁判をして日韓関係を拗れさせるだけでなく、政治から独立すべき司法が韓国国内の法体系の上位に位置する「三権分立・司法権の独立」に反し、権限外の裁判権を行使していることとなります。法的意味のない政治的判断をする韓国の裁判所は韓国内的にはともかく国際的信用を失うことが理解できていません。

また戦前の徴用工裁判で被告となった三菱重工に元徴用工に対する損害賠償責任を認めた判決もありますが、1965年日本政府と韓国政府が戦後賠償に関して合意ができているはずですから、仮に戦前日本の企業が韓国民に対して違法行為があったとしても、日本と合意するなかで韓国政府がこれら戦前の日本企業の違法行為を免責している以上、元徴用工に対する損害賠償は韓国政府が補塡すべき関係になっているはずです。

これらの法的紛争をグローバルスタンダードで解決できずに、ヘンテコな結論を出し続ける韓国法曹の能力不足が、日本国民及び日本の企業だけでなく多くの韓国国民も心を痛めていることと思います。日韓の国民感情に無用の混乱を持ち込む蛮行でしかないでしょう。

終章　生きること、学ぶことの雑学

第１節　「命」

「生きるべきか、生かざるべきか、それが問題だ」などと藪から棒に生死に関して二者択一で「どっちかにしろ」と言われても、殆どの人が困るでしょう。
「何、言っているの、バカじゃない？　生きているんだから当たり前でしょ」と真正面から反発されるのが通常でしょうか。何が当たり前か分かりませんが、「今そんな話をしている暇ないよ」「毎日必死になって働いているんだよ」と言われると、特に問題に対して回答をいただいたわけでもありませんが、「そうですよね」と引き下がる外ないようです。

しかし、この世に生を受け、一生懸命何かに取り組んでいる人も、自分が何かのお役に立てているのかとか、仕事で人様から感謝された時何を感じたか、今まで自分は何をしてきたかなどと、ご自分の人生を振り返り、また将来を見通して目標を立てることも、時には必要なことではないでしょうか。

自分を見つめ、社会・国家を考え、家族と一緒に「ガハハ」と笑い合える日常は何物にも代え難い大切なことと思います。さらに命ある限り生きるべきでしょうが、機会を見て一瞬立ち止まり、周囲を見渡してから、その先に進むべきと思います。こんな考えから人間を含む全ての生き物の生きるための諸法則の一部でもかじって見るのも面白いのではないでしょうか。

・生命の永続性

命あるものは、人間に限らず全ての動植物が自らのＤＮＡを永続的に残し続ける道を探し、最善の生涯を送るべく変異し、最終的に自然環境に適合できた個体のＤＮＡが「生存競争」の勝者となっています。地球上で命ある全ての生き物が貪欲に、奇想天外な手段を含め、多種多様に姿を変えつつ自らの命（種）の保全に努力をしているのです。

・芝生は枯れたか、どっこい生きている

今年（2024年）の夏は猛暑だけでなく、一部ゲリラ豪雨もあったものの、なかなか雨が降りませんでした。ゴルフ場のコース整備の人たちの努力の甲斐も空しく、水不足で茶色に変色し枯れたかのような芝生もたくさんありました。しかし、水不足で芝生が「枯れた」のではありません。

植物の葉は自らの生命維持と子孫繁栄のために太陽光（エネルギー）を使い、二酸化炭素と水から光合成でデンプンを作り出し体内に蓄えます。その際、必要とされた水分の半分が水蒸気となり、酸素と共に気孔から大気中に排出されますが、必要な水がなければ光合成もできませんから、「デンプン工場」は水不足に応じて稼働率を落とし徐々に葉を枯らします。しかし、植物の根は地中で「乾燥」を凌ぎ、じっと雨を待っています。ですから、ゴルフ場の芝生も茶に変色しても根が生きている限り、雨が降れば再び芽を出し、葉を伸ばし、本来の生命活動である光合成を始め、デンプンを原料にして根を張り、茎、葉を伸ばし、やがて花を咲かせます。

・命は次世代への責任

人間や動物はというと、毎日の活動は日々の食事から始まり、余分となったエネルギーを脂肪として蓄え10日や20日くらい何も食べなくとも水さえあれば命を失うことはありません。ところで、必要以上の食事をとり満腹になるまで何日も食べ続けると、人は無気力になるそうです。人間は本来「生きるために食べる」ことで次世代への責任を果たしていると思うのですが、「食べるために生きる人」は目的と手段が逆転し、次世代への無責任から生きるための重要な目的を失ってしまうのでしょうか。

・空腹と我慢の戦い

自分の経験ですが、3日間ほどの断食をすると、頭が冴えて生命力が増加するように感じました。初日・2日目は体が空腹を癒やすために単純に「食べろ」という指令だけを出してきます。まだ2日程度では餓死しませんから、胃腸での空腹が「食べろ」の指令となって脳に伝わり、「何か食べたいな」と自分に思わせているのです。

しかし「彼女に好かれたい」などの理由で脳から出された「3日断食」の別指令が出ているため、頭の中の幕僚会議では「食事派」と「我慢派」の戦略上の戦いの最中なのです。

この矛盾する指令も「我慢派」の理由が単なる思いつきで安易なら「食事派」が勝利し、逆に「彼女に好かれるため絶対痩せるのだ」と強い意志に基づくなら、「我慢派」の勝利となり断食を進行できます。数日の戦いで「食事派」が敗退した以上、胃腸をはじめとする消化吸収部隊はエネルギー補給部隊と連絡を絶ち、本来の活動から一時撤退しますが、人間が生きて活動している以上、補給部隊は体中の筋肉組織からの「兵站（へいたん）」要請を拒否することはできません。仕方なく貯金（脂肪）を引き出し体中の組織を動かすこととなります。

元々人間は、長い進化の過程で日常的に飢餓との戦いを繰り返してきたことから、余剰があれば常に非常時に備えストック（脂肪）をするようにプログラムされているのです。

・人間の生命力

断食開始３日目になると、頭の中では「食事派」の敗退が明らかで「我慢派」も停戦に入ります。するとどうでしょう。食料に混ざりこんでいた有害物質も体外に排出され、体調が良くなるだけでなく、人間の五感も鋭くなるように感じました。

脳から離れた自律神経系系統は意図的な「飢餓状態」の克服に向け、「自らの生命を維持し、次世代に繋げるために何が最適か」と、満腹状態で眠り込んでいた人間本来の生命力が再度発揮され始めてきます。現代のように１日３度の食事が確保されている場合に、人間が本来持っている「生きる力」はめったに発揮されないでしょう。当たり前のように考えている「毎日３度の食事」は、人類史では極めて最近のことです。大した空腹でもない時でさえ、食べたい物を何時でも食べることができる現代人は我慢することを忘れた「ゆるーい人種」になりつつあると思います。

・断食の思わぬ効用

災害大国日本では、非常災害の時、救援隊が行うことは水と食料の援助でしょうが、日に３度食事をとるものと決めている人は、ちょっとした事情で食料援助が遅れたりしますと、空腹を我慢できずに憤りを感じることでしょう。

特に、栄養満点で少々太目の人は、比較的「ゆるーい人種」の人も多く、平時には性格も穏やかですが、意図しない「食事抜き」では辛い思いをするかもしれません。断食の経験は、このような非常時にも心穏やかに救援隊を気長に待つことができる効果もあるでしょう。

お腹が空いているから食事をとる、この単純な行動も非常時に遭遇し食べたい時に食事がとれない場合には、無意識の中で「どっこい生き抜く」力が発揮され、地中に根を張っている芝生のように命を次世代に繋げてゆくのです。

・生命を繋げるのが本能

このように植物も人間も意志を離れたところ（無意識の領域）では、次世代への責任を果たそうとするのが生命体本来の活動です。「飛んで火に入る夏の虫」は、恰（あたか）も虫の「自殺」のようにも思えますが、自ら死を選択しているものでもありません。アレは「自殺」ではなく、火の明かりを単純な光と誤解して、そこには自らの生命を奪う強烈なエネルギーであることを知らずに火中に飛び込んでいるのです。動植物の中では夏の虫はともかくとして、自らの生命を失う途を選択する生き物はないように思います。

・自殺は神の冒瀆

人間だけが意味もなく自ら死を選択する場合があります。これを逆手に取ったのかは定かではありませんが、人が生まれるに際し、両親と自分が生まれることについて事前に「契約」しなければ勝手に子どもを産んだ両親に刑罰を科すという、奇想天外な小説もあるようです（『生を祝う』李琴峰　朝日新聞出版）。この小説が人間の生きる意味に何らかの道標を提供できるとも思いませんが、人間の生と死の出発点に着目したことは、これまで誰も考えなかった素晴らしい思いつきでしょう。

何はともあれ、全ての動植物の「生」が全くの偶然であることは、スギ花粉の膨大な量から考えても明らかです。しかし、命あるものは必ず死が待ち受けています。この「生の偶然、死の必然」は神の仕業と考えなくして、自分の存在を肯定できるものではありません。
あらゆる生命体が種の存続を求め生命活動を行い、自らのＤＮＡを次世代に繋げるために存在していることからすれば、自ら生を決めたものでない以上、自ら死を選択することは「悪」でしかないことは明らかです。奇跡としか考えられない生命誕生で与えられた命を自ら断ち切ることは、特に宗教を信じなくともまさに神の意思に反していることでしょう。

・自殺は禁じ手

人間の生きがいとか、心穏やかに人生を全うする道が何かなどと考えようとする場合、最初に命の尊さを考えなければならないと思ったので、「自殺」とインターネットで検索して何かのデータを参考に自分の意見を書こうと思ったのですが、ネット上で「自殺」に関して必要か否かはともかく、何のデータにも巡り合えませんでした。
これは「自殺」でネット検索して「自殺願望」に関する犯罪が頻発していることから、これを防止しようとする政策の一環でしょうか。毎年の自殺者は２万名を越え、男性が全体の３分の２で、全体数がなかなか減少しないことは、交通事情の改善などで交通事故死が３万名から大幅に減少したことと比べ対策が難しいからでしょうか。とにかく一人で悶々と悩み、長期間「巣ごもり」している人は生きがいを感じられず、自殺の危険度が高いと思われます。

第２節　「人生」に無駄なことはない

・「生きがい」が重要

夫がワンコイン500円で昼食をとり会社で仕事を続ける中、主婦がお友達との昼食会で2000円のランチを楽しんでいる映像は特に目新しいものでもありませんが、自殺率の差を象徴する出来事と感じます。長い人生、これまでどれだけ楽しいことを体験したか、これが人の生きる意味を決定しているのではないかと思いますが、人の楽しみは人それぞれ、それこそ千差万別ですので、自分が何を楽しみとしてきたか、「自慢ばかりするんじゃねぇ」と言われない程度にソコハカトナク書き綴ることと致します。

・雑文の山で整理できず

これまで気分の赴くまま書き綴りましたが、改めて感じたことは書いたものを「削除」する勇気がないことです。時間をかけて書いたものは、たとえ「雑文」でも自分の人生の一部なのですね。削除がこれほど大変とは思いませんでした。前の文書に少し上書きをしたものの、元の文書が「削除」できないのです。さらに仕事上作成した法的な文書も加わりますので、心理的負担が一層大きくなります。

いっそのこと全く別に新たに書き下ろしたものをまとめようと思い、ヒントを探そうとして面白そうな本を数冊購入して読み始めますと、予想もしなかった名著に遭遇し、忽ち２ヶ月３ヶ月と時間が経ってしまい、１冊の本に夢中となり文書の整理がまた先送りとなります。

・本を読むことの重要性

もうボチボチ20年前になる昔のことですが、同僚議員が市長に対し「市長さん、最近どんな本を読んでいますか」などと質問し、市長さんをイジメていました。

「どんな本を読んでいるか」とは自分にも向けられている質問と思い、「そうだよな、何か読んでいれば次々と意見も出てくるし、過去の事実を思い出すこともあり、本を読まないことには新たな発想が出てくるものではない」と感じ入ったものです。読書により自分の脳に新たな刺激が加わり、思いもよらない発想が出てくることもあります。

・読書にこだわりなし

巷間「本を読め」と言われる時は、ご忠告者の殆どが「小説」を念頭においているようにも思います。自分とは違う体験をした人の物語を「疑似体験」することで「数人分の人生を体験」し、新しい発見ができるとお考えのようです。

第８章でも書きましたが、昔『キムラ弁護士がウサギ跳び』を読んだ時です。有名弁護士が「小説は娯楽だ」と書いていることを真に受け、以来小説とは無縁でした。社会派小説は社会の裏側を推測し、料亭の下足番から政官界の人脈・情報を探り出す小説や、先物取引で投資家が必ず裸にされることなど、「社会人の常識」を知るきっかけとなりました。政府発行の『○○白書』なども殆ど統計上の数字が並んでいるだけなのですが、色々な発想が出てくることが多いですね。

実務書はともかく、「この本から何かを発見してやろう」などと意気込む必要もなく、小説は単なる娯楽と考えて良いのかもしれません。しかし、小説に比べると簡単に読み飛ばすことができないのが法律書の特徴です。

・未だに分からない言葉のウラ

法律の勉強を始めた最初の頃のことです。「文系の人の言葉には裏の意味がある」と言われたことがあったのですが、それを知るには大変な時間が必要でした。理系の自分は何時でも日本語で喋ったことはその言葉通り、「旨いなら旨い」「ピアノが上手なら上手」ですので。
「お宅のお嬢さん、ピアノがお上手になりましたね」と褒められたと思っていると、「ピアノの音が煩いですよ」と翻訳して考えるのが京都人のようですが、そこまで表面と内心が異なっていてはお公家さんの足元にも及ばない人種では返事もできません。
　そこまでいかなくとも友人から「あんたの言うことはよく分かる、言うままだから」と「お褒め」の言葉を言われ、ありがとうなどとお礼を言っていると、心底バカにされている感じを受けたこともあります。阿吽（あうん）の呼吸とか「空気」などは無縁と考えたほうが、長い人生を送ることについての悩みも少ないと考えています。
　使者が主人に口上を伝えた後、雑談が始まり、しばらくして口上を受けた主人が家中の者に「湯をもて」と言ったのを聞いた使者が、「かたじけない」と白湯が来るのを待っていては、「日本語」が分からないこととなります。早々に「左様ならば失礼します」と立ち去るのが正しいようです。小渕元総理が部下の者に「ご苦労さん」と言う時は「使えない奴」の意味で、「お疲れさん」と言う時は「ありがとう」と感謝の気持ちがあったようです。「ご苦労さん」とは上からの言葉でしょうか。単刀直入に言っていただかないと言葉の真意を正しく理解することは案外難しいものです。次は馬鹿正直と思える助言です。

・あなたは臭う

　若者から相談を受け、「職場の人は僕が近づくとサッと遠ざかるのです」と言われました。「誰か、僕が臭（くさ）い、と言った人もいるのですが、僕は臭くないです」と話されました。
　自分の臭（にお）いは自分では分かりませんから、この青年は自分では臭くないのに人が自分から遠ざかる原因が何かあるのではないかと考えて、その対策のために相談料を支払ったと考えていたようです。しかし相談を受け青年の話が終わった直後、私は間髪を容れず、「あなたは臭いです」「自分の嫌いな臭いは誰でも堪えられませんから、あなたが来ると黙って遠ざかるのです」と言ってしまいました。自分の認識した事実、「臭い」ということをはっきりとお伝えしたところ、この青年は怒って帰ってしまいました。事実は事実なのですが、本人が認識していない事実を理解させるのは難しいものです。とにかく異臭の証明は困難ですから、少なくとも「自分のクソは臭くない」の格言を先に説明してから事実を告げるべきでしたかね。

・戦略を忘れて進むなかれ

自分の思いを言葉にしてストレートに伝えることは、相手との関係で多少ギクシャクもあるでしょうが、大した問題でもありません。しかし、変化球など考えも及ばず、直線的に行動してとんでもない回り道をしたことがあります。

司法試験の受験勉強を始めた頃の思い出です。当時、最初の難関である択一試験は、憲法・民法・刑法の主要3科目から各30問の計90問を3時間、1問2分で解答し、合格は8割の正解（72問）が必要でした。受験生はその殆どが日本中の有名大学の卒業生（受験資格は一般教養過程修了後）であり、択一試験に合格できるレベルは、受験生がもっとも多い時代は2万5000人で、偏差値62以上（合格者はそのうちの約2割）が必要でした。

最終的に合格するには、主要3科目の外、商法・訴訟法の必修科目に加え法律選択、教養科目の合計7科目の論文試験、最後に口述試験があり、競争率は50倍以上でした。この口述試験は適正検査としては極めて重要であることが分かっているのですが、各科目の合否を判定する試験官の負担が大きいため今は行われていません。(当時試験官３人１組で500人以上の７科目を担当していました。法務省は司法試験にそれほどの価値を認めていないのです)。

この難関試験に対峙し、自分は法律学事典を知らず国語辞典と漢和辞典で勉強を始めました。法律の専門用語である術語（テクニカルターム）を理解する前にまず、漢字で書かれた法律用語（例えば瑕疵担保）の読み方から始める必要がありました。それでも、辞書・事典を頼りに各科目の理解が進んでくると、法律科目のそれぞれが人間の行動を背景にして構成されていることを知り、法学に興味を持つと同時に面白くなり、禁断の大奥に入り込んでいたのです。法律書は小説のように簡単に読み飛ばせるものでもありませんが、繰り返し読むうちに、それが法学の奥の院であることも知らずに深みに嵌まってしまったのです。この蟻地獄から脱出するには発想の転換が必要でした。

・法律学は面白すぎる

受験科目としての「憲法」を学ぶうちに、各条文の理解は当然として、憲法自体の正当性の根拠、戦後アメリカ軍の占領下で成立した我が国の憲法は独立国の憲法として有効だろうか、などと「憲法学」としての原理原則を闇雲に考え始めたのでした。

日本国憲法と日米安保条約の関係という、恐らく法律学を越えて政治学でも結論を出せないであろう大問題に首を突っ込み始めていました。それに気が付いたのは、教養選択科目の会計学を学んでいる時でした。

「この会計学についても大学の教授が何人もいるではないか、研究者でもないのに専門家を目指す勉強を始めようとすれば、会計学の勉強を一生しなければならないことになる。また、司法試験の中核となる法律６科目が面白いからと言って、自分の好みで勉強してどうなると言うのだ。人間社会のルールは複雑怪奇でこの社会をコントロールしている法律を極めることなど凡そ不可能であろう。とすれば、人生何回あっても足りない！」と、受験勉強を離れて学問としての真理探究の危険性に気が付きました。

・出発点は日本語

目標は、学者になるのではなく、司法試験の合格です。合格するためには、全ての科目で合格点を取る必要はなく、標準点以下の赤点科目がなければ、７科目（当時）の総合点で合格（上位500人程度）が決まります。誰しも得手不得手の科目がありますから、苦手な科目は通説に従い謙虚な言葉遣いで、簡潔にまとめることが重要です。その際当たり前ですが、日本語として意味が通じないことは致命的です。

若干話がそれますが、日本人なら誰でも簡単に日本語を自由に使えると当たり前のようにお思いでしょうが、合格後、受験生の「論文」を添削する機会に恵まれました。拝見すると主語述語もなく、勿論術語（テクニカル・ターム）などは文中で正確に使われていません。何を言っているか解らない文章がたくさんあるのです。昔の弁護士は「代言人」と言われました。日本語が上手く話せない長屋の八っあんに代わってお奉行に陳述したのです。今にして思えば、試験を目指した直後、受験指導の弁護士から「君は受かるよ」と言われ、その意味を理解できないところもありましたが、法的用語について大きな間違いをせずに日本語でのやり取りができる人なら、司法試験は合格できるのです。正しい日本語で議論ができるか否か簡単なようで難しいのです。ですから本当に口述試験は絶対必要なのです。しかし、前述した通り、試験官の負※担が大きすぎるのですが、そのツケが明らかになりつつあります。

※論文合格者576名として受験生１人に３人１組の試験官が１人平均10分間試問、各組６時間で最大36人の受験生を担当、約16組48人の試験官（学者、裁判官、検察官）が７日間缶詰となる。

・試験は問題ができればＯＫ

ともかく受験生活から抜け出すためには、学者のような細部にわたり厳格な議論をすることではなく、各科目で問題となる有名な「論点」について、設問に沿った形で「論文」の中で正しい日本語で論理的な展開ができれば合格点を取れます。ですから「赤点科目」がなければ各科目を「適度」に理解すれば十分なのです。

そこで各科目では試験に出題される範囲でほどほどに理解ができていれば良いと考えを改めて初めて受験生を卒業できました。

しかし、法律と社会の原理原則から考える姿勢は何年勉強しようと放り出すことはできませんので、今でもこの姿勢を崩すことなく多様な法的問題も根本から考えているつもりです。こうすれば殆どの問題を解決できる自信はあります。その意味で特に自分から専門分野をあれこれ言うことはありません。ジェネラリストで十分です。

・羊頭狗肉の専門家

このように考えてきますと、「先生のご専門は何でしょうか」などといわば「少々的外れ」な質問を受けることがあります。多くの弁護士が「離婚の専門」「交通事故の専門」などとホームページで謳っていますが、法律の根本原理から考えれば大概の事件処理は無難に解決できます。ですから、「離婚・イジメの専門弁護士」の看板は、法律の専門家でない一般の人々の考えに迎合した「羊頭狗肉」の類と思います。中には３年ほど、場合によっては登録ホヤホヤの弁護士も「○○の専門」と自己紹介していますが、医師なら国家試験合格後専門医の研修を受けて「皮膚科専門」などと専門を表記することもありますが、弁護士には専門であるか否かは弁護士が自分で言うだけですので眉唾物、いや「眉唾専門」といってもおかしくありません。

もっとも、外国会社とのＭ＆Ａとか特許事件などは外国語と高度の専門的知識が必要ですので、然るべき能力がある人は専門弁護士となるでしょう。また、不動産登記法なども司法書士と異なった専門的知識が若干必要ですが、利息の過払い事件など法的問題点は既に克服され、法律に興味がある人なら弁護士資格がなくとも処理できる事件です。テレビ・ラジオで宣伝している事務所も恐らく有資格者が事務員さんに任せきりだと思います。様々な分野でも高度な専門知識などめったに必要となるものでもないでしょう。

・科学は法則を知る

結局「天からの贈りもの」と言われる一部天才芸術家を除外すれば、スポーツ・芸術などあらゆる部門で「専門家」は不要とも思います。法律に限らず哲学・政治・経済でもアウトラインをつかむことができれば、そこから論理的に必要な結論を導くことができると考えているところです。

もっとも経済学者は適当な都合の良いことを難しい言葉でけむに巻く輩も多く、経済予測も満足にできていません。「学」とは「科学」のことであり原理原則から正しい結論を予測できることが必要ですから、世界的スーパーコンピューターを用いて気象予測をしても「雨」予想で「晴天」が続く時などは、結論が正しくありませんから「気象予報学」などは成立できていないと考えます。

・学者は真理に謙虚です

実は、本物の専門家は真理の前に謙虚であり、幾ら修業しても専門分野について「完璧になる」ことは不可能と考えるところでしょう。それゆえ突き詰めると出口も見えなくなるでしょうが、そこを突破して新しい仮説を立て謙虚に実証する責任を負っています。その点からも「芸術」が科学ならルール・法則の定めようもなく大変なのですが、芸術家は科学者ではなく感性に生きる人ですね。

従って、一般人が高度な専門家になることはともかく、全て気楽に人間社会及び世界を考えていくのが楽しいでしょう。大切なことは、あらゆることに興味は持つものの全てに対し「適当な理解」があれば、人生とても楽になること請け合います。

あとがき「無教養と知識」

著名な作家が《高校の教科書の内容を理解していれば立派な教養の持ち主》《日本に来る外国の外交官は、日本の歴史を深く学んでいる》と言われていたのを覚えています。

高校の世界史、日本史で赤点をとっていた自分は、明らかに「無教養人」にカウントされてしまいます。しかし、一応弁護士である以上、「教養人」の自負があり「高校の教科書が理解できれば教養人」との「基準」には直ちに納得ができませんでした。

弁護士登録直後、当時の業界では、簡易裁判所で毎日繰り返される消費者金融を原告とする「欠席裁判」が問題でした。この判決で消費者金融は債務者の給与に強制執行をしていました。被告は、消費者金融の債務者であり、一家離散・自己破産・自殺など多くの人が辛苦をなめる一方、原告は裁判所のお墨付きをもらい、貧者から高利を貪る消費者金融の経営者は御殿に住んでいました。

昭和・平成時代の「法の正義」は、金融業者が簡易裁判所を手先のごとく使い暴利を貪ることができた、明らかな社会的不正義の現実でした。

当時、多数の国民も自己責任の原則から「高利の借金をする者が悪い」と債務者を非難し、国会は業者からの政治献金で「見なし弁済規定」でお茶を濁そうとしましたが、「被害者弁護団」の追求で、広範な世論（憲法の「主権者国民」の意思）が変化し、最高裁もこの規定を厳格解釈することになり、さらに国会の法改正に繋がり利息の上限が下げられました。世論の高揚が裁判所と国会を動かしたのです。

消費者金融問題から、国民の圧倒的多数が社会の現実を見て「これは間違いだ」と非難することで初めて国家意思も変化せざるを得ないことを実証した事例と思います。

その他にも今の日本には、国民が知るべき巨大な社会的不正義がまかり通っています。既に日本国民の半数以上が忘れてしまったでしょうが、半世紀近く前の1977年９月横浜に米軍ファントム機が墜落し、パイロットは自衛隊により救助されましたが、幼い子どもが亡くなりました。また2004年８月沖縄国際大学構内に米軍ヘリが墜落しましたが、何れの事故でも日本の警察が米軍の規制線の中で現場検証などはできませんでした。これら米軍機の事故に日本の司法権が及ばない現実（理由）について報道機関からの明確なコメントは聞いたことがありません。

明治に制定された民法（利息制限法含む）で金貸しが暴利を貪る事実は、前述のように国民の意思で徐々に改正されてきています。しかし、独立国であるはずの我が国の領土内での米軍機の事故に日本の警察権力が及ばない事実は、憲法を勉強して司法試験に合格しただけでは理解できないものが残ります。「立憲民主制」の法律用語を知っていても国家権力に制限がある事実を知らない弁護士は多数です。そうでないとしても法の矛盾を知りつつ何も言わなければそれは法の正義を「知らない」ということでしょう。「教養人」であるはずの多くの法曹関係者は憲法と米軍の関係が日米安保条約と地位協定の問題であると理解しているとは思いたいのですが、敗戦後の憲法制定過程を振り返ると当時最高峰の憲法学者が「明治憲法の改正を必要としない」と考えていたようでもあり、山川出版社発行の『詳説日本史』にも、憲法と安保条約に問題があるような記述は見つかりません。

とすると国の最高法規である憲法の制定過程に関する知識は「教養人」を超えたところでの議論かもしれませんが、憲法の原則を知り、経済的格差が拡大する資本主義社会の中で憲法の平等原則と幸福追求権はどこで折り合いがつくのでしょうか、また、契約自由の原則と個人主義の問題は如何に考えれば良いのでしょうか、難しい民主主義の問題ということになるのでしょうか。

憲法の制定過程から改めて学び直そうとすれば、国家の憲法制定権力の所在、万世一系の天皇制の歴史と国民主権、政治権力を支える権威と正当性など、理解が難しい課題が四方に広がります。さらに国際平和に関心が向けば、世界の人口・食糧・エネルギー問題から地球温暖化だけでなく、150年前のカントを学ぶ必要に気が付くなど、途方もないこととなります。

そこで、『飲水思源』を思い返し、事実を出発点に先人の業績を拝借して、今の世界・日本のあり方を自分の頭の中でまとめ切れるかと頑張りました。

結局、自分で「教養人」を気取っても高校生時代学ぶべきであった日本史・世界史の知識なくして、今の民法も憲法もさらには社会主義も資本主義社会も根本から理解することは困難でした。今さらながら世界の人類史を学び、国家成立以前から日本列島で生活していた人々から現代に繋がる歴史の概略を知ることの重要さを実感したところです。

徳川幕府崩壊後の150年前から明治・大正・昭和の初めにかけて、日本は諸外国の文化・技術を「輸入」して世界の列強に並び立ったかのようでした。

しかし、世界に類のない万世一系の天皇制が当時の世界戦略（ナチスの攻勢に対しイギリスは米国の参戦を望むも米国民が不納得）の分析を誤り、列強の陰謀（石油禁輸の経済制裁、日本移民への差別など）に嵌まり、「国家として取り返しできない愚作」となった真珠湾奇襲攻撃から第二次世界大戦に突入し物量に勝る米国の参戦を招き、その挙げ句日本は無条件降伏し、アメリカの世界戦略に組み込まれ、以後80年間平和を「満喫」しています。

米国は安保条約と地位協定により、沖縄をはじめ首都東京を含む日本全土に米軍基地を造り、日本がサンフランシスコ平和条約を締結して「独立」した後も米軍基地に変化はなく、日本の飛行機は米軍の許可なく日本の空を飛べません。

因みに国後・択捉などの北方領土問題は、米国の陰謀となる「千島列島の解釈」（北海道の一部か千島か）をめぐり、日・ソ（ロシア）の領土問題は解決不能となり、日・ロの良好な国際関係を築くことは極めて困難です。仮に北方領土が返還されて北海道に帰属すれば米軍は安保条約に従い基地建設が可能ですが、ロシアはこの米軍基地を絶対認めません。

明治維新後の150年間の我が国を反省すれば、19世紀から20世紀にかけての世界列強の帝国主義戦争のゲームに臨むに際し、日本は国際情勢に関する有能な指導者がいませんでした。この辺の事情は『詳説日本史研究』《開戦》（444〜472頁）に詳細に書かれており、特に無謀な軍部を後押しした「亡国キャンペーン」（451頁）を繰り広げた新聞各社の体質は現代にも通じるものを感じます。

日本はポツダム宣言を受諾し1945年９月２日、降伏文書に署名してから連合国（米国）の占領下で80年間、経済的発展だけでなく、世界に誇れる文化芸術を発信し、世界が「羨む」平和国家ニッポンになっています。

憲法制定当時、前述のように憲法学者は「明治憲法を改正する必要はない」との見解でしたが、憲法第９条（天皇制存続と交換されたとする説が有力）があることにより、日本は朝鮮戦争にも湾岸戦争にも軍隊を派遣することなく日本の武器で外国人を殺害したこともありません。その一方で、朝鮮特需をきっかけに日本は戦後復興を遂げることができました。

現在、日本の国家権力の中枢である行政権の上に「国民主権」の及ばない日米合同委員会が存在しているとしても、「独立」国家日本は、国連でも常任理事国に引けを取らない存在感を示しています。また日本のバスケットボール、ラグビー、サッカーなどの各種競技も優秀な外国人指導者の下で世界レベルに達しています。

このように、色々悩み、考えたところ日本の各分野（**宗教・政治・経済・法学・外交**）における有力な学者は「日本が『独立』国家であるならば、国家運営の最高指導者（本来内閣総理大臣）が日本人でなくてはならない」とは考えていないのではないか、特に「シカゴ学派」に属すると言われる経済学者・政治家は米国の僕（しもべ）として「自分と家族の平穏無事」だけを考え、日本の独立を真剣に考えているか疑問が残ります。

天皇の顧問であった寺崎氏は《米国が沖縄その他の琉球諸島の軍事占領を継続するよう天皇が希望している》と、言明しています（『本土の人間は知らないが、沖縄の人はみんな知っていること』256頁）。マッカーサーと11回の会談をした昭和天皇が米国の支配を認め「沖縄を租借させてもよい」と発言したことは、カントが言うように「平和」は、自然状態ではないゆえ、日本人はアメリカの世界戦略に組み込まれた状態で世界平和を考え、近隣諸国を「仮想敵国」とせずに平和を実現する道を模索するしかないのでしょうか。平和は武力ではなく話し合いを基本にして獲得できることを考えれば、国民が現実を理解して民主主義を発展させることが不可欠となります。

■参考文献・資料

『広辞苑』第四版、第七版　新村出編　岩波書店
『詳説世界史B』木村靖二、岸本美緒、小松久男　山川出版社
『詳説日本史研究』佐藤信、五味文彦、高埜利彦、鳥海靖編　山川出版社
『詳説日本史B』笹山晴生、佐藤信、五味文彦、高埜俊彦　山川出版社
『理性の奪還　もうひとつの「不都合な真実」』アル・ゴア著　竹林卓訳　ランダムハウス講談社
『21世紀の資本』トマ・ピケティ著　山形浩生、守岡桜、森本正史訳　みすず書房
『第三次世界大戦はもう始まっている』エマニュエル・トッド　文藝春秋
『「昭和」という国家』司馬遼太郎　ＮＨＫ出版
『この国のかたち』司馬遼太郎　文藝春秋社
『世界史の構造』柄谷行人　岩波書店
『法律学双書 憲法』伊藤正己　弘文堂
『「昭和天皇実録」の謎を解く』半藤一利他　文藝春秋
『二つの戦後・ドイツと日本』大嶽秀夫　ＮＨＫ出版
『日米同盟の正体　迷走する安全保障』孫崎享　講談社
『知ってはいけない2　日本の主権はこうして失われた』矢部宏治　講談社
『憲法現代史 上』長谷川正安　日本評論社
『注釈日本国憲法上巻』樋口陽一他　青林書院
『図解雑学 進化論』中原英臣　ナツメ社
『人はなぜ物を欲しがるのか　私たちを支配する「所有」という概念』ブルース・フッド著　小浜杳訳　白揚社

『哲学・思想事典』廣松渉編　岩波書店
『新版社会科学辞典』新版第１刷　社会科学辞典編集委員会編　新日本出版社　1978年
『クレムリン秘密文書は語る』名越健郎　中央公論社
『本土の人間は知らないが、沖縄の人はみんな知っていること』矢部宏治　筑摩書房
『日米安保条約全書』渡辺洋三、吉岡吉典編　労働旬報社
『世界は宗教で動いてる』橋爪大三郎　光文社
『キムラ弁護士がウサギ跳び』木村晋介　情報センター出版局
『国家の罠　外務省のラスプーチンと呼ばれて』佐藤優　新潮社
『生を祝う』李琴峰　朝日新聞出版
『知ってはいけない 隠された日本支配の構造』矢部宏治　講談社現代新書
『戦争にチャンスを与えよ』エドワード・ルトワック　奥山真司訳　文春新書
厚生労働省「令和４年の主要な自殺状況」
https://www.mhlw.go.jp/content/r5hs-1-1-03.pdf
内閣府「令和３年度交通安全白書」
https://www8.cao.go.jp/koutu/taisaku/r04kou_haku/zenbun/genkyo/h1/h1b1s1_2.html

著者プロフィール

伊籐　安兼（いとう　やすかね）

1949年　千葉県出身。

戦後の食糧難時代に農家の二男として生まれ、中学時代は番長と生徒会長を兼務。その頃脱脂粉乳から「アメリカ」に憧れ、東京オリンピックは白黒のアナログ映像で日本を応援し、70年安保の意味も分からず大学卒業後は、地元のゴミ焼却工場で公務員生活を過ごす。30歳で司法試験に臨み、苦労の末弁護士に登録後、市議２期を経験して社会の保守性を実感した。

弁護士「生活」30年を超え、我が国の国家権力の正当性が2000年以上前から連綿と継続していることを知って簡単な社会システムひとつをとっても簡単に改良できるものでないことを認識しました。同時に人間の能力に学歴が全く関係ないことを思い知り、高学歴だけで世間を乗り切る人の巧みさに感心しつつ、日本の未来は、モノづくりに励む尊敬すべき日本人に託されていると思います。

同時に個人の能力主義と異質な日本の世襲制がどこで折り合いをつけることができるのか、興味あるところです。

飲水思源　世界と日本を原理原則から考える

2025年１月15日　初版第１刷発行

著　者　伊籐 安兼
発行者　瓜谷 綱延
発行所　株式会社文芸社
〒160-0022 東京都新宿区新宿1－10－1
電話 03-5369-3060（代表）
03-5369-2299（販売）

印刷所　株式会社フクイン

ISBN978-4-286-25965-9